茵陈

申甲由

著

中国出版集团

现代出版社

图书在版编目（CIP）数据

茵陈/申甲由著. --北京：现代出版社，2017.3
ISBN 978-7-5143-5020-3

Ⅰ．①茵… Ⅱ．①申… Ⅲ．①中篇小说－小说集－中国
－当代②短篇小说－小说集－中国－当代 Ⅳ．①I247.7

中国版本图书馆CIP数据核字（2017）第052802号

茵陈

作　　者	申甲由	
责任编辑	李　鹏	
出版发行	现代出版社	
地　　址	北京市安定门外安华里504号	
邮政编码	100011	
电　　话	010-64267325　010-64245264（兼传真）	
网　　址	www.1980xd.com	
电子邮箱	xiandai@vip.sina.com	
印　　刷	北京一鑫印务有限责任公司	
开　　本	880×1230　1/32	
印　　张	8	
版　　次	2017年3月第1版　2022年7月第2次印刷	
书　　号	ISBN 978-7-5143-5020-3	
定　　价	39.80元	

目录
CONTENTS

播种时节

甄石老汉早醒了，闹钟一响，才摸索着爬起来。

儿子粪叉夜黑儿后半夜才回来，扒开眵目糊眼就去摆弄摩托车。老汉见了气不打一处来，劈头盖脑嚷道："窜、窜个鸟毛灰，那地就甭种！"

儿子嬉皮笑脸，一副祸害相，"干恁恶砍蛋嘞！撅屁股弯腰，黑窝窝菜包；咱不咋着，出去肉菜白蒸馍，足吃。"说完一踮脚尖，扬长而去。

"我给你龟儿干哩！日你娘，你不是俺儿，俺应份是您儿……"老伴死得早，撇下这小奶羔子，冤孽得敢上天摸呼雷，早晚也是进公安局的"货"，咋不叫老汉心凉？他气得一屁股蹲到地上，吹猪一样喘粗气。

正在气头上，有个半桩孩子跑来，进门叫大爷，"俺娘说用用您家镢头。"老汉头都没抬，"坏啦，使球不成。"

小孩一噘嘴，跑了。

可不是老汉把家什看得金贵。那镢头是没吭声打铁路边抱回块道轨夹板，央杜铁匠生火淬成的。又下夜在河边砍棵小柳树，打磨得净光，做了镢把，找遍没有楔儿材料，抓把烟叶求到李木匠门上，寻块老榆木，又砍又刨一大早，费了老大事，一安，怪美。出了一季红薯，闯出锋口，藏到棚上谁也甭想沾。"大年初一借笊篱，俺干啥，您干啥？哼！谁掂着家伙伺候您哩！"

足有一顿饭工夫，日头出来了，圆圆镶着红晕，老汉想起秋分已过，寒露将至。俗话说：秋分耩高山，寒露耩平川。节气一到，耩麦下种不敢耽搁，人误地一时，地误人一年，光生气气不出白蒸馍。鸡在地上刨食，人从土中求粮，跟谁打别哩？犁出的地边还没拾掇成片，罢罢罢，犯不着跟他鳖儿治气，老汉钻棚上捞出镬头下了地。

一闷头子掘半天，地边刨完了，坷垃打碎了，还不咋饥呢，气撑的！甄石老汉坐地头歇着，用眼丈量那乱石垓子。种地人惜土如金，丁点儿舍不得抛撒，揣摩着把乱石往上拢拢，还能再掘几镬头。待以后攒劲把它抽喽，又能多得出二分好地来。

甄石老汉股蹲着往垓子上垒石头，末了，把唾沫往手上一吐，抢着镬头挖起来……忽然，坷垃中翻出个圆牌牌，锈得不成样儿。拾起一看，葫芦钱一般大小，在烂鞋帮上磨蹭几下，露出些黄色，就随手装进布袋里。没几下刨完腾出的空地，天已近午，地整得怪称心，只待哪天合伙拉耧下种了……

回家吃罢饭，才想起布袋里装那圆牌牌，掏出来一点点刮腐锈。刮刮吹吹，弄净了，上面出现些花纹图案，黄绿斑驳。他断定是块铜，不是金子，可还是放嘴角咬了几下，碜得牙根痛。没吃过猪肉还没见过猪走？听人说金子软，搭牙一咬一个坑。可这东西老硬，咬不动。硬了就不是金子，不是金子也就不值钱。他仔细揣摩那上面的图案，心里透过一线亮光：眼下怎些人捣弄古器，莫非这也是件古货？可说不定！这地方离洛阳近，那洛阳坐过好些代朝廷，会不流落些古董宝贝？要真是件古器，那可值得多，兴许能换一头老黄牛哩！

他心里没底，想弄清它的价值，又怕太贵重了招人眼。东隔壁的狗剩贩古器，住了两年劳改队，狗改不了吃屎，才出来，就又撇下老婆出去了，说不准能见识这东西呢！要是狗剩在家，请他瞧瞧，好有个数，隔墙邻居的，不会缺哄咱。正想呢，就听摩托"突突"进了院，粪叉回来了。老汉赶忙把东西往布袋里塞，怎奈儿子眼尖，早站到面前问那是啥？

"啥、啥……也没有。"甄石老汉有些慌乱。

"诓谁哩，啥宝贝，恁金贵？"

"这，这……"老汉卡壳了。越是怕，狼来吓。只怯这败家子知道给拿出去糟蹋了，偏偏就叫碰上，咋恁巧哩？甭看你龟儿穿戴怪排场，整天里吃呀喝呀，瞎子伸指头——指啥哩！还不得我老头子拼死拼活弄俩血汗钱将养着你。烧得不知二哥贵姓，干恁大事，没见往家里拿过一文钱，反把我卖猪娃的票子都拿去买汽油添那铁箱子里冒黑烟了。日您娘，成不了啥气候，这事儿呀，你压根甭打点沾手。

岂料儿子抢过一瞧，眼都直了，"爹，哪儿弄得？"

老汉哆嗦着双手往烟袋锅里塞烟叶，脸涨成一挂大猪肝，"土里刨的，还能偷人家?!"

粪叉一蹦老高，"真是憨瓜结得大，你咋恁会刨哩？这回发球啦！"

看着儿子的疯症样，老汉一百个不顺眼，夺过那东西往布袋里塞，气呼呼说："咋呼啥！正打算托您狗剩哥卖了，换只山羊过年下哩！"

"中他娘那蛋用，吃二馍手。我可给你说清楚，这很可能是件国宝，可不是换只老山羊，弄得好能推辆崭新的铃木125回来。"老汉懵懵懂懂问："那125是啥？值几百块？"

儿子大咧咧道："摩托车，一万好几呢？"

"咋？一万多？"老汉吃惊不小。种地人，别说没见过上万的票子，光听听，足够消化一大阵子。

活了这么大年纪，甄石老汉头一回叫儿子给蒙住了，半天没缓过神来。只记着儿子诡诡诈诈嘱咐他把宝贝藏好，不敢跑风，急火火跨上摩托车，一溜黑烟，窜了。

　　这一夜，老汉在床上翻扑棱打滚瞪着俩眼熬到天明……

　　天刚麻亮粪叉就回来了，摩托后头驮个人，小四十样儿，穿的衣服上下一条缝，笔直。脖子下吊根红布条条，腰后开着叉口，还戴一副金丝眼镜，很气派。那人开口先笑，大伯长大伯短地叫，说他是洛阳人，坐地苗，跟粪叉是啥"铁哥们儿"，一条藤上的瓜，连着筋哩！您的事就是我的事怎么长短，讲了好一大通。甄石老汉听不大明白，在儿子的催促下，慢慢解开裤腰，把宝贝拿给客人看。

　　客人看得很仔细，文文静静端详，又拿出放大镜审视半天，嘴里嘟囔着："稀货，周朝的……"随后立直身子，说："搁别人手里，万儿八千就买了。可您是粪叉的爹，欺您如欺我亲老子。东西我要了，一锯两开瓢，这个数，明天款货两清。"客人摇晃着五根粗壮的手指头。

　　五万块！似凭空滚过一声惊雷，把老汉震傻了，连儿子也惊讶地大张着嘴能塞进一个大蒸馍。

　　儿子和客人走了一大歇子，甄石老汉才又捧起圆牌牌瞧。这东西，就恁值钱？早想着能换只山羊过个肥年就不赖，谁知恁金贵。一家伙弄恁些钱，咋花哩？买两头大黄牛喂着，往后种地省得央人看脸说好话；再……反正咋品算着也花不完。况且，财不可露帛，也不敢一下子置买恁些东西，惹别人眼红，说不定会起坏心。不如存到银行里，细水长流，慢慢花。又一想，不敢。银行里也不保险，万一取不出来，搬石头砸天去？还是寻个保险地方，藏起来为妙……反正不管咋着得先给儿子寻媳妇。儿子出息了，交的朋友也办事，往后有钱了，得让孩子好好花几个。到了这把年纪，往后指靠谁哩！也该早点抱孙子喽……他双手托弄着宝贝，像是托弄着梦寐以求的胖孙儿，双眼笑成一条缝儿。甄石呀甄石，你咋恁有福气，恁有材料呢……忽然，宝贝在眼前一跳，跟那花花绿绿的票子和白白胖胖的孙子比起来丑陋了许多。这东西，脏巴巴的咋给人家？也不在乎这点工夫，不如把它打磨光净，让人家拿着也称心，兴许还能多给几个呢！

老汉寻来一块砖头，像是从财神爷脚边偷来了金元宝，把那圆牌牌狠劲摁上边磨，磨去锈斑，磨去花纹，磨平了图案，磨成锃光明亮一块铜板，这才心满意足地笑了……

又是一个彻夜不眠，甄石老汉瞪着俩眼盼天亮。

黑暗还未退尽，门外便响起汽车声。老汉赶忙点灯把客人让到屋里，一捆捆的票子摆到桌子上。老汉亲眼看到了，手头止不住哆嗦，他紧紧抓住几捆，又拧了把自己的屁股，相信不是做梦，就从裤腰里抠那宝贝。客人战抖一下，比老汉摸住票子还惊诧，惶惑惑问："那……东西呢？"

"还是它！怕您拿着腌臢，帮您磨了磨。"

客人瘫坐在凳子上，急得要哭，"古董……那年号、图案，你……扯淡！"

粪叉脸缩色变，一蹦三尺高，扬起大手就要耳刮子摘豆角，吓得老汉直往客人背后钻，只听儿子怪叫："真能！能得给猴逮虱，连头发梢都是空的，就不知道能过火是个囹圄二百五……"

这一跳，却跳回了老汉的自尊心，才想起他是老子。世道再变，也没说兴儿子打老子，还能要钱不要爹？就直挺挺站出来骂："看你那鳖样！敢把老子扶到金銮殿上坐三天？外财不发穷命人，要恁些钱弄啥，放家里招刀客哩！就这也不赖，落块铜还能打个牛额板嘞！就没听那广播里说啥、啥叫拾金不昧？"

汽车箭一般开走了，卷起几片枯萎的落叶。昏黄的灯光把老汉的身影投到墙上，拉得人高马大，黑乎乎吓人。他平静了许多，那宝贝带来的兴奋、惊讶、煎熬和提心吊胆全没了，心境豁然宽畅。早起的鸟儿在树上"啾啾"鸣叫，东方露出一缕霞光。甄石老汉熄灭灯火，像扔去被铜臭啃噬成窟窿的半拉心肝。他要整耧捡种耩麦去，种地要紧。农民只要有粮食，就不怕挨饥荒。捡来的那块铜板被随手抛到鸡窝上，再不为它操心了。只有把种子播进土地，来年才能收获希望……

枪　手

一

　　三爷生性木讷，近乎痴呆，始终弄不清楚鸡子为什么不撒尿、毛驴为什么不长角这些连儿童都明白的道理，却嗜枪如命。见了枪就像饿狗看见稀屎一般若癫若狂，仿佛枪就是老婆儿子一样的宝贝疙瘩，含化全在心里。久之，便落下枪手的雅号。

　　孩提时候玩弹弓，不受枪筒约束的泥丸蛋子石头子儿，专爱找麻雀的小脑袋儿碰响头。"噗"的一声闷响，活蹦乱跳的麻雀脑袋上就要迸出些红的血液白的脑浆，迸出一片五彩缤纷然后一头栽落地上；长大成人后玩火枪，把些个出没于山沟里的兔子撵得望风披靡落荒而逃竟然断了踪迹。再后来兴起快枪，三爷买不起，就把那个想啊，深深埋在心里，脸上却荡漾着傻笑，从不显露半点声色。终于，大路上过队伍的时候，三爷就悄悄跟着走了。那是孙殿英的一拨人马，打宝丰县出来一路洗劫着向洛阳进发，毒箭一样在锦绣如画的豫西大地上穿出一大窟窿。恨得老百姓们咬牙切齿，大骂孙殿英要断子绝孙就是有了孙子也不长屁眼。三爷却跟着人家屁股走了，颇有些助纣为虐的味道。村里人脸上挂不住，埋怨着咋就出了这么个不肖儿孙，把他老娘急得一天三顿烧香祷告，气他恨他又疼他，弄得菩萨显灵不知是该惩罚还是该保佑左右为难英明得没了主张。三爷就这么跟着孙殿英吃粮去了。那时的兵源全靠抓壮丁补充。抓壮丁可以说不是一件好事，弄出多少个妻离子散，队伍上也得付出许多代价。见有汉子自愿应征入伍，喜坏了这一拨人马的小头目，盘算着报到孙司令那里把不准还能弄上一功，就把三爷的手续一切从简，没有检查身体也不搞政审调查，甚至连个证明介绍信都没要，就武装起了一名正儿八经的军人。三爷暗自得意，他终于拿到了梦寐以求的快枪。三爷就这么一走六个年头，村里人说，这凶球孩子，怕是没指望了。岂料六年以后，三爷悄无声息转回，脸上依然挂着傻笑，看不出丝毫战争洗礼的痕迹。他在队伍上把各种快枪玩个得心应手，就从宝鸡开了小差，腰里别着一把盒子，神也不知，鬼也不觉。一晃三爷过去三十五岁，没娶老婆不续香火，整天价仍是一管猎枪相伴，除此再无任何私心杂念。把个老娘气得瘪着嘴骂，骂他是差窍红砖二百五儿。

小日本打过来的时候人心惶惶，乡亲们一天到晚提心吊胆，不敢听到半点风声，只顾萦系着跑反。为着几百条性命不遭涂炭，寨子里张罗着配上几支快枪，组成了护寨队，由八户爷出面坐镇指挥。

八户爷年逾花甲，早年跟军阀戴民权混饭吃，做过戴民权手下的旅长，大小也算个人物头了。那些年八户爷跟戴民权在豫东一带为非作歹，欠下不少血债，就有人计谋着要拔他这颗钉子，为民除害。先敲掉八户爷这个帮凶，再挖戴民权的老根。八户爷感到不妙，心想总不能一辈子喋血黎民，有些放下屠刀立地成佛的觉悟，就三辆大车拉了细软，解甲归田，在三县不管的玉皇山下筑墙建寨，过起隐居日子，再不想招惹是非，以图安享天年。怎奈连年战乱不息，有几次小打小闹，寨子里吃亏不小，八户爷把老牙咬得山响。如今小日本又来骚扰中原，八户爷再也坐不住了，在乡亲们的簇拥下重开山门，发誓要为地方建立业绩。

买回来的枪支无非是些汉阳造老套筒一响缺盒子炮，三爷默默上前看了，傻傻一笑，背起猎枪进了山沟。

有执事的乡亲向八户爷推荐三爷，说三爷干过队，跟了六年孙殿英，枪法好，有些功夫，可以让他把几支枪管上。八户爷本来听说过三爷好枪法的，只是多年不动杀机，也不愿再看到枪炮血光，未曾领略过三爷的枪法好到什么地步。如今乡亲们举荐，为他坐守山寨选来一位良将，就捻须颔首，算是默许。不想三爷听后把鼻子一扭，重重"哼"出一声，"不干！有能耐叫他八大户带兵上阵。"把个八户爷气得面色酱紫，好长时间没缓过气来。

"好一个不识抬举的奴才！"八户爷狠狠地骂。

日本鬼子迟迟没有过来，急得扛枪护寨的队员们摩拳擦掌。倒是有流窜的土匪来骚扰过几次，被一阵七零八落的枪声吓得屁滚尿流，绕过寨子落荒而逃。寨子里的百姓拍手称快，都说八户爷大恩大德，是全寨子的救命恩人。三爷从来不与八户爷的护寨队掺和，独来独去，一管猎枪不离肩头。每逢寨子有难，默默爬上寨墙，独自为战，放上几枪。几次前来骚扰的土匪，没被护寨队的快枪打掉一根毫毛，却有五六条性命丧生在三爷的猎枪之下，人们嘴上不说，心里头把三爷的身价直往上抬。八户爷似乎意识到了这点，一心盘算着要借机杀杀三爷的威风。

一个阳光明媚的春日，护寨队聚集在谷场上打靶，三爷来瞧热闹，默默地观望，一言不发。八户爷今天精神好，兴致勃勃看队员们练枪，时而大笑，时而摇头。队员们依次打完，八户爷猛然站起，接过一杆步枪，单臂擎起，稍加瞄准，"叭"的一声脆响，子弹正中靶心，引起谷场上一片喝彩，齐声叫好。三爷冷冷地，脸上挂着傻笑，一副不屑一顾的模样。八户爷朝这边瞟了一眼，唤三爷过去，说要和三爷比试枪法。三爷呆呆站着，不慌不忙地傻笑，任八户爷把比试的条件说个一二三四，只是点头，无任何言语。听完了，三爷就慢腾腾走出百步开外，把个喝空了的

枪 手

酒瓶顶在头上，面朝八户爷站出我自岿然不动。八户爷摸出跟随他多年的盒子炮，那盒子跳跃着一身的漂亮，发出刺人目光的烧蓝。只见八户爷掂着盒子，上下翻亮出几个潇洒动作，挥手之间，一颗子弹呼啸而出，三爷头上顶的酒瓶炸出一个脆响……人们好一阵雀跃，待看三爷时候，竟见三爷连眼都没眨巴一下，脸上依然是冷冷地傻笑，八户爷心中暗自一惊。

该八户爷顶靶子时，三爷不要八户爷头上放空酒瓶，硬是要八户爷在头上置起一摞十块银圆，因为他认清八户爷那盒子是支十响连。八户爷放不下将帅风度，口上承了，心中不免一震。

谷场上的人们全把眼珠瞪出兔子蛋儿般大，骇得连大气都不敢喘。

三爷不紧不慢，接过八户爷的盒子，压满子弹，和着满脸的傻笑凝进枪膛。但见盒子炮磕头虫般上下点动，"叭叭叭"炒豆似一阵爆响过去，谷场上死一样沉静，人们都给吓呆了。围观的人们反应过来，急匆匆跑过将瘫坐在地的八户爷扶起，仔细寻找，才发现十块银圆早已没了踪影，八户爷滚圆流油的头上竟然秋毫无犯……

八户爷在床上将养一个多月才恢复过来。

这一天，八户爷在府上摆起宴席，硬是把三爷推去上座，一连串的好听话说得陪客们唯唯诺诺。"后生可畏，后生可畏呀！大侄子，老叔算是服了。"

三爷只是傻笑，冷冷地。端了酒就喝，夹了肉就吃，吃饱喝足了，一揩嘴巴，说："八户爷，日后用得着，请说。"说完，起身离去。

八户爷当然要用三爷。他要三爷往鲁山县收一笔款项，款项数目不小，答应事成后在郝庄边上为三爷划五亩水浇地，让三爷种，算作报酬。自然也有条件，要是把款项弄飞了，也不要三爷性命，只是这寨子的大门，将永远不会再为三爷打开……

看了看八户爷摆在桌上的几把一响缺，三爷把傻笑增加出一点明亮，痴痴地说："还不如筶帚疙瘩好使。"一挥袖子，出了山寨。八户爷派的差事，不能不去。还有那五亩水浇地，十分诱人。家有老母，他要靠那五亩地来养活娘亲。三爷压根儿没想会把款项弄飞，只有成功的信念和得到五亩水浇地的企盼……

等接头人把款项弄齐了，三爷才着实感到这趟差事不同寻常，八户爷要他带回去的是五百块现大洋。一块现大洋库银七钱二分，整整五百块，三十六斤雪花银哪！几颗脑袋能换得到？箭在弓上，不得不发。三爷把傻笑隐退了，紧咬牙关踏上了归程。包袱背在身上，重量压在心上，裤腿子后面带起的尘土直往上扑。

鲁山山高林密，自古多刀客响马，杀人越货，短道劫路的强梁层出不穷。三爷把悬着的心提到嗓子眼处，晓行夜宿，生怕弄出差池。所幸，走出鲁山县境，没丢一块银圆，心里才稍稍宽展一些，傻笑就又慢慢地朝脸上挂去。

三爷抬头望了高耸入云的岈山，心里盘算：赶黑住到寄料，离家也就一天路程了。见天色将晚，脚下不由加快了步伐。

快出山口的时候，身后突然响起炸雷般的吼声："留下买路钱！"三爷一惊，并不慌乱。时值深秋，玉米棵子上孕育着的棒子沉甸甸敞开笑口，蔑视着山道上发生的一切。青棵子太深，为强人出没提供了天然屏障。三爷慢慢车转身去，卸掉肩头的包袱放在地上。天还没有黑透，暮色苍茫。借着微弱的亮光，三爷看见短道贼也是孤身一人，手中端着盒子炮，是一响缺。这种盒子只装一个子儿，打完了，就没下文。等他再装子弹的当儿，就是一个非常神圣的生存机遇。三爷说："好汉，银子不多，放这儿，来拿。"强人并不马上过去，凶狠地瞪着他，命令道："你去。"三爷便走。走了两步，猛然转身，把个正要上前抢包袱的强人吓出一个趔趄，急忙端枪对准三爷。

三爷出奇地镇静，装出可怜兮兮的样儿，哀求道："好汉，脑袋割了碗恁大个疤瘌。银子你拿去。只不过我也是替人收账，不如你把我打个窟窿，也好向东家交代。"三爷说着，就撩起了布衫，像是夜鳖虎张开着的翅膀。

　　强人似乎觉得三爷的要求合情合理，再说一个赤手空拳的汉子对于端着盒子炮的他来说也形不成多大威胁，干脆顺势送个人情，就说："那中，我成全你。"说完走上前来，对准三爷撩起的布衫放了一枪。枪声惊起归巢的山鸟，在大山里发出一长串回荡，三爷的布衫上就有了个圆圆的黑窟窿。

　　三爷嘿嘿一笑，说："小子，你还嫩。"挥手掏出了腰间的盒子。是那支离开孙殿英队伍时带回的盒子，十多年来，头一回露面。

　　强人见这阵势，知道碰上了玩家，慌忙摔了一响缺，跪到地上捣蒜一样向三爷磕头。

　　三爷问："归哪个山头？"

　　强人急说："爷，俺没啥山头。俺是郝庄的，家有八十老母，爷……"话语未完，早已泪流满面。

　　郝庄的？三爷心里犯起嘀咕。郝庄离寨子十几里，可那里人好多种着八户爷的地，莫非……

　　三爷要那人起来，从头说起。就这样，短道的和遭劫的在岘山里面把话越说越长，眼瞅着三爷脸上的傻笑越来越冷……终于，三爷对着那人唤起兄弟，要他把五百块现大洋拿走。那人死活不肯，三爷恼了，脆生生打他一阵耳光，打得那人晕头转向，由着三爷摆布。见那人拿了银洋走远，三爷才长出一口恶气，借夜色隐没了身子……

　　第二天一大早，寨子里面传出号啕大哭，说是夜黑儿有响马闯入寨子，打了八户爷的孽。

　　过了好长时间，才有人说起，当年八户爷许给三爷的那五亩水浇地，是郝庄那短道后生家的祖产……

灵源阴火

山前阴火煮灵源，
昔日曾临万乘尊。
历尽兴亡皆如此，
不随世俗变寒温。

——宋·范纯仁

轩辕黄帝为华夏洗浴第一人，在汝州温泉。

温泉是襄洛古道上的一座重镇。镇西便是方圆百里的广成泽。这里水草丛生，树林茂密，鸟兽成群，气象万千，襟崆峒而带汝水，枕伏牛以望嵩岳，不仅风光绮丽，且一山一水都有着美丽的故事可以追寻。

相传上古时代，轩辕黄帝仰慕广成子的学问和道行，自新郑老家动身，登具茨（山名，在禹州市）、过襄城，访大隗迤逦来到崆峒山南。先在温泉里洗了澡，涤去一路征尘，然后登上镇西的一座小山，放眼望去，广成泽烟波浩淼，云雾缭绕。第二天，黄帝乘筏来到崆峒山，但见这里四季如春，百花常开。有轻雾自山坳里升腾，溟蒙中隐现"粉堞青甓，绵亘数里，楼阁殿举，车马喧闹，花木焕烂”，但“数息”便“漫不复见矣”，真乃人间仙境也。

轩辕黄帝拜见了广成子，看他立如松，声如钟，神志清醒安闲，有飘飘欲仙之状，很是钦佩，便问他用了什么方法把身体保养得这么好。广成子说：“……无视无听，抱神以静。必静必清，形将自飞。毋劳尔形，毋摇尔精，毋思虑营营。昏昏默默，乃可长生。”黄帝听罢十分高兴，为了表示谢意，命乐队奏响《钧天》之乐。广成子沉浸在《钧天》的美妙旋律中，为黄帝的平易近人，不耻下问精神所感动，从屋里取出近作《阴阳经》两卷赠给黄帝。

灵源是因了崆峒山下的阴火。泉水晶莹剔透，清澈见底，触指滑腻，如抚锦缎。最热处可煮熟鸡蛋。人们洗浴，有病治病，无病可延年益寿，被崇仰为温汤圣水。善男信女顶礼膜拜，在泉水边建起了汤王庙，香火旺盛，趋之若鹜。久之，商贾云集，繁华至极，这里便成了声名远播的汤王街了。后来，建都在洛阳的大周女皇武则天带着她的大批随从渡洛河、跨龙门，浩浩荡荡一路南行，当晚驻跸在白沙坡上。又经一天跋涉，日薄西山时来到汤王街，住进专门为她修建的行宫里。

二十四年前，武则天曾随丈夫唐高宗李治来这里洗浴，深知此中奇趣。这次以天下独尊的身份前来，感觉自然不同，是拿定主意要洗出个名堂来的。受东晋大书法家王羲之兰亭修禊集会中“曲水流觞”的启发，她命人在镇里的最高处掘一大池，热雾氤氲的温汤圣水冒着气泡从池中心向四面八方流去。群臣围池而坐，然后把盛有琼浆的酒杯放入池中央，杯借水的浮力，漂流到谁的面前，谁就得将杯中酒一饮而尽，而且还要作诗一首以庆升平。这样一杯酒一首诗，半天就是几十首，几天就能上百首，便成了一本诗集，名叫《流杯亭侍宴诗》。只不过这些诗全是一味奉承巴结，为讨则天武后欢心而已，没有一篇传世之作。直到北宋年间，时任叶县知府的范仲淹家的傻二小子范纯仁游历温泉，才留下一句"不随世俗变寒温"的千古绝唱，至今还书写在疗养院的照壁上。

斗移星转，历史记载下共有十位帝王三个贵妃娘娘来温泉浸泡过圣物，可惜都他娘一拍屁股走了，连个杂种也没留传下来。温汤圣水自然失去了古老的辉煌。没曾想，20 世纪下叶，这里出了一个人物，在这有着厚重文化底蕴的古镇里掀起了一场轩然大波……

一

已经有了年的气息，街面上的露水集早早有了人们晃动的身影。

为纪念武则天临幸温泉的八卦楼在风雨中飘摇，像是一位旷古的老人在苟延残喘，保不准啥时儿就要散了骨架。八卦楼前面是一个空阔的广场，迎面便是气势雄伟的汤王庙。近八卦楼处有两方用青石垒砌成的水池，池中溢满从八卦楼里流出的热水，蒸气袅袅升腾，弥漫着向天空中飘荡。透过水雾，可以看见当年武则天率领群臣流杯吟诗的盛况，但终不敌初升红日的摧枯拉朽，无情撕毁尘封的面纱，照耀得水池上方五彩缤纷，便有了置身仙境的美轮美奂。腊月的清早滴水成冰，难得了这温汤圣水，取之不尽，用之不竭，恩泽着一方生灵。不知是谁高喊了一声，古镇从沉睡中醒来，空旷的街面上渐渐有了响动，人们袖着手儿打着哈欠聚集到热水池前，伸长脖儿看那雾霭中升起的太阳。

这是一大景观，叫"温泉晓霁"，《直隶汝州志》中记载着的八大景观之一。有诗为证：

寂寥夜䂮响偏幽，

灵源阴火

百道泉从涧底流。

晓色乍晴还乍雨，

晨光宜夏更宜秋。

红云俄见腾千丈，

碧月犹看印一钩。

遮莫瞳眬辉映处，

蓬蓬活水认源头。

一年中难得有几个这样壮观的瑞气，于是狗们猪们鸡们，也都争先恐后，哼唧乱叫着满街里撒欢儿，不失时机排泄些与壮丽景象极不和谐的稀屎尼尼干粪蛋蛋。

两方水池一般大小。

东边的池子里水质清澈，供大闺女小媳妇们涮衣洗布。当然，也有单身的男人时不时夹杂进去，偷嗅些女人的粉气脂香，感受着近距离接触女人的甜蜜。然后再伸长耳朵偷听些女人间酸溜溜的私房话，以便夜深人静的时候想入非非，作出些娱乐基本用手的排遣。女人堆里的笑声放荡不羁，每每弄得心怀叵测的男人神魂颠倒，魂不守舍，旁边有明眼的人们就骂："狗舔磨台圆圈转。"

忽然，洗衣池边传出一句问话："听说了吗？前几天公安局来调查黑火哩！说他这些年在外头杀人越货，是一个江洋大盗。"

洗衣的女人们霎时停住了抡舞着的棒槌，一个个睁大惊恐的双眼。池水平静得有些怕人，再无了涤衣溅起的涟漪。

黑火是汤王爷的子孙，镇子里上些岁数的妇女们都是他的娘。一九四八年三月，华东野战军挺进洛阳，与蒋介石嫡系部队青年军二〇六师相遇，在崆峒山和广成泽南面的唐沟摆开战场，汤王街便成了双方争夺的战略要地，拉锯战一直在这里打了几十天。你进我退，我扑你撤，枪炮子弹炒豆儿一样啪啪响个不停，火光染红了天空，街上堆满了死人，活着的也全都变成疯子魔怔一个个张着吃人的血瓢大嘴。这时，一位临产的妇女躺在被炮弹穿透几个窟窿的汤王庙里声嘶力竭，惊恐着双眼在死亡线上垂死挣扎。父亲满身血污，疯狂地大笑，"这鳖儿，爬出黑窟窿就碰上血光满天，是个富贵相呢！还有这火，红得多耐看，就叫鳖儿个'火'吧！"说完，扭头闯了出去。一阵排子枪响起，便从世界上消失了。娘为儿子用尽最后一点气力，终于听到一声啼哭，也欣慰地闭上了眼睛，撵丈夫奔了黄泉路。收生的夏婆婆把他从血光中抱走，这才为黑氏家族留下一条根来。一晃三十多年了，黑火做下不少让乡亲们不可思议的事情，自那年他和金凤从乡高中毕业回来，至今就再也没人看见过他。

<h2 style="text-align:center">二</h2>

　　西边的水池浑浊不堪，专供汉子们杀猪宰鸡褪毛洗肠子，难免有些腥膻。池里的水温高达摄氏六十五度，褪猪毛净鸡子只要在池水里一翻腾，捞出来三扒拉两刨刀就能弄出个滚光白净，省去支锅烧水许多麻烦。所以一到年节，这里就成了一个大屠宰场，四乡八邻的农民全都把肥猪拉来，回时便是两扇白刮刮鲜肉，一篮子头蹄下水。当然，也有把杀净的猪肉挂上架子叫卖的，不过都是央求骡子分割。骡子是汤王街上杀猪宰羊一把好手。

　　娃子们全都巴望着过年，一大早起来就往杀猪场上跑，这里最热闹也最好玩。嘴里高唱着老辈子流传下来的儿歌：

　　　　二十三，过小年；
　　　　二十四，扫房子；
　　　　二十五，宰肥猪；

二十六，割羊肉；

二十七，杀公鸡；

二十八，贴花花；

二十九，打老酒；

年三十，包扁食；

大年初一，撅屁股作揖。

　　有谁运气好了，能从骡子手里抢到一只猪尿泡，便是喜出望外的收获。孩子们顾不得屎尿满地，爬到水池边上，把卵子儿大的猪尿泡浸进热水里，反复搓揉，然后掏出从奶奶织布机上偷来的细竹筒儿，塞入猪尿泡的尿道里，鼓起小肚肚憋足气儿轮换着吹。待吹成圆滚滚一个大气泡，像皮球儿，便满街里跑着踢来撵去。使出吃奶劲儿吹起的白白净净一只猪尿泡，转眼就成了黑乎乎一个大脏球。孩子们玩得痛快，并不感觉有丁点儿可惜。因为这一只玩破了，还可以再从骡子那里讨来一只。

　　这天是农历腊月二十七。

　　热水池边早已等待着四辆架子车，上面拴着的黑猪白猪花猪们全都惊恐着睁大双眼，丝毫没有武太后洗浴温泉那样的欢天喜地。它们号叫着，拼命踢蹬四蹄，显得有些可怜。猪的主人们凑在一起吸旱烟，吞云吐雾伴有剧烈的咳嗽，仿佛要把杀猪的心疼掩饰进用烟雾凝聚成的祥云之中。等起急，便焦躁起来，日日操操地骂："这个熊骡子，都啥时候了，咋还不来。"

　　"就是就是，日头都晒焦屁股了。"

　　"莫不是夜黑里又剪了避孕套头起那个小尖尖？哈哈……"

　　这时，金定老汉披着棉袄，手里挥舞着鞭子赶羊群朝这边走来，大伙赶忙换了话题。大家并不是惧怕他这位早先的大干部，是因为金定做了骡子十几年的老丈人，有些不到家的话怕老汉听见了面子上挂不住。

"笤头，今年的对子写了没？"一个猴着肩膀的小老头儿眨巴着双眼，大声问道，接着吮吮猛磕一阵烟袋锅儿。

"写了，四驴叔。还是央朱老师写的。"叫笤头的汉子四十来岁，木着一张苦瓜脸，憨憨厚厚的样儿。他答着话头，起身走到水池边，就着褪猪毛的热水，抹拉了两下脸盘，顿觉精神焕发。

"写的啥？"

"闺女哭她娘——老一套。"

人群中发出一阵荡笑，想必笤头的对子很有些名气。

"鳖儿，恁些年了，啥时候也改改。"小四驴子明显有点关心。

"改个球！一年一年又一年，年年结婚没有咱。"

"再等一年。"有人抢着替他补上了横批。

"就那。这是咱笤头的专利。"

人群中发出一阵哄堂大笑，却见八里岔沿着金定老汉赶羊的道儿，跋拉着一双破棉鞋蹒跚走来，嘴里高一腔低一腔叫唤："骡子的球——闲家什。"八里岔自顾独说独念，眯着双眼，魔魔怔怔的样儿。看见有穿红着绿的女人，就咧着嘴笑，不假思索喊叫出骡子的球……走着走着，突然有文物贩子发现了老古董那样的兴奋，弯腰趴地上看了老大一会儿，仰面朝天大笑，"哈哈……谁家黑豆撒了一地，捏捏回家喂骡子。骡子的球——闲家什。"大家见他果真捏那掉在地上的羊屎蛋儿，捏一颗又捏一颗，慢慢放进撩起的衣裳襟里，包好。

八里岔跟黑火是生死患难之交，一起住在汤王庙里遮风避雨，靠吃百家饭度日子。在汤王街混迹三十多年，大人小孩儿都和他亲密无间，就是没人能说得清他家在哪里，更不知道姓啥叫啥，大家都喊他八里岔。汤王街人宽厚，镇子上开着七八家澡堂子，每天来这里洗澡治病的趔腿碰蛋，熙熙攘攘，街面上也就少不了有十几家饭馆，这个给一口，那个剩半碗，养活几个

灵源阴火

要饭的没多大难处。难得的是八里岔有个好人缘，不偷不摸不手长，终日里包子锅前磨磨，杂烩铺里蹭蹭，也就油光满面，身闲肚安了。就是你家里敞开着大门，他也不会不言声进去拿走半根柴火。吃饱喝足后，顺便找个避风的墙旮旯儿一靠，鼾声如雷，死猪一样睡个昏天黑地。虽然有调皮捣蛋的娃子们常捉弄他，站到他面前齐声大喊："八里岔、八里佾，一天到晚吸大烟，屁股眼吸得黄灿灿，娶个媳妇没屁眼。"也吵他不醒，全然无顾汤王街里的灵源哪年哪月变成了比牛奶还贵的饮料，漂洋过海出口创汇哩。如若日久看不到八里岔，人们反觉像是少点什么，心里空落落的。每逢到了年节，老人们都会萦系着要给八里岔盛上一碗饺子，就像供敬汤王爷一样虔诚。这个时候，八里岔摇身变成全镇人的贵宾，挨着门儿爷爷奶奶大伯大娘叫个不停。人们隐约觉得，全镇了里的人中，八里岔好像只有和骡子有点过不去。

八里岔正把羊屎蛋儿一颗颗捏得有滋有味，笋头大喝一声："骡子来啦！"八里岔慌忙抖动着一身肥肉奔跑起来。

果然是骡子来了。手里掂着砍刀，满脸嘟噜着横肉，哈欠连连，一副没睡醒的样儿。杀猪用的肉钩刨刀全包在一个蓝布围腰里，用一根长长的通条挑在肩上。看见前面奔跑的八里岔，心下明白这惫子又在辱骂他，怒冲冲喷出一口浓痰，眉眼上挂起笑容，"我日你祖宗八里岔，终有一天我要把您家爷奶奶牌位日翻个儿……"一副"黑老包"攮臭虫——指大压小的气派。

杀猪的大师傅来了，人们纷纷围上前去，忙着给骡子敬烟，或涎着脸儿说些奉承话。骡子径直走到水池边，双手在水里沾沾，嘿嘿一笑说："您谁也没有这汤王爷孝顺，一年四季给咱准备着现成的热水，不褪活人球毛，专褪死猪杂毛，省煤省柴，为人民服务第一。谁大头，来，先弄。"

吸溜着旱烟的小四驴子不乐意了，咣咣猛磕一阵烟锅子，拽起烟布袋使劲往烟袋杆上缠。"鳖儿你骡子，啥时候能论个辈分？

说话没老没少。"

骡子一边系着围腰，一边咧开大嘴打哈哈。"原来是您老叔大头哇！您大人大量，别跟我一般见识。要知道是您老叔大头，我就先弄小头……"

都知道骡子好打渣滓，没谁跟他认真计较。大家七手八脚把猪卸下来，摁到杀床上，骡子还没有把哈欠打尽，嘴角叼着的烟卷儿，被一口气吸下去半截。

猪在杀床上又踢又咬，声嘶力竭一个劲儿嚎叫。小四驴子催促说："骡子，快点。"

骡子说："急啥，有多少鸭子赶不到河里。"

笤头插嘴问："夜黑里是不是又趴到金凤身上一宿没下来，咋跟霜打了一样？"

"趴她娘个脚懒筋！那破鞋咱年儿半载能沾上一回就哩咕哩了，人家嫌咱粗……"

"粗不粗妇联主任知道，哈哈……"

小四驴子用力摁着猪腿，被踢蹬得一仄一歪，大喘着粗气嚷道："丈母娘那脚，快戳吧！没点儿正经样，哪里像是几十岁的人。"

骡子顺手摔了烟屁股，两眼透出杀机，抢起一把镬头，照着嚎叫的猪耳根猛砸下去。这一镬头砸得又准又狠，声嘶力竭嚎叫着的畜牲瞬间翻了白眼，身子在痉挛中僵直，只有四只蹄子在抽搐。说时迟，那时快，骡子掂起盈尺的杀刀，一捋袖子，顺着猪脖子直朝心脏戳了进去。但见一道寒光闪过，拔出来时，刀面染成鲜红，一股滚烫的血柱喷射而出，落进地面上放着的瓷盆里，沿盆壁打着旋儿。盆里事先放了盐水，防备血液凝结。骡子一反一正将刀面上的鲜血在猪毛上擦净，反过来捏紧刀背，将刀把伸进血盆里搅和，动作显得悠然。血柱断了喷涌的力量，变得淅淅沥沥，猪却垂死挣扎，一阵阵拼命踢蹬后腿。"临死三弹挣。"骡

灵源阴火

子说。猪终于长长呼出一气，无力死去，血盆里，落下一轮红红的太阳……

人们撒开了手，只见小四驴子背过身子，偷偷抹去两颗泪水。笋头说："心疼不得，谁叫它是一道菜呢！"

小四驴子说："我高兴。一年多了，总算没白喂。"

骡子说："没俺婶了，弟妹喂这猪不容易。你可不敢心疼到儿媳妇身上，做出扒灰的事体。"

小四驴子捞起通条打他，被骡子一把抓住。"看你老叔，说着玩哩！你咋就认起真来？快给我，做活做活。"

骡子在咽了气的猪后蹄上割开一个口子，用通条分别探通四肢，俯下身子用嘴对着一呼一吸往里面吹气。少顷，死猪被吹成滚瓜溜圆，吓得车子上绑着的猪们再也不敢哼哝了。

骡子用一根细绳扎紧气口，大家打起交手，把吹圆的猪抬起扔进水池里，上下翻滚着，在猪的周围拿玉米秆疙瘩乱戳，随着骡子一声喊："起！"人们一齐用劲，把猪从热水里捞出，平放在水池边的青石条上。但见骡子手持刨刀，动作机敏，三下五除二，白白净净一堆鲜肉呈现在人们面前。接下来，肉钩子攮进猪屁股，两个人用棍子抬起，挂上肉架。骡子先拿杀刀从上至下在猪身上溜刮一遍，除净残毛，再用净水冲洗干净，表现出极大的认真负责。而后从猪屁股处顺肚囊一刀拉下，一股热浪"噗"一声喷出，立马还原了本来面貌……

有人递烟上来，骡子接过美滋滋吸着，双手伸进猪肚腔里，扒出了一篷脂油，一把一把朝外抽盘着小肠，姿态优雅，一派侠士模样。众人啧啧称赞，说骡子有能耐，好手艺。骡子被捧得忘形，游刃有余。嘴上叼着的烟卷颤动着跳起舞来，忽而从左嘴角跑到右嘴角，忽儿又从右嘴角跑到左嘴角，一点儿也不耽误咳嗽吐痰喷大话。"咱这两下子算球！大城市里那肉联厂，去看看，那才叫手艺儿。人家杀猪根本不用镰头砸。用啥？电棍，见过吗？像个黑驴球头，一杵，猪就死了，连唧咏一声都不会。再说人家褪毛取肚肠，全是机器，生产流水线作业，这头毛猪赶进去，那头出来便是一扇扇净肉，看着眼气人。"

众人又是一阵奉承，看人家骡子，见过大世面哩！

骡子刚从猪胸膛里掏出一挂热乎乎的心肝肺，有个十二三岁的小男孩儿急切切跑来，对骡子说："爹，俺妈说这两天理发的人老多，叫你去给她挑一缸热水。"

骡子把肝肺往小四驴子提着的篮子里一摔，没好气地骂："滚你妈的蛋，小杂种。汤王爷的热水分着使，老子只管褪猪头，不管褪人头。"

儿子噘着小嘴，走了。

三

金凤的理发店里坐有不少人。男的，女的，老的，少的，都在这里等着理发。姑娘和年轻媳妇们大多是来烫发、做发型的，打扮得漂漂亮亮好过年下。男人们这时候理发可有个说法。年前不敢紧把头发理一理，隔着一个大正月，那头发还不长成洋鬼子？豫西一带的风俗是正月里不让理发，谁要是在正月里理了发，春天就要死舅舅。并且还有一个历史的典故，说是程咬金当年在瓦岗寨上做皇帝，本来就有十八年的江山，可这老爷子爱过年下，登基那天就诏告天下，咱老程爱热闹，一天过一个年下。结果是十八天过完，这位还没美够的皇帝便被从龙椅上撵了下来。传说这十八天皇帝也并不开心，因为十八天里他剃过三回头，结果死了三个舅舅，皇帝也免不了要跟着痛哭三场。后来，人们就引以为戒，谁也不敢在大正月里剃头了。风俗传至今日，男人们如果年前不理发，就要等到二月二龙抬头这一天，才能理去满头蓬垢，舅舅见了才会高兴。金凤这几天没日没夜加班干

灵源阴火

活，还是不能满足顾客的要求，往往要等上一大歇子，她心里面起急，秀气的脸上明显带有倦意。来的都是顾客，又全是乡里乡亲，脸熟面花，金凤诚心相待，一双灵巧的手像是一对飞舞着的蝴蝶，上下翻飞着，为乡亲们装扮出靓丽的容颜。儿子回来的时候，竟"哇"一声哭了。金凤心里明白，脸上却不动声色，哄儿子道："乖，别哭，咱不指他。"

有位年轻人看金凤实在忙不过来，悄悄担起了水桶。这时，八里岔不知从哪儿冒了出来，肥胖的身体跟半堵墙一样影了理发店的门，朝着屋子里面憨笑，"骡子的球——嘿嘿，黑、黑火回来啦！"

金凤右手握着的剪刀停在半空，好长时间没缓过神来。

四

自打记事那一天起，黑火就一直和八里岔睡在汤王庙的草地上。夏奶奶死后，黑火成了孤儿，不过并不孤独，全镇的人收养了他。每到吃饭时，谁看见了都会把他留住，有时一顿饭能吃遍四五家，恐怕他饿坏了肚子。在黑火幼小的心灵里，早已种植下对全镇人的依赖。只有到了夜晚，他才会像小猫一样蜷曲在八里岔宽厚的怀抱里，做起五彩缤纷的甜蜜梦幻。

二十二岁那年，黑火已长成一位英俊的小伙子。乡亲们不遗余力地帮衬，才使他能够和金凤风雨同窗，一直读到高中毕业。回来后，汤王庙里便成了年轻人的天下，不时传出前所未有的欢声笑语。

黑火向乡亲们讲他从学校里学来的知识，比如轩辕黄帝当年来汤王街洗浴是怎样的车马劳顿；武则天掘池流杯建官庄行宫又是如何的骄奢淫逸；金废帝海陵王完颜亮八百年前就在这里兴起了物交会，是何等空前的历史辉煌……当然还有范纯仁的千古绝唱:"山前阴火煮灵源,昔日曾临万乘尊。历尽兴亡皆如此,不随世俗变寒温"。乡亲们既兴奋又好奇,想不到咱这温汤圣水,有着如此的显赫和荣耀,陡然间生出许多感慨,辜负了人间的物华天宝。大家的话题从此渐见繁博,随着黑火的知识传播日滋月益,古镇仿佛一下子充满了智慧和灵气。八里岔总是默默听着,从不搭腔,高兴的时候,就咧开大嘴憨笑,投到黑火身上的,是一袭慈祥的父爱目光。

黑火原本该唤金凤叫姑姑,街坊里的称呼,乱不得辈分。然而,两颗年轻的心朝夕相处,跳动着一样的青春旋律。毕业以后,有一天看不到金凤,黑火就会魂不守舍,心中有莫可名状的冲动,烦躁不安。不由自主,黑火老是盼望吃饭的时刻早点到来,就可以堂而皇之走进金凤家,看一眼那梦寐以求的身影。金凤好漂亮,举手投足都让黑火动心,感觉出极大的甜蜜和幸福。金凤何尝不是相思心切。她在家里,同样是坐卧不安,一双秀丽的大眼,时不时看太阳升起了多高,早早就把饭菜做好,盼望着黑火回来。在她内心深处,早已把黑火看成是家庭中不可分割的成员,看着他把端来的饭菜狼吞虎咽一样吃完,金凤脸上才会溢满甜甜的笑容。这个时候,金凤最开心,往往会以姑姑的口吻,交代黑火该注意这,注意那,衣服脏了,要勤回来洗换,别让人家看不起。黑火面红耳热,不敢正眼看金凤,心里热流涌动,有感觉到母爱一般的温暖。

两颗年轻的心迸发出两小无猜的爱情火花,相互把对方看成是自己生命中的一部分,这在汤王街里,也是亘古未有的一曲生命赞歌。不料,又是一场阴火从天而降……

五

金凤的父亲金定是这一带的民间艺人,一管唢呐吹响方圆上百里，远近闻名。与世无争的唢呐高手，却在骡子一干人的要挟下砸了大笛，以三代赤贫的身份夺了老支书的权，当起汤王街的革委会主任，吹响了做梦都不敢想的政治号角。于是一场红色风暴席卷了这个千年古镇。

乡亲们万万没有想到，遭殃的会是黑火，这个吃百家饭连万人心的孤儿。

那一天，空中乌云翻滚，大风骤起，尘土飞扬。古镇里召开史无前例的批斗大会。金定和革委会成员高高坐在主席台上，黑火被五花大绑，押了上来，面色苍白。押着黑火的骡子俨然凶神恶煞，吼叫道："黑火，你为什么阻止革命群众砸烂汤王庙？"

黑火猛然高扬起头颅，响声如雷，"因为那是我的家"。

骡子恼羞成怒，一把揪起黑火的头发，"你说，你爹是不是为国民党送信让解放军打死的？"

黑火喷射出愤怒的目光，"胡说！老少爷们儿谁不清楚，我爹是为解放军抬担架壮烈牺牲的"。

骡子大发淫威，拳脚相加朝黑火身上好一通发泄，黑火昏死过去。会场骚动了，人们吵吵嚷嚷，怒斥骡子快放下黑火。金凤站在人群里，双腿直打哆嗦，眼中盈满两汪泪水。

金定站了起来，走到主席台前，示意大家安静。"要坚持斗争大方向。"他改不了多年养成的习惯，将双手置于嘴前，状若握着一管唢呐。"乡——亲——们"自右至左，唢呐在空中划出一条美丽的弧线，"我讲三——个——问——题"自左至右，唢呐在循环中唱响，又回到原来的位置。"大家知道，我嘛，是个粗人，这粗不粗呢，咱妇联主任知道……"

人群中响起哄堂大笑。

"恶老雕戴皮帽——假充鹰。"

"就是，你看他那鳖样儿。"

妇联主任以前在街口卖油条，叫汤秀秀，养得白白胖胖，遮

26

不住一身的风骚。在大是大非面前，汤主任反应十分敏捷。眼看着金主任下不来台，便顾不得台子下面千百双锥子一样的目光，急匆匆走到台前，双手一缩袖子，麻利地揉了面团。"革命的同志们，刚才……"平时练就的炸油条动作永远是那样精湛娴熟，三下两下就把揉好的面块抻成长条，平铺到案板上，双手一甩掂起了面刀，一手在前一手在后，精神专注透出的全是老到。"金主任讲了三——个——问——题"，伴随抑扬顿挫的节奏，妇联主任准确无误切下三个面胎，迅速捡起每两个叠在一块，双臂微微抖动，拉出油条面坯，扭腰下进油锅里。"我们要贯——彻——执——行。要说这个事呢，都是乡里乡亲，谁跟谁过不去哩！为这个事呀，我和金主任整整搞了一夜……"

台下哗然，骂声四起。"骚货！"

"不要脸！"

"滚你娘的蛋……"

六

那天夜晚，天黑得像扣了一口大铁锅，伸手不见五指。镇子里静极了，连丁点儿灯火也看不见，死了一般寂寥。金凤搀扶着黑火，一步步向进士坟里走去。

进士坟在崆峒山脚下，距镇子四五里路程。墓冢占地近二百亩，后人年年添土，已经形成一座坟山。里面埋葬着一位前清时期的九门提督，是个武进士。武进士是上天为假帝王出世安排的开国重臣，只可惜假帝王终究未能出世，重臣最后也只能成为武进士。老人们说，这里原本是要出一个真龙天子的，文武大臣包括娘娘都在这方圆百里内诞生，所以就先出了一位阴阳先生。先生为别人看了一辈子茔地，最终目标是为自己选一处龙穴。临终之前，他把三个儿子叫到跟前，吩咐说等他咽了气，用一领苇席卷住，一根麻绳绑起，抬着直奔崆峒山去，走到哪里麻绳断了，你们扭头就跑，万万不可回头张望，切记切记。说完，先生撒手西去。三个儿子痛哭一场，着手准备爹爹后事。开始也想按爹爹的遗愿从简而办，但三个儿子不知道先生内心隐藏着的秘密，总觉得一根麻绳就把爹爹打发了，会引来乡亲们耻笑，说娃子们不孝顺，往后咋在镇里为人。于是哥儿仁就达成了共识，决定为爹爹打造一副棺木，用温汤圣水洗净了身体，穿上崭新的寿衣，又请来一班唢呐，在乡亲们的帮助下，一路吹吹打打，抬起棺椁向崆峒山走去。行至崆峒山前，突然棺椁重如泰山，累得抬重的人们气喘吁吁，满头直冒热汗。实在坚持不住，只好放下棺椁休息。岂料棺椁刚一着地，陡然狂风骤起，飞沙走石，雷鸣电闪，天崩地裂，吓得人们抱头鼠窜，落荒而逃。待风停石住，跑出二里开外的人们回头望去，看见落棺的地方平地起了个土骨堆，像是一座小山。人们惊魂未定，毛骨悚然。真龙天子就这样被断送了天机，到底未能出世。这时候，为保真龙天子打天下的武进士降生人间。令人惊讶的是，这个承担着上天重任的小孩儿刚一落地就会说话，喊叫着要饭吃。这以后，他就天天叫饥，一家人的饭，全让他吃了，还是喊着不饱。十二岁那年，他背上一块礼肉去舅舅家拜年，舅母知道他饭量大，就准备下一大竹篮蒸馍，又熬了一大锅粉条菜，让他一个人坐在小屋里吃。舅舅和舅母在窗户外面偷看，想知道外甥究竟是怎么个吃法。这一看不大要紧，夫妇俩被吓出一身冷汗。他们分明看见，小桌旁蹲着的是一只小老虎，张开血瓢大嘴，不一会儿就把馍和菜全给吃光了。舅舅又掭来一桶米汤，外甥毫不推让，一口气就全部喝进肚里。舅母问他吃饱没有？外甥说，不是老饱，但也饿不死了。往后，舅舅经常要给姐姐家里送些粮食，生怕饿坏了饭量惊人的小外甥。随着年龄增长，外甥练就一身好武艺，参加京城会试，校场比武三天，就看出了粮饭没白糟踏，被点为头名武进士，把官做到九门

苋涑

提督。武进士死后，在家乡选下茔地，后代香火旺盛，坟院与日巍峨。

这些年，很难再看到有武进士的后裔们来为老祖宗上坟扫墓，进士坟里人迹罕至败落萧森。但是满坟院遮天蔽日的大树和齐腰深的蓬蒿，依然耀武扬威着武进士当年的阴魂，使人望而生畏。有人看见，进士坟里常有鬼怪出没，红鼻子，绿眼睛，脑袋像一个大簸箕，专吃爱闹人的小孩儿。于是，妇女们常拿进士坟吓唬小孩儿，"再哭，把你扔到进士坟里喂老扒子。"镇子里人都忌讳进士坟，除非万般无奈，谁也不愿从此处路过。黑火和金凤把进士坟视为天堂，在这里，可以放飞理想的翅膀，诉说人间的真情。有多少个寂静的夜晚，他们在进士坟里编织着人生壮丽的梦想。

"金凤姑，咱俩跑吧。"

"跑？往哪儿跑！有我在，看谁敢咋着你。"金凤比黑火还小两个月，说话的口气却完全是一位怜爱小弟弟的大姐姐。

"这个家是没法待了，我又没有亲人……"

金凤没有回答，一双秀丽的大眼睛死死盯着天空。许久，她伸出胳膊揽住黑火的肩膀，把发烫的面颊紧贴在黑火头上，指着远方说："看那两颗星星，就要碰到一起了。"黑火感觉到金凤心跳的旋律，坚实而且有力。

"骡子这个挨千刀的，我知道他操的啥心。"

夜色沉沉，大地像窒息了一样。黑火靠在金凤的胸膛上，心中有幸福的安谧。突然，镇子里一柱火光冲天而起，黑火明白，那是汤王庙燃起的大火。汤王爷终究没能逃过这场劫难，黑火真的无家可归了，两行热泪止不住滚落下来。

金凤紧紧把黑火抱住，身子微微颤抖。"想哭你就哭吧，别憋坏了身体。"

黑火再也抑制不住，果然泗泪横流，直哭得古柏垂泣，蓬蒿呜咽。金凤心如刀绞，陪着黑火落了一阵泪水，无限怜爱地用手指梳理起黑火的头发。金凤娘死得早，爹爹背着一管唢呐走乡串户，家里的好多事情由自己拿主意。长大了，往后的日子该怎么过，当然还得由自己来决定。与黑火青梅竹马，相濡以沫，其实在她心里早就为自己定下终身。让黑火一辈子幸福，不仅仅是因为爱，金凤觉得也是自己的责任和义务，也许，这是老天爷有意安排好的，心心相印，决定了两个人的命运轨迹，根本无须信誓旦旦，海誓山盟。一时间，金凤心中的愤怒、爱怜、激动、幸福……全部变成了一味味中药，混合到一起在翻滚中煎熬，逐渐派生出一种从未有过的疯狂，看到一颗瓜儿熟了……

远方的火光暗淡下去，空旷的原野恢复了平静。金凤站起身来，薅来一大抱青蒿，平展展铺到地上，毅然决然道："咱今夜就把事办了！"

黑火吓得直往后缩，"不不，我怕……我不能坑害你。"

"怕啥？亏你还是个男人。大不了点天灯跳水库，要死咱俩也得死在一起。"

"金凤姑……"

"不准再叫姑。记住，咱俩是夫妻，真正的夫妻，一辈子相亲相爱的夫妻。来……"

"嗯。"

两人紧紧挨着跪在一起，面对着村子拜了天地。金凤忽然四肢乏力，刚毅和坚强不复存在，浑身酥软，绵绵躺倒在蓬蒿铺就的圣坛上，向黑火敞开了胸怀……

大地在颤动，古柏在摇曳，蓬蒿在翩翩起舞，为他们吟唱出圣洁的婚礼赞歌。进士坟里，终于又有了生命的孕育和繁衍。

天地霎时混沌一片，乱石崩云，惊涛裂岸，一阵阵风狂雨骤，滋生了绚丽彩虹光芒四放，两颗心儿融化了……金凤微微喘息，说黑火你命好苦。黑火说不，我好幸福。有了这一夜，天打雷劈，死而无憾。金凤慌忙用手捂他的嘴，抱起他的头朝胸膛上按去，你听，咱俩可就长了一副心肝……

这一带人常说拿裤腰带拴住日头，是比喻时间的停止；用鸟笼子装住清风，象征着空气的凝结。黑火和金凤沉醉在爱河之中，释放出生命顶峰的金光灿灿，情意缠绵，难舍难分。突然，一阵急促的脚步声像是一柄利剑刺来，两人打了一个激灵。

"跑，跑……抓，抓……啊啊！"

"八里岔，你咋找到这里？"

"抓，抓……"八里岔咿咿呀呀，用手指着远处。

黑火一把拉起金凤，"快走"。

金凤从迷恋中苏醒，十分镇定，帮黑火系好衣扣，说："你走吧。他们不敢把我咋样。"说着，从地上抓起一把青蒿，塞到黑火怀里。"记住，不管走到天涯海角，别忘了家乡也别忘了……金凤永远是你的人。"

黑火万箭穿心，消失在浓浓的夜色中。

八里岔冲着金凤憨笑，看着追过来的人群，毅然躺到黑火躺过的地方。

骡子带着人恶狼般扑了过来，把八里岔打得鬼哭狼嚎。金凤不顾一切冲上前去……

七

黑火出走后，骡子心里美得像有头小叫驴踢腾，整天哼唧着肉胡琴唱梆子戏，半路拾了个三弦，美得一弹一弹。有事没事，他总要找个借口往金凤家里跑，只要金定不在，便会动手动脚，好几次，差点儿让金凤在脸上挖出血道子，恨得脚底板下冒烟儿，上蹿下跳着操娘日姐。

在金凤那里碰了钉子，骡子就常常到汤秀秀屋里喝茶。

论辈分，秀秀该是骡子驴尾巴上吊棒槌的表姨。

秀秀比她男人小十五岁。男人是个木老刀，饿了吃困了打盹儿除了翻土坷垃啥闲心也不操，卖给生产队里喂牛当把式，戳牛屁眼，整天跟牛睡在一起，看见牛比看见秀秀还亲。习惯成自然，秀秀也不把男人放在心上，回来有饭吃，天冷有衣穿，爱弄啥弄啥，懒得在他身上费心思。嫁过来十年了，也没养下个老鼠尾巴，落个干干净净，一身利亮。白天在街口支起炸油条锅，吸引南来北往的男人们把目光往她身上瓷瞪，便觉着是一种享受。一到傍晚，就急趋温汤圣水，洗净身子，施脂抹粉，招惹下光棍二郎神们拧头钻尾往她跟前蹭，朝她屋里拱，围着她的屁股蛋儿转圈子。自从金定结合她当上了妇联主任，那种颐指气使的虚荣感陡然升华，常把染指的男人们摆治个颠三倒四，神迷魂乱，叫舔屁股沟子不敢抱住脚趾当糖吃。沾不上腥味的野汉子们背地里腌臜她，"三十如狼，四十如虎，真是个浪货。""咱那大妇联可是站着吸风，坐下吸土，蹲到墙旮旯里吸老鼠，老母猪瘾大着哩！"为这事金定还专门批评过她，"当干部了，要招呼点影响。管人呢，别老是叫人戳咱的脊梁筋。"秀秀把两片薄嘴噘出老高，像个柿把儿，猛然撩起衣襟，捉住奶子就往金定嘴里塞。"自己一身白毛尾，还说人家是妖魔。刮大风吞炒面，咋张开你那臭嘴。"金定被噎得翻了白眼，伸长脖子咽了。苦了炸油条那一口铁锅，被撂到后院里，圆圆张着大口，从此没了伴儿。

骡子一支接着一支闷头抽烟，跟霜打了一样，蔫头巴脑。

秀秀正在收拾桌子，被呛得直打喷嚏，一抹布甩了过来，打掉骡子嘴上叼着的烟卷。"小鳖子，预备吸死哩！"

骡子赶忙把烟捡起来，吹吹灰，又拉出一个大闷口。"咱心里正不出坦呢！"

秀秀抿嘴一笑，"就金凤那妮子，搁住你破恁大货？"

骡子翻翻眼皮，"你咋知道？"

秀秀弯腰拾起抹布，顺势往骡子嘴上抹了一把，重新把烟卷儿扒拉到地上。"你孩子乖生得五大三粗，心里还怪精能哩！就你那点能处，哄别人可以，搁您姨这里头，转三圈还得摇摇。"过了片刻，她问："真想要金凤？"

"老是想要。"

"世界上的大闺女一摸一把，咋就非要吊死在她的裤腰带上？那可是个破了身的烂货。别急，过些时候姨给你找个好的。"骡子急了，说："姨你是不知道，我一看见金凤，浑身的骨头都会发麻。你说她咋就长得恁是顺当呢，越看越滋味……"

"看你那没成色样儿，倒坛子洒醋。那可不是一盏省油的灯。"

骡子叹了一声，"我知道，那小婊子心里只有黑火，压根儿看不上咱。"

秀秀把绾着的头发打开，披散在肩上，拿起一把木梳慢慢梳理。她才三十岁出头，蓬松的秀发乌黑发亮，散发着芬芳。"活人总不会叫尿憋死。"

骡子眼睛里发出亮光。"你有门道？"

"你姨的门道大嘟噜小嘟噜，连会带不会一千多个，摆治她个黄毛丫头，搁不住动恁大杀法。"

"那，那您快给咱出出谋智吧！"骡子一激动，毫不犹豫抓住了秀秀的手。

秀秀随手给了他一巴掌。"锅滚等不着豆烂。傻小子，耐心熬着吧，起急吃不了热豆腐。这事儿包在您姨身上，不把金凤按到你床上，这辈子甭再问我喊姨。……不过，打发你孩子乖如意了，咋谢您姨？"

骡子嘿嘿直笑，"你吃啥我给你买啥。"

"你姨啥也不欷。"秀秀伸了伸懒腰，说："我要洗澡了，先去把缸里给我担满热水。"

骡子脚底下生风，担起水桶像吹糖人一样轻松。八卦楼里的温汤圣水四季长流，无论光棍眼子人球树根，谁需要了尽管来取，取之不尽，用之不竭。骡子担了一挑又一挑，倒进秀秀屋里放着的一个大排子缸里，当担着第三挑水进屋，被眼前的景象惊呆了。骡子分明看见，姨已脱得一丝不挂，双手托着一对肥硕的奶子，站立在水缸里。热气蒸腾，迷雾袅袅，满屋飘荡着袭人的幽香，骡子顿觉热血沸腾，头晕目眩……

别看平时在镇子里骡子也人模狗样算是一条汉子，还从来没有这样清晰地看见过女人的身子，难免心惊肉跳，六神无主。直到此刻，骡子才明白姨为啥会落下恁些闲话。面对这样一副洁白如玉丰腴溢香的胴体，凡是男人谁能抵挡性的诱惑，何况那些馋嘴贪食的夜猫子，怎么可能不虎视眈眈，垂涎三尺？骡子木木站着，眼睛越睁越大……

秀秀把水撩拨得哗哗作响，命令道："把门闩上，过来给我搓搓脊梁。"

骡子嗫嚅着，"你……是俺姨哩，俺不……"

"傻蛋！姨是心疼你，别人姨还不使呢！"

骡子浑身燥热，嗓子眼里发干，心在怦怦发响，被人钳制了一般，身不由己把一双大手伸向姨那光滑如脂的脊背……

秀秀在水缸里前仰后合，活脱脱像一个褪干净的白猪，扑腾着把热水溅起老高，把骡子的裤子湿成水中捞出一般。

秀秀朗声大笑起来，一把抓住了骡子湿裤子上被顶起老高的地方……

"这事……要是叫金定叔知道了……"

"车走直路炮翻山，碍他球疼蛋痒？"

"那，俺和金凤的事？"

"喂不熟的狗！"秀秀骂道："吃着碗里，你还看着锅里。放心吧，就是拿绳子捆，姨也叫你俩结为夫妻。只是……你孩子乖别昧了良心，不荄系着伺候您姨……"

"俺不敢。"骡子突然变成了一只饿狼，一把将秀秀从水缸里抱了出来……

"小乖乖，你还嫩着呢！姨算是看准了，这辈子你离不开姨，不服试试？"

"姨，你真浪。"

"哦，哦……"秀秀呻吟了起来，急促喘息着，说："其实俺也没比你大多少。"

八

汤王庙被一场大火烧成灰烬，只剩下一堆瓦砾，标记着世事的沧桑。

乡亲们恨得咬牙切齿，暗地里诅咒骡子犯了天条，办下绝户头事情，最终不得好死。骡子听到了风声，掐腰站在大街上日祖宗操奶奶暴骂了一通。说那汤王庙根本不是他骡子烧的，是因为黑火和金凤在进士坟里做下见不得人的事情，伤风败俗，触怒了上天，派天兵天将下凡放了一把阴火，把汤王爷调上天庭了。要不是骡子我贫下中农顶着，怕连整个镇子都要遭殃。骂足骂够了，一磨身子钻进秀秀屋里。

乡亲们没有想到，汤王庙倒塌下来的碎砖烂瓦上余热还未散尽，金定就被调到十里外的公社里当干部了。唢呐是吹不成了，屁股下面多了一辆自行车，穿着也讲究起来，撅头小棉袄换成了四个兜的中山装，里面还套了一件很流行的毛线衣。与别的干部不同，金定在自行车的后衣架上绑一个粪筐子，里边放着拾粪铲。上下班的路上，看到有牛粪马粪猪屎狗屎，都要下车捡起装进筐子里。筐子装满了，就近倒进路边的庄稼地。群众见了面夸奖他，金定便说："咱是啥球？种地出身哩！七十二行，种地为

灵源阴火

王。上级看得起，叫咱当干部，咱咋能忘了根本？……种地不上粪，等于瞎球混！"于是，这条金定经常走的土路上到处都是赞扬声。"看人家金定，老农民本色，多好的干部。"半年多来，不管白天还是黑夜，金定骑着自行车在这条路上奔波，从来没挨过一次黑石头土坷垃。

自调进公社以后，金定再没去找过汤秀秀。不过遇到烦心的时候，他就不由自主会想起秀秀，光想去跟她说说知心话。

这一天夜晚，金定再也说服不了自己，贼一样溜进了秀秀屋里。

"呦，今天起的啥风，咋把你这位大干部刮来啦？"秀秀娇嗔地忽闪着眼睛。

"姐那脚，卖啥乖，你还会能闲着？"

"闲不闲跟你球相干。你如今混粗了，心里哪还有老娘。"

金定忙赔个笑脸。"粗不粗你还不清楚？"

"你少跟老娘摆近乎。"

金定说："我这心里老是不静。有个事儿，想来跟你商量……"

"有屁就放吧，我的大干部。"

金定微微叹道："金凤这死妮子，你说咋弄哩？"

"金凤咋啦？你家的千金小姐，摊上有你这当大干部的爹爹，情等着吃香的穿光的了，还用发愁？"

"少给我卖关子，啥事能瞒住你，你个人精。人前人后，我都快把脑袋低拉进裤裆里了。"

见金定确实是好为难，秀秀心疼了。要说也是，金定眼下是世面上人物，女儿做下这种事情，好事不出门，赖事传千里，叫他的脸面往哪儿日摆？尽管说见色起淫心，报在妻女，金凤今天的风流账是他金定种下的苦果，应遭受的报应，可毕竟一日夫妻百日恩，身边躺过的男人，心里的那点粘连，到啥时也撕拽不开。这个时候，见金定老是作难，秀秀心里隐隐作疼。

"你打的啥主意？"秀秀问。

"我寻思着，骡子这孩子，对金凤有这层意思。你给说说，要是人家不嫌弃，就把……"

"不中！"秀秀拒绝得斩钉截铁。"你也不想想，金凤要长相有长相，要学问有学问，屋里屋外，搁哪儿行哪儿，那是咱汤王街的人尖尖呀！骡子算啥东西？没星秤，圣人蛋，囚球红砖二百五！去了一堆蛮肉，要啥没啥。你把金凤许配给他，不是作践了金凤，委屈了孩子吗？"

金定说："做下这种丢人的丑事，她还敢攀高撵低？"

"脖子里抹石灰，白了不是。"秀秀上前搂住金定的脖子，说道："人家这是追求真正的爱情。哪像你个没成色的货，脱了裤子就知道日弄，问都没问过人家心里想的是啥。金凤这闺女，心事重着哩！除了黑火，她怕是再也容不下别的男人。"

金定把牙齿咬得嘎巴作响。"黑火这杂种，他要敢再回来，我抽他的筋，剥他的皮，点他的天灯……这个畜牲，金凤是他姑哩！"

"不一家不一姓，粘连着哪里的亲戚？驴尾巴上吊棒槌，认你是个人球，不认你本来就是一树根。"秀秀轻蔑一笑，"再说了，这事能全怪人家黑火？"

金定把脑袋耷拉到了胸前。

"要依我看，金凤这点事儿，搁不住大惊小怪。小斑点坏不了金良玉，人嘛，谁会四面净八面光？你现在身份跟从前不同，得让孩子往高处走。凭着金凤一表人才，又是高中毕业生，最起码也要找一个场面上人物。要让金凤进城，吃商品粮，当干部……"

"你说得老美。"金定打了个手势，"肚子都这样了，谁要？"

"难道你是个榆木疙瘩脑袋，死一势子不开窍？让她把野种打掉，不还是个黄花大闺女？你现在有权有势，就是强撑鸭子，也得赶着上架。"

金定恍然大悟……

九

金凤宁死不答应堕胎。

那时候世事纷杂，天翻地覆。人民群众起来砸烂公检法，文攻武卫成了时代的主题，贫下中农抢班夺权，革命形势一派大好。汤王街离县城一百六十里，穷乡僻壤，山高皇帝远，除放火焚烧了汤王庙，斗争也随着那场大火化成一缕青烟。因为农民最亲近的是土地，土地才是农民的命根子，就连黑火他爹当年舍命闯进枪林弹雨，为的也是能够翻身求解放，分上两亩养命的土地。眼下，土地全部收归了集体，可还得靠大伙齐心协力耕种，才能分到口粮。不种地就分不下粮食，分不下粮食就要饿肚子，饿肚子老是不美，这个道理，古镇里的人们包括小四驴子和箩头他们全都明白。只有八里岔，死猪不怕开水烫，整天价无忧无虑，就嘴咕哝着"骡子的球——闲家什"。走东家，串西家，一个人吃饱了，全家都不饥，根本无视谁变蝎子谁蜇人，谁长球谁日人……

古镇的八卦楼里，依然流淌着温汤圣水，不随世俗变寒温。金凤的心里面，却在燃烧着一团烈火。虽然生活的秩序乱了章法，上级的政策，仍然深入人心，晚婚晚育，抓革命促生产。她和黑火都已是大龄青年，本来可以组成一个幸福的家庭，相亲相爱，举案齐眉，偏就天降一场阴火，烧碎了他们精心编织的爱情梦幻，酿成了一杯苦酒。黑火走了，亡命天涯。金凤肚子里怀上了黑火的骨血，是两个知识青年追求人生价值的结晶。黑火是金凤认定的男人，一个可以将心灵托付，能够遮风避雨的理想港湾。为了自己心爱的男人，金凤居然于危难之时处变不惊，将圣洁的心灵连同身躯，一齐奉献给了爱的圣坛。那一时刻，山摇地动，刻骨铭心。两颗心的结合，迸发出绚丽的火石电光，引发了进士坟里的古柏青春焕发，共同吟唱出爱的赞歌。一个才思敏捷，心灵手巧的姑娘，金凤有她自己的主见。有了那一夜身心交融，金凤非常满足。与黑火二十多年朝夕相伴，终于催熟了一颗爱恋的果实，金凤在收获了慰藉的同时，觉得已经走出了闺阁，成了一个真正的女人，有责任，也有义务为自己的男人操心。为此，她不计后果，无论前面的路是火坑还是深渊，都会义无反顾朝前走去，什么样的痛苦和屈辱，她都可以忍受。小生命已经开始不安分地踢蹬着与她说话，夜深人静的时候，金凤爱怜地抚摩着肚子里的小黑火，觉得好幸福，好激动。

当然，对幸福和爱情的追求，需要付出的是常人难以想象的代价和牺牲。有时候，幸福的果实可能要在泪水的孕育中成长。黑火离家出走已经七个月了，金凤无时无刻不在为他提心吊胆。担心他流落异乡，没有一个安身的地方；更担心他年轻气盛，会遇到什么不测。有多少次从噩梦中惊醒，孤独无援之时，金凤也会心生怨恨。怨黑火太狠心，两个人酿下的苦酒，为什么你一个顶天立地的男子汉甩手而去，不闻不问逃避一切责任，而撇下为妻一个人遭受煎熬？为妻一个人把罪孽承揽，我无怨无悔，你为什么就不能偷偷回来看我一眼？难道说你真的就忍心扔下我们母子，漂流到天涯海角，永远不再回来？难道说你我夫妻一场就这么从此天各一方……想到无奈时，金凤心里一阵阵发紧，辛酸的泪水像耙子扒着，扑簌簌滴湿了枕头。

上天造就出女人，是为了孕育世界。其实女人跟瓷器一样，极品甚少，弥足珍贵；而成品和次品则琳琅满目，比比皆是。好女人天生丽质，如篝火之焰，佛光之晕，瓷釉之泽，凝聚着天地精华，平添出人世间的锦绣和壮丽。好女人的胸怀像海洋一样宽

灵源阴火

广，滋润泽被着心仪男人的同时，最优秀的品质是可以包容万物。爱极生恨，恨去爱切，缠绵悱恻之时，金凤就看见黑火笑吟吟向她走来，不禁一个寒战，用力推出一把。快走，你不能回来。要是叫他们看见，会把你打死的。古朝万代，但凡有人做下家族们认为是伤风败俗的事体，被点天灯坠石磙沉水塘的悲剧不乏其例。还有骡子，这条灭绝人性的恶狼，决不会与你善罢甘休。汤王街里，容得下汤秀秀们这样的破鞋，千人骑万人睡风光无限，受朝廷爷封过一样天经地义，仿佛生活中没有这些花里胡哨偷鸡摸狗日月就会黯然失色。人们见怪不怪，嘴上恶狠狠日骂，不共戴天；暗地里拈花惹草，繁衍出一个个怪胎。然而却容不下她和黑火，两个知识青年追求男女之间的纯真爱情反倒是亵渎了神灵，玷污了祖宗，挖了谁家祖坟那样遭人痛绝，犯下弥天大罪。金凤觉得，汤王爷原来也是一位瞎眼的神。

毕竟，金凤是金定的女儿，金定是古镇里的大干部，有头有脸的人物。沾了父亲的威风，汤王街人最多指指戳戳，没谁真敢站出来逼迫金凤悬梁投井。但父亲放不过她，挨打受骂恫吓威逼，金凤以泪洗面，度日如年。一天天隆起的肚子成了致命的弱点，不允许她继续在忍耐中抗争，她必须有所选择。黑火杳无音信，身边连个商量的人都没有，为了保全心爱人留下的骨血，金凤决定出嫁，哪怕是找个瞎子瘸子牛把式，结成名誉夫妇，也得为肚子里的孩子出世营造一个生存环境。她提心吊胆，生怕父亲逼迫她嫁给骡子。骡子是她的仇人，恨之入骨。为了霸占自己，骡子摆设下圈套，逼走了黑火，造成今天的局面，让她欲生不能，欲死不得。为了霸占自己，骡子一次又一次往汤秀秀屋子里面钻，出谋画策，设计下一个又一个陷阱，一步步把她往绝路上逼。这个人面兽心的畜生，骡子的垂涎和贪婪金凤心知肚明。金凤心生厌恶，并且有极其强烈的抗争，宁死也不能让这条恶棍的阴谋得逞。她万万没有想到父亲在外边过了一夜会一反常态，不但坚决反对她嫁给骡子，而且威逼着她立马打胎。金凤怒目圆睁，与父亲对视良久，像是吞咽下一只秤砣，铁定了心。死也不打胎，要死母子一齐死，要活母子一块活。父亲气急败坏，推上自行车走了。金凤百思不得其解，为什么？这究竟是为了什么？难道说是父亲良心发现，真的要帮女儿跳出火坑，去寻找一个吃商品粮的丈夫，过舒适安逸的生活吗？要真是那样，这肚子里的小生命，还有割舍不断，牵肠挂肚的黑火……金凤在痛苦的海洋中挣扎，脑海一片空白，突然看到汤王爷那张千古不变的麻木笑脸，和八里岔的面孔极其相似。心中陡生一个可怕的念头，不如一死了之，一了百了，也许是最好的解脱，从此再不受尘世烦扰。可是，把黑火一人留在世上，孤苦伶仃，哪一天他要是回来了，再也看不到心爱的人儿，该是怎样的柔肠寸断？这可是一家人的性命啊！

　　几天来，金凤不吃不喝，心如刀绞，人整个儿都消瘦了一圈。在痛苦的折磨中，终于抱定了一个信念，也明白了将要面对的一切，她攥紧了拳头，咬紧了牙关。金凤决定用自己的智慧去战胜仇人，设计出一整套折磨骡子的构想，要让他娶妻成家以后生不如死。当然，以牺牲自己的身体为代价去与骡子周旋，最终目的是为了保住她和黑火的爱情结果，让这一曲爱情赞歌在畸形婚姻的掩饰下得以延续。既然不能与相爱的人长相守，就要与魔鬼作抗争，滴水穿顽石，烂麻绳磨折辘轳圈，钝刀子杀人，有时不失为正义战胜邪恶的锐利武器。抗争中，期待着悲欢离合的灵光闪现。她坚信，终有一天，黑火会回来拨响断了弦的姻缘……

　　金凤拿定主意，斩钉截铁向金定摊牌。"爹，我决定了，就嫁给骡子，越快越好。"

　　金定把脸黑丧起来，像被驴球摔了一般。

　　秀秀一把将骡子揽进怀里，发出放纵驰荡的笑声……

十

对于一个姑娘家来说，结婚本该是最为喜庆的事情，是人生中最为辉煌的时刻，就连普通百姓家的闺女出嫁，也都要早早准备下丰厚的嫁妆，在心中编织下走向成熟新生活的理想花环，期待着与如意郎君婚后的美好生活，用母性的爱心和责任，去完成繁衍生命孕育世界的使命。农村里讲究个黄道吉日，婚嫁大事是一定要看好儿的。好儿就是好日子，择定下好日子结婚，便可消灾解难，幸福终生。谈婚论嫁，是汤王街人奉若神明的崇高礼俗，谨小慎微，诚心相待。从说媒定亲换盅下聘礼，到送好儿喝商量酒迎娶姑娘出阁，都有严格的规程，需要男女双方勠力同心，共同完成，结下百年之好。迎娶这天，最为隆重。男方家里，装修好新房，置办全家具，摆下几十桌酒席，招呼来老亲旧眷，高朋满座，盛友如云，兴高采烈，迎接着添丁入口。女方家中，也是倾其财力，准备下琳琅满目的嫁妆，把姑娘打扮得花枝招展，舅伯叔侄亲兄弟叫来一大堆，组成一支送客队伍，恭候着花轿临门。待村口有炮声响起，鼓乐齐鸣，男女双方迎亲送女的队伍里便融合成一片喧嚣。宾主敬烟让茶，亲如手足，为两支本无相干的血脉结成姻亲而贺喜。门前唢呐吹响三遍，炮仗放亮三声，来迎亲的司仪婉转提出，时候不早了，两家人办的一件事，打发闺女上轿吧，省得家里萦系。女方家里主事的表现也极其豁达，催促姑娘拾掇停当了早点儿登程吧，大喜的事儿，赶早不赶晚。待嫁的姑娘泪流满面，难舍难分，感念着二十多年来娘亲的养育之恩。于是，娘和女儿抱头痛哭，在场的人们无不为之动容。闺女是娘的心头肉，嫁女的人家自然不像娶妻的门庭里欢天喜地，不过人都是要往好日子上奔的，女儿尽管有离别的伤心落泪，但同样充盈着对新生活的向往。因之被迎亲的大嫂搀进花轿，心儿便跟随着悠扬的唢呐声飞上蓝天，溢满了和煦的春风……金凤的婚礼黯然失色，丝毫不显激越，让乡亲们惋惜。那时候，横扫一切牛鬼蛇神，全无敌！婚事新办，移风易俗。关键是她已经挺出了身的大肚子，再难掩人耳目，虽然家庭地位显赫，金定也只是买了一辆自行车，一套红宝书，还有馒头耙子锨一类的使用农具，金凤便成了骡子的媳妇，东邻西舍，连个热闹也没瞧成。

新婚之夜，金凤双目中燃烧着怒火，在枕头下藏了一把锋利的剪刀，以死捍卫着肚子里孩子的平安，捍卫着她和黑火的爱情结晶。骡子喝得酩酊大醉，眼中布满血丝，困兽一般闯进洞房，看到金凤如炬的怒目和手中紧握的剪刀，威风扫地，蓄意已久的占有欲望，在强烈的捍卫面前落荒而逃，像一个踉跄的幽灵，消失在沉沉夜幕之中。

金凤明白骡子去了什么地方，她嗤之以鼻，懒得为他操那份闲心。但这毕竟是新婚之夜，女人一生中最为神圣的时刻，却不能与相爱的人携手共赴瑶台，反而和魔鬼一般的仇人同在房檐下，做着水火不容的残酷抗争，金凤心中一阵阵发疼，感慨着老天为什么会对她如此不公。她走出屋外，看到天空深邃无垠，繁星点点装扮出夜的诡谲。那一颗颗星星，活灵活现，每一颗都像是黑火明亮的眼睛，忽闪着，诉说内心深处的倾慕和爱恋，扣人心弦。黑火的身影在眼前晃动，真真切切，英俊潇洒，充满活力。这是爱的感觉，心的共鸣。记得那一年修建广成泽溢洪道，一下子来了好多会战民工，分驻到汤王街周围的村村寨寨。古镇里驻扎着会战指挥部，人山人海，车水马龙，再现了灵源阴火的历史显赫，一时间，豫西大地上，所有人的心跳，都和汤王街的喜怒哀乐联系了一起。那时候，金凤和黑火刚刚十来岁，对世界充满了好奇。立下愚公移山志，敢教日月换新天。是时代的疯狂，也是父辈人们的精神境界！与天斗，其乐无穷；与地斗，其乐无穷；与人斗，其乐无穷。老人家的斗争哲学，鼓舞全中国真

灵源阴火

懂假懂似懂非懂甚至根本不懂马克思的信徒们向大自然宣战，用自己的双手去改造世界。孩子们的心灵永远纯真无瑕，无论吃饱还是忍饥，吃好还是吃赖，穿花衣服还是破衣服，永远是那么天真活泼，无忧无虑。放学了，大人们就吆喝孩子挎上篮子，拿起镰刀，去地里割些猪草，挖点野菜，免得他们贪玩，惹是生非。黑火和八里岔住在汤王庙里，无猪可喂，也从不动烟火，是可以免去这些家务劳动的。但他像一个大哥哥，无时无刻不在关怀着金凤这个小妹妹。只要看见金凤提着篮子走出家门，黑火就义不容辞和她一起走向田野。两人一起动手，很快就能割满一大篮猪草。但是他们并不着急回家，因为黑火看到，这时候的金凤天真烂漫，在山坡上奔跑着采集野花，像个小天使一样，把自己打扮得花团锦簇。金凤也只有和黑火在一起玩耍的时候最为开心，放浪形骸，无拘无束。他们在山坡上编织着童年的梦幻，播种下对未来生活的向往。金凤把采来的野花编成一只花环，戴在头上，装扮成新媳妇的模样，然后命令黑火和她跪在一起，拜天地结成夫妻。结婚仪式，他们也记不清楚演绎过了多少次。有时候黑火都厌烦了，不愿配合，金凤气得抽泣起来，脸上满是泪水，像个非常入戏的小演员，令黑火动容。在金凤面前，黑火永远是个失败者，根本不敢看见这个比自己还小的姑姑哭闹，心中不安。于是就唯命是从，俯首帖耳，听凭金凤摆布。拜完天地，还要入洞房，两个人就薅下蓬蒿，比作唢呐，呜里哇啦吹起一片山响。金凤解下花头巾，让黑火牵引着，向设定为洞房的蓬蒿深处走去……亘古不变的圣典，百演不厌，往往要到天色擦黑，一对难舍难分的小夫妻才会相伴着回家。

　　一天，金凤和黑火割满了一篮猪草，去会战工地看推土机。那家伙好威风，一铲子下去，能推走一座小山。民工们是按钟点吃饭的，出工收工都有时间，工地上空无一人。黑火在前边跑，金凤在后边追。黑火跑得快，金凤气喘吁吁，边撵边骂："你慌

44

着拾炮壳哩！跑恁快干啥。"

黑火回头哈哈大笑，说："你来晚了，我就把推土机装进口袋，不让你看。"

等金凤跑到推土机跟前，却看到黑火愣愣怔怔站在那里一动不动，手中拿着一个钱包。

金凤上前夺过一看，钱包里有十五块钱和三十斤粮票。金凤也吃了一惊，因为她长这么大，还从未见过这么多的钱。

两个人面对着这笔天上掉下来的横财，一时间心跳加速，呼吸急促，不知道如何是好。

"咋办？"黑火问。

"是呀，咋办哪？"金凤答。

"要不先藏起来，别跟大人们说，然后咱俩慢慢买包子吃。"那时候农家日子过得清淡，孩子们都馋嘴吃，看着街上到处都是烧鸡包子卤肉，但没几个孩子能经常解馋的。一笔十五块钱的巨款，买一盘水煎包子才一毛钱，吃一碗羊肉汤也不过三毛钱，想想，这是多么巨大的财富啊！黑火说："从今往后，我要天天让你吃肉，想啥时候吃，我就啥时候买。"

金凤说："那要是咱俩把钱给吃光了，民工叔叔吃啥哩？"

"是啊！"黑火一下子把心提到了嗓子眼处。他说："丢钱的民工叔叔这会儿肯定起急，要不咱把钱包给他们送去。"

金凤说："那就不得吃肉了。"

黑火手里捏着钱左右为难，不知道该怎么办才好。毕竟他们还是孩子，为丢钱的民工叔叔着急和包子烧鸡的诱惑显得同等重要。钱是咱们捡来的，又不是偷他们的，还不还给他们当然由咱们自己决定。不过老师经常教育要做个好孩子，拾金不昧，要是拾了钱就不还给人家，觉得也不对，况且民工叔叔们远离家门，来为咱治水库，他们家里的孩子也能天天吃肉吗？两个孩子为这十五元钱前思后想，反复讨论，最后决定留下来五元钱，把钱包

灵源阴火

和十元钱还有粮票还给民工叔叔，这样也算咱们没有白拾一回钱。两个孩子能想到一块，也能说到一起，金凤觉得自己这个姑姑没有白当。

第二天，金定领着金凤和黑火来到会战指挥部，把孩子们从工地上捡来的钱包交到这里的领导手中。让他们没有想到的是，民工叔叔不仅没有追查那五块钱的下落，还组织起一支队伍，敲锣打鼓把一封感谢信和一尊毛主席塑像送到金定家门口，召开了一个现场誓师大会，号召全体参战民工要向两个小朋友学习，做毛主席的好战士。高兴得八里岔手舞足蹈，仿佛是他的儿子挣下了天大的荣耀。

面对如此壮阔的场面，金凤和黑火不约而同低下了头，满脸发胀，真的像是做了错事的孩子，为自己的不诚实感到羞愧，不敢正视民工叔叔们一眼。不过，小孩儿们自有小孩的智谋，等师誓大会一结束，黑火就找到了八里岔，如此这般吩咐一阵子，就见八里岔咧开大嘴笑了，笑得八卦楼里的灵源都打起了旋涡。转身，八里岔手中捏着一张五块的钱币，高喊道："我也拾到五块钱，交给民工叔叔去……"

想到这里，金凤会心地笑了，孩提时代的天真无邪，像是一幕幕电影，在脑海中闪现。那时候，天高地阔，满眼春光，不知道忧愁，更没有烦恼，生活如童话一般。人要是永远都不懂事永远都长不大该有多好。只可惜，日月经天，人总是要长大的，婚丧嫁娶，制造出多少人间悲剧，怎么也不会想到，这样的悲剧，竟然降落在她和黑火身上，疯狂了的年代，举起一根无情棒，残酷地拆散了他们这一对两小无猜的鸳鸯。金凤仰天长叹一声，埋怨道："冤家，你究竟跑哪里去了，怎么连封信也没有？"

金凤满脑子尽是黑火，更加担心他颠沛流离，或遇到不测，把心尖尖操得生疼。她孤独无助，愈发加深了对黑火的思念，不由自主一步步朝进士坟里走去。

金凤在进士坟里燃起一堆篝火。火光中，她的身子与沉睡数百年的进士墓冢构成一幅阴阳太极图案，在寂寥的夜空下焕发着光芒。金凤不禁潸然泪下，想她一个知识女性，在新婚夜晚，竟然沦落荒野与亡人对话，这就是爱的代价吗？记起娘临终时对她说："闺女家，不敢心气老高。一辈子能嫁个好男人，平平安安过一生，比啥都主贵。"金凤一声凄厉，悲声恸哭，心中呼唤着娘啊娘啊，你自管双眼一闭撒手人寰，全不顾女儿的死活。事到如今，你说让女儿可该怎么办？黑火是好男人，却被逼得远走他乡，至今音信全无。骡子是个坏男人，可女儿还要和他一个锅里搅稀稠。这就是命吗？难道说女儿就命该如此……

十一

日历被金凤那双秀气的手一页页撕下，她像是一只热锅上的蚂蚁，度日如年。又是几个月过去了，在一把剪刀的捍卫下，始终没有让骡子侵犯过她的身子，仍然为爱情奋力拼搏，直到小黑火的啼哭声惊动了左邻右舍，人们看到，金凤的脸上开始有了笑容，愈发显得光彩照人。

日子总是要往前过的，怀胎十月，小生命的诞生给金凤带来了活力，也带来了生活的希望。她把儿子当成是生命的全部，开始为生计奔波。骡子一刻也没有停止过对她的骚扰，总是不择手段企图强行占有。金凤软磨硬抗，以种种借口把骡子推开。她觉得，与自己不爱的男人做那种事情，和大街上猪狗们的交配没什么区别。她是人，是有文化有修养的女人，追求的是两情相悦的精神境界，而不是猪狗不如的媾和。骡子气急败坏，每每拳脚相加，把金凤打得遍体鳞伤。除了愤怒，金凤已经没有初婚时的锐气，心中溢满舐犊之情。每遭骡子施暴，她都拼命护起孩子，任凭骡子的拳脚在她身上大发淫威。她的心死了，连与骡子争吵的

灵源阴火

情绪都没有，以极度的忍耐，把对黑火的满腔情爱转移到儿子身上。时间长了，汤王街里便有了议论，毁誉参半，甚至把金凤说成是十恶不赦的坏女人。

"可惜了金凤，一朵鲜花插到牛粪上。"

"死妮子，作精哩！嫁给人家就别嫌人家球粗。还想咋，上房子揭瓦呢？"

金凤默不作声。市井百态，谁想说啥谁说啥，就是有天大的能耐，也不能拿块抹布把人家的嘴给堵上。靠天靠地不如靠自己，身正不怕影子斜，任她们说去，人生在世，要为自己争一口气，不是活给别人看的。为了儿子的健康成长，她开始在集市上摆了一个缝纫摊儿，用灵巧的双手，为乡亲们剪裁缝纫衣服，自己挣钱养家糊口。

有一次，儿子发高烧住进了十几里外的公社卫生院，整整半个多月，骡子没来照应过一次。苦了金凤一个人，白天在集市上缝纫衣服，晚上到卫生院陪伴儿子，来回三十多里路程，一天一次，累得她精疲力尽，腿疼腰酸。有时一个人走在路上，想想自己的辛酸，黑火的负心，骡子的鄙俗，孤影自怜，真想一死了之，再不受这生活和心灵上的煎熬。然而，儿子那张稚嫩的笑脸，还有那甜甜的唤妈声，让她柔肠寸断。自己要是死了，在这世界上留下一个无爹又无娘的孩子，该是怎样的孤苦伶仃？还有黑火，这个冤家，你要是男人，就是天打雷劈，也该回来看俺们娘俩一眼。难道说你真的遭遇了不测，永远都回不来了吗？金凤心如刀绞，咬紧牙关承受着命运为她安排下的一个又一个灾难，以超人的毅力，支撑着自己筑下的爱巢。直到有一天，八里岔神神秘秘跑来，往她手中塞了一张纸条……

金凤急忙跑回家中，打开一看，是黑火再熟悉不过的笔迹，不禁心里怦怦直跳。那张纸上没有她朝思暮想的信息，写着李清照的《声声慢》：

寻寻觅觅，
冷冷清清，
凄凄惨惨戚戚。
乍暖还寒时候，
最难将息。
三杯两盏淡酒，
怎敌他、晚来风急。
雁过也，
最伤心，
却是旧时相识。
满地黄花堆积，
憔悴损、如今有谁堪摘。
守着窗儿，
独自怎生得黑。
梧桐更兼细雨，
到黄昏、点点滴滴。
这次第，
怎一个愁字了得？

　　身无彩凤双飞翼，心有灵犀一点通。走出校门已经好几年了，几年中金凤经历了太多的磨难和曲折，彻头彻尾变成了一个家庭妇女，学生时代的浪漫和理想已成过眼云烟。今日重新看到李清照的词，是心爱的男人传来的手迹，止不住热泪横流，心潮翻滚，同时也充满了温暖和慰藉。这一首词，是她非常喜爱的华章，当年她认真抄写了一遍，偷偷送给黑火，表达了她对黑火的爱慕。今天，逃往异乡的黑火又把这首词送了回来，足以证明黑火还活在人世，让她一颗悬着的心有了着落。幸福的是，黑火并没有忘记她，借用古哲先贤的情愫，表达了相爱的艰难和辛酸。

灵源阴火

引起了金凤对爱恋的甜蜜回忆。

　　自从在广成泽溢洪道会战工地上捡到十五块钱以后，金凤和黑火仿佛都长大了，懂得了生活，也明白了男女间的事情，相互间产生了距离，再也没有无所顾忌地相伴着跑到山坡上拜过一回天地，因为她俩成了汤王街里引人注目的人物，都想成为一个人见人夸的好孩子。尽管是一个班级里上学，平时里却很少说话，表现着各自的清高自傲和孤芳自赏。直到她俩双双走进高中的校门，随着年龄的增长，青春的骚动再也按捺不住，总是将脉脉的目光寻求电火石光的心灵碰撞。她俩的眼神中，复杂而又深邃，隐藏着常人难以理解的情愫。在眼神的交流中，满足了青春的花蕾绽放，又激动又幸福。那时候，精神文化生活匮乏，除了八个样板戏，看电影也只有《地道战》《地雷战》《杂技英豪》几个片子。记得有一天晚上，同学们为了看一场《铁道卫士》的电影，硬是跑了三十多里，到邻县的一个公社满足了愿望。一部《钢铁是怎样炼成的》苏联小说，在同学们中间传来传去，爱不释手。保尔的爱情故事，让这些情窦初开的少男少女们激奋不已，干涸的心田里泛起涟漪层层，偷偷在心目中为自己寻找着爱的伴侣。李清照的那一首《声声慢》，是金凤从一位老教师借给她的一本古书上抄下来的，她读了一遍又一遍，越读越觉得意境高雅，博大精深，是现实生活中根本无可比拟的崇高境界。尽管古人诉说的是无限愁怨，使人备感凄婉，然金凤从中读懂了博爱，是一个怨妇爱的凝思和升华。后来，她把这首词认真抄写一遍，夹在书本中送给了黑火，希望他能从中窥视到她的心迹。黑火的座位在金凤后面，自有了《声声慢》的沟通，金凤感觉到，黑火总是把一双犀利的目光投在她的脊背上，火辣辣发烫，有时竟然心神不宁，如坐针毡。难耐之时，金凤忍不住回头张望，那里早等待着一双渴望的明眸，如炬一样火热。目光的交流短暂急促，韶光淑气，却有触电的感觉，心旌激荡。

相比之下，金凤比黑火早熟，而且有家的优越，总是把无尽的关爱奉献给黑火，哪怕是有一天看不到那双会说话的眼睛，就会烦躁不安，怅然若失。在同学们面前，她们极力表现着平静，可在内心深处，早已催熟了一颗爱情的圣果。也只有到了礼拜天，放学回家的路上，空寂无人之处，金凤会大胆拉住黑火的手，把两颗心连在一起跳动……

金凤把李清照的《声声慢》紧紧揣在胸口，感受那"寻寻觅觅，冷冷清清，凄凄惨惨戚戚……"恍惚觉得自己与李清照同病相怜，有逾越时空的惊人相似，是古人有先见之明还是阴魂不散的怨妇托生？她想起八里岔塞给她纸条时的神秘模样，他一定是见过黑火了，要不，她和黑火的内心秘密，怎么会到一个傻子的手中。黑火一定回来过。金凤疯也似的往进士坟里跑去。进士坟静静躺在那里，庄严肃穆，没有丝毫活的气息。挺拔的古柏迎风吟唱着，炫耀着饱经沧桑和血与火的洗礼，似乎是在嘲笑金凤的荒唐。人生如匆匆过客，在古柏眼里，人的生命渺小如蚁。移山填海，朝代更替，古柏是历史的见证。从它身上脱落下的每一片叶子，都记载着人世间的悲欢离合，喜怒哀乐。金凤当然没有古柏那样旷世的胸怀，她只是盼望着能早一天看到心爱的人儿，让自己的爱有一个归宿。然而，进士坟里没有黑火的影子，金凤失魂落魄。不过，金凤还是在蓬蒿深处，找到了一堆烟蒂，她一把抓了起来，放在鼻前，嗅出了黑火身体的气味。金凤瘫坐在了地上，抱怨着这苦日子啥时候才能熬出头呢？

十二

八月是个骚动的季节。田野里的庄稼孕育出了累累果实，呈现着丰收的景象。汤王街经过疯狂时代的阵痛，恢复了古老的宁静。人们看到，汤秀秀又在街上支起了油馍锅，炸出的油条金黄酥脆，吸引南来北往洗浴的人们大饱口福。秀秀的穿着打扮日新月异，丰腴的身子上散发出油香，夹杂有袭人的脂粉气味，为古镇传来了鼓励一部分人先富起来的信息。街面上的公狗们忙不迭跑着寻找母狗繁衍后代，表演着一幕幕触类旁通的人间喜剧。无聊的男人们从狗的交配中取乐，用木棍把连住蛋的狗夫妇高高抬起，引发一阵笑声，疼得狗男女上蹿下跳，疯也似的见人就汪汪。

八月里汤王街有一个古刹庙会，是祖先留传下的踪迹。

八百年前，国都在开封的金废帝海陵王完颜亮，在观赏了洛阳牡丹的国色天香之后，来到崆峒山下的广成泽围猎，追寻轩辕黄帝问道广成子的仙山琼阁。

那时候的广成泽烟波浩渺，方圆数百里。正如东汉大教育家马融献给汉安帝的《广成颂》中描绘的那样，浅山四周，水草丛生，奇树有栝、柏、柜、枫；名鱼有鲂、鲤、鳟、鳊；漫天飞的有鸿鹄、鸳鸯、鸥鹭、鹭鸶；遍地跑的有老虎、黑熊、豹子、狐狸，驯顺的梅花鹿更是不计其数，漫山遍野，成群结队，难怪东汉的帝王们一直把这里作为三大御用游猎场地之一。汉安帝、顺帝、灵帝都曾到这里围猎，百官簇拥，盛况空前。隋朝曾在这里设有"马牧"的官员，专门为朝廷牧马和交配繁育千里驹，真是一方风水宝地。

古代的围猎，其实就是军事演习，需要调兵遣将，围追堵截。完颜亮白天在猎场里追逐驰骋，晚上便率群臣宿营在汤王街里，尽情享受温汤圣水浸润之乐。饱食着猎获的鲜美野味，体尝着山前阴火煮灵源的心旷神怡，完颜亮乐而忘返，一时高兴，竟异想天开颁下诏书：凡离汝州一百五十里以内的州县，都要派遣行商坐贾来汤王街"置市"。他要在这里发起中华民族历史上第一个物资交流大会。号令一出，汝州附近的各州县积极行动，甚至有更远的州县也派来了从商人员，带足各地的土特名优产品，到汤王街来赶会交流。二十多个州县的商贾凑到一起，再加上本地买卖东西的，外地慕名前来观光看热闹的，一时间，汤王街里人山人海，万头攒动，一派繁荣太平的景象。完颜亮欢乐开怀，也不带随从，一个人在会上转来转去，十分惬意。他下令，这个集会要长期搞下去。可惜在二十多天后，完颜亮在围猎中被鹿群撞于马下，呕血数天，不得不回开封养病。盛极一时的汤王街置市，才逐渐萧条。后来，群众继承了这一历史遗迹，将古代的置市演变成汤王庙古刹大会，崇尚一方神灵，祈求美好生活，至今长盛不衰。

这年的汤王庙古刹大会，镇里来了个戏班子。被八个样板戏统治了十年的戏剧舞台上百花齐放，乡亲们终于又能从戏台上看到了帝王将相，才子佳人。戏班先演出了《卷席筒》，接下来唱《风雪配》《抬花轿》……把古镇唱得焕发了青春。锣鼓家什一敲，八卦楼里的古泉就要咕嘟着喷出水柱。人们心花怒放，兴高采烈，个个像着了魔似的，撂下汤碗就急着往戏场子里面跑。

金凤天生就是个戏迷，台上唱着，她在下面溜着哼，哼一遍就能大段大段唱出来。自幼伴随唢呐声长大，与戏剧有着不解之缘，一听见弦子拉响，嗓子眼里就痒痒，老是想唱，只可惜，汤王街里没有她的舞台。

第一场戏，金凤看得好开心。

夜戏一刹，金凤兴冲冲朝家里走去，一路哼唱着戏文，把天空中挂着的月牙儿都高兴得笑弯了眉毛。走进家中，意犹未尽，好长时间没有这样的轻松和愉快，心中荡漾着春风，感觉身体里面有激情在涌动，好想洗澡。她从八卦楼里担回来热水，倒在木制浴盆中，水雾蒸腾，弥漫着芬芳。金凤一件件脱下衣服，雾鬓云鬟，隐现出雪白光洁的躯体，在灯光照耀下，摄心撮魄，乱人心旌。秀逸的身躯缓缓坐进浴盆，体尝灵源的滋润，温馨的快感袭满全身。生长在温泉旁边，金凤仿佛今天才感悟出温汤圣水的

灵源阴火

灵性，显得如痴如醉，心儿欢快起来，像是回到了少女时那浪漫天真的年代。自打告别了校园生活，金凤还从来没有这样认真审视过自己肉体的秀美，晶莹洁白，修长细腻，白花花活像一条大鱼儿，难怪总有些不三不四的男人，拿锥子一样的目光往她身上瓷瞪。崆峒山物华天宝，造就出多少帝王名垂青史；汤王街人杰地灵，流传下多少文人骚客的风流韵事？青山碧水，阴火灵源，养育了一方生灵，天设地造，这是个出美女的地方。金凤是老天造就的尤物，浸泡在圣水中的身子，让自己都感到心动。她在幸福和甜蜜的海洋中畅游，觉得无比自豪，双手在光滑的皮肤上摩擦，抚摩出一阵阵吟哦。迷离中，她看见黑火微笑着走来，雄健有力，不禁搓揉起一双发胀的奶子，双目迷乱，欲情缠绵。眼前闪现出进士坟里柏涛滚滚，云雨巫山，金凤瘫软了，呻吟着，期待幸福的高潮再起……突然，门锁响动，骡子闯了进米，吓得金凤一个愣怔，慌忙用手护住下身。

骡子瞪大了双眼。结婚到现在，他第一次这么完整看见老婆的肉体，竟然耳热心跳。骡子没上过几天学，不知道保尔·柯察金和冬妮亚，也不懂寻寻觅觅冷冷清清凄凄惨惨戚戚，可他明白娶老婆过日子的道理。在汤王街里，骡子也算是一个人物，娶回了美艳如花的金凤做媳妇，谁说起来都会眼气。但在他的意识中，这个美人好看而不中用，要和她做一次高兴的事儿，总免不掉一场肉搏，比强奸还难，弄得气喘吁吁，心灰意冷，往往以垂头丧气而告终。今天，骡子看见老婆白花花的身子，散发着幽香，兽性勃发，上前一把将金凤拽起，按到床上，三两下扒光衣服，像是一匹饿狼，疯狂压了上去。金凤一声惨叫，拼命把骡子往床下蹬。骡子一时性起，抡起巴掌扇了下去，打得金凤眼冒金星。

金凤头晕目眩，奋力挣扎，阻止骡子的强暴。她不再有泪水，也没有哀求，心中充满着愤怒。骡子仗着强悍，双手舞扎着，摁住金凤的双臂，将一截木棍似的家伙，强行朝金凤的身体里刺去。金凤好一阵恶心，使出浑身气力，拼命挣脱开双手，一把抓住了骡子那丑陋的家什，咬牙切齿朝死里揪拽，痛得骡子龇牙咧嘴，高高扬起了巴掌……

骡子终于支持不住，抡起的巴掌无力放了下来，丧心病狂骂道："臭婆娘，当心啥时老子宰了你。"草草把衣裳一穿，溜了出去。

金凤瘫倒在床上，浑身酥软无力，腮边滚落下两行热泪，她用舌头一舔，吞进了肚子里……

十三

第二天傍晚，人们早早就来到了戏场。金凤也来了，搬着凳子坐在最前边，不想失去这难得的快乐。戏还没有开演，七大姑子八大姨们便围坐在一起，议论起鸡子过去尿湿柴火的鸡零狗碎。忽然，人们看见骡子手中掂了个花裤衩子，大步登上了戏台。场子里一阵骚动，全把目光投了过去。

"老少爷们，婶子嫂子姨……你们听听。"骡子呜呜哭了起来。一个杀猪的汉子，壮实得像一头骡子，在大庭广众面前哭成了泪人，鼻子一把泪一把，比他亲爹死的时候都悲痛，引起了乡亲们的好奇，有些心软的女人，甚至陪着落下了泪水。

都在一条街里住着，老少爷们谁不清楚，我骡子娶妻仨月得儿子，双喜临门哪！俺老丈人是大干部，结婚时啥也不陪送，却陪送了一个杂种，我认了，伸长脖子往肚子里咽。那杂种今年都七岁了，七年来，我过的是啥日子，你们都知道吗？啊？今黑儿，我骡子豁出去啦，就是个鳖，也要啃口污泥；是堆牛屎，也该发发沫了，我像个男人吗？呜呜……

你们大家伙瞧瞧，这就是她金凤穿的裤衩子，上面系着五道绳索，站着五道岗啊！我要跟她办回事情，过五关斩六将，比杀两头猪还费劲。我她娘忍气吞声，大张着嘴没啥说，谁叫咱贱哩！不嫌弃破鞋，老是想要人家。就这还是不中，哪一回都要逼着我使避孕套，说是响应计划生育政策，当干部的要带头。骡子哭诉着，从口袋里掏出一把使用过的避孕套，皱皱巴巴，肮脏不堪，朝前伸出老远。你们瞅瞅，七年了，这才使过几个，一个一回，掰着指头，都能数过来。大伙说，我娶的是媳妇呢还是煞神？

金凤浑身打战，嘴唇发青，掂起凳子走了。

人群里响起一片噪声，议论纷纷，有人同情起骡子的境遇。

"这骡子，也怪可怜的。一个大小伙子，咋受得住那份洋罪？"

"就是。"

"金凤那死妮子，也是作怪哩！嫁鸡随鸡，嫁狗随狗，嫁根扁担抱着走，咋兴这，钝刀子杀人，这不是要骡子的命吗？有娘生没娘教，她爹那死木老刀，自顾人前人后日摆呢，也不管管那死闺女，叫她成精哩！"

后台的戏子们，听见前面热闹，也都穿好戏装，仰着花脸跑到前台瞧稀罕。

骡子势焰熏天，在台子上大喊大叫。她逼着我戴避孕套，不戴就不让日，咱也不是实疙瘩死鳖，心里捣蛋着呢！就偷着把避孕套前头那小尖尖剪烂，我不能白费力气，娶个媳妇不留下一点骨血。前些时，我看她像是害了，都快美死啦，盼望能生下一男半女，兴许能把她的心给拴住。想不到，她竟然背着我把胎儿打掉，这不是挖我的祖坟，逼着我绝后吗？既然她不让我安生，我骡子也不是熊包软蛋，任她骑到脖子上拉屎撒尿，过不成去她娘那脚！老少爷们给评评理，她金凤到底是人还是狐狸精，直到现在，她心里还只有黑火，这不是拿咱爷们当猴耍吗？

聒噪的戏场突然静了下来。这么多年了，吃着百家饭长大的黑火，仍旧连着乡亲们的心。大家没有忘记，当年黑火是怎么逃离故乡的，至今杳无音信。在汤王街人眼里，黑火和金凤本该是天造地设的一对儿，中间硬是插进来个骡子，癞蛤蟆想吃天鹅肉，活生生拆散了一对恩爱夫妻。天地之间有杆秤，大伙心中镜子一般明亮，善美丑恶，泾渭分明，就像是从地下冒出的泉水，热的和凉的永远都流不到一起，虽然人们能把它们强行掺兑起来，但到底都无法改变各自的脾性。黑火背井离乡，生死不明，日升月沉，人们照样忙碌着各自的生计，时间久了，习以为常，黑火也就成了乡亲们记忆中的影子。难得金凤矢志不移，依然爱着汤王爷的这个子孙。骡子你个狗日的王八蛋，木匠戴枷板，鳖儿是自作自受哩！为了把金凤弄到手，你费尽心机，害得人家也不瓤茬，种下了孽根，活该遭此报应。常言说得好，操心不善，阎王爷割蛋，你龟孙子受点折磨也行。

　　小四驴子把腰都笑弯成一只大虾米，冲着戏台子高喊："骡子我日你八辈子先人，你兔子孩子孬心眼儿还不少哩！"

　　箩头和几个年轻人也都高叫起来："骡子，你要是日弄不成，也别老叫闲着，借给咱爷们使使……"

　　台下一片喧哗。

　　八里岔冷不丁钻了出来，冲着天空狂笑，"哈哈……骡子的球，闲家什！"

十四

　　金定一下子苍老了许多。

　　汤王街里多少年才出的一位双结合的大干部，已经被双开除回到了生养他的地方。金定本想重操旧业，掌一管唢呐招摇过市，女儿却给他挣个驴暗眼，弄得在乡亲们面前抬不起头来。戏场子里起哄的浪潮还没平息，金定的脸上就像破鞋底子摔了一样，起热发烫，悄无声息溜了出来。

金定默默来到火焚后汤王庙的空地上，空旷旷寂无一人，有两只狗目中无人，风狂雨骤在做爱，干着自管自己高兴的勾当。金定怒火中烧，飞起一脚，朝着狗们大发一通肝火。那狗一只拖着一只，逃窜了，金定顿感天旋地转。

神使鬼差，金定迷迷糊糊走进秀秀的家门。秀秀接纳了他，像哄孩子一样把他揽进怀里，任他热泪泗流，放声痛哭。当秀秀脱光了衣服，引导他入港行乐的时候，金定猛然惊醒，扬起巴掌往自己脸上狠抽起来……

自此以后，金定拢起了一群白羊，天不亮就赶起羊群上了崆峒山，不到日落，是不会回来的。人们隐约听见，崆峒山下老是传来轩辕黄帝问道广成子时带来的曲调——《钧天》。

十五

黑火回来着实让乡亲们感到新奇，一年下里，他吃遍了古镇上百人家的饭，父老亲人们问寒问暖，唠叨起家常里短，诉说着刻骨铭心的思念，汤王爷没有责怪他的子孙。

戏场里发生的那场风波之后，金凤和骡子分居已有四个年头，在大路边上开了个理发的店铺。父亲本来就是理发的高手，潜移默化中，金凤也就早早掌握了理发的技巧。尽管名义上她还是骡子的老婆，实际上这几年间谁也没再沾惹过谁，图的就是清静。她没有心情和骡子吵吵闹闹打离婚，就与儿子相依为命，盼望着生活中迟早要来的归宿。日子就这么在忙忙碌碌中一天天熬了过来，方圆左近的乡亲们谁家也离不开她。白天理发，晚上缝纫衣服，用自己的双手，把每一位光临小店的顾客都打扮得漂漂亮亮，金凤从中得到了不少安慰，招惹得大姑娘小媳妇都来跟她套近乎。

那天八里岔跑来告诉她黑火回来了，金凤一下子乱了方寸，心神不宁，辛酸的泪水在眼眶里转动。她草草打发了顾客，天不黑就关上店门，急得等着理发过年的人们把门板擂响好长时间。

金凤星驰电走，到集市上买来肉鱼蔬菜，精心准备下黑火最爱吃的麻辣豆腐烧大肠等十几个菜肴，瞪大眼睛巴望着黑火快点儿回来。不料，年尽了，十五去了，到了二月二龙抬头的日子，理发的人们排起了长队，黑火始终没登她的门边。金凤白天支应着店面，一到晚上，泪水就像耙子扒了一样，心里的委屈，比应付一次骡子的侵袭还难过。

这时，汤王街重新被建制为温泉镇，恢复了古镇历史的荣耀和地位，又被市里规划为经济开发区，一时间繁盛起来，就连蓝眼睛高鼻梁的外国人也前来旅游观光，开发投资，有许多基建项目等待上马，人们全都变成了绿头苍蝇，到处飞舞着寻找挣钱的门路，谁还会有闲工夫关心他们的阴晴圆缺？

夜深人静的时候，金凤一趟又一趟外出寻找，黑火像幽灵一样躲着她，不肯打个照面，难道他真的变心了，不要她们娘俩了吗？终于，金凤发现进士坟里忽明忽暗闪现着火光，像是夜空中的星星，眨巴着神秘的眼睛，她急忙走了过去。黑火静静躺在草地上，一口接一口抽烟。这里曾经是他们两人的天堂，爱的圣坛，充满着无限的爱恋和相思，金凤不顾一切扑了上去，却被黑火轻轻推开了。金凤睁大了惊愕的眼睛……

黑火非常镇定，说："金凤姑，黑火不是人。我对不住你们……事情到了这步田地，咱们都需要克制……"说罢，径自走了。

金凤疯也似的，大把大把撕拽起地上的蓬蒿。进士坟里，传出夜猫子一样凄厉的叫声。

第二天，大街小巷传开了消息，说黑火跟镇里签了合同，一头扎进崆峒山下那片肥沃的北汝河冲积平原上，办起了机砖厂。

谁都没有追根溯源，询问黑火这些年在外头究竟干些什么。汤王爷的子孙，大难不死，能够平安回来，就是乡亲们的心愿，心能包容一切。不过，也有人揣测，黑火这鳖儿，把不准是在外面发了横财。要不然一回来就敢张罗着办机砖厂，那可不是吹糖人捏面娃娃喷大话哩！腰里不别个三五十万，他敢张狂？说不定在外边早娶下三房四妾，要不咋连自己的亲生儿子都不认？

金凤坚信黑火没有变心，不认她们娘俩，肯定有自己的难处。

机砖厂很快就建成了，进回来机器设备，架通了电线，黑火从外地请来两位师傅，镇长来为砖窑点了火，没几天，就烧出了殷红色的机制砖，敲起来叮当乱响。乡亲们跑了几里地，说是来看看，临走掂上两块，要回家睡觉当枕头，避邪。小四驴子也来了，身后还跟着箩头和几个后生。找到了黑火，小四驴子说："侄，你办了恁大个砖厂，叫老叔也来搭把手，咋样？"

箩头和几个年轻人异口同声："黑火哥，俺们想来砖厂干活。打虎亲兄弟，上阵父子兵，咱可是赤肚子玩尿泥长大的弟兄啊！"

黑火笑了，对大伙说："这砖厂就是为乡亲们办的，只要大家不嫌脏嫌累，谁来我都欢迎。"

大家一阵欢呼，把黑火抬起抛了老高。忽然，有一阵唢呐声传来，悠悠扬扬，委婉动听。大家觉得，在机砖厂里听金定老汉吹响的《钧天》调，比在镇子里面嘹亮。

机砖厂一投产，镇上的车辆多了起来，汽车、拖拉机、大马车和毛驴车在路上拧成长绳，一齐往汝河岸边的机砖厂里涌，然后满载着机砖，送往各个建筑工地，机器声唤醒千年古镇生机盎然。

金定老汉与羊群做伴，远远审视着机砖厂里的繁荣。唢呐声高亢明快，唤起日升，送去月落，吹黄了树叶，吹开了鲜花，直把黑火吹得名声大震。上级说黑火是农民企业家，是带动群众致富的领头雁，给他送来了金匾和大红花。黑火让八里岔把红花戴在胸前，满街里跑着日摆，自己躲了起来，藏到谁也找不着的地方。

金定老汉一管唢呐，把温泉古镇吹得沸沸扬扬。

十六

金凤在唢呐声中又沉默了两年，再也坐不住了，开始往机砖厂里跑。

黑火仍像做贼一样躲着金凤，到底还是被堵在屋里。金凤双目怒睁，充满着怨恨，说："黑火，你回来难道就是为了把俺娘俩往绝路上逼吗？"

黑火怔住了！嗫嚅道："金凤姑，我……"

"你到底操的啥心？"

黑火长叹一声，分辩说："我是觉着，骡子也怪可怜，要是……"

金凤忍无可忍，扇了黑火一个耳光，双手掩面，失声痛哭起来。"不，这不是你的心里话。告诉我，你究竟在外面干了什么见不得人的事情，搁住这样折磨自己……"金凤哭泣着，往黑火怀里扑去。

门外一声高喊，骡子掂着杀猪刀闯了进来。"我日你祖宗黑火，竟敢大白天勾引俺老婆。告诉你，汤王街里有我没你，有你没我，一个槽上拴不住俩叫驴，老子跟你拼了……"

黑火轻蔑一笑，把金凤拉到身后，迎着骡子说："想玩命？来你十个八个骡子也不是我的对手，劝你趁早滚蛋！"

骡子恼羞成怒，一刀捅了过来。只见一道寒光闪过，黑火方寸不乱，就势来个顺手牵羊，把骡子摔了个狗吃屎，刀被撂到了墙旮旯里。黑火不紧不慢，轻轻用脚一挑，把骡子从屋里踢出院外。骡子从地上爬起来，号叫着，要往屋里面冲，被围过来的小四驴子和笸头他们死死拉住，劝他好汉不吃眼前亏，还是免生闲气为好。正闹得不可开交，有人跑了过来，说八里岔被烧死了，黑火一个箭步，从屋里蹿了出来。

自打黑火回来，八里岔像是有了儿子，再不用沿街乞讨，过饥一顿饱一顿的流浪日子了，就连身上穿的衣服，也全都换成了新的。他在机砖厂的食堂里吃饭，啥时候饥了啥时候就吃，食堂里的师傅们，跟伺候老太爷一样支应着他。吃饱喝足了，照样四处乱跑，到镇子里边转悠，瞌睡上来，随便找个地方，倒头就扯呼噜，扯起呼噜，还满地乱滚。这天镇子里有人家娶媳妇，八里岔去喝喜酒，喝过了量，晕晕乎乎回来，谁也没有在意，他竟然拱到窑场里去睡。呼噜声一响，便阿弥陀佛，四大皆空，就地一骨碌，滚进窑洞里。烧死的时候，香喷喷睡得甜蜜，连叫唤一声都没有，随小鬼去了鄷都。

黑火痛哭了一场，众人也都跟着洒了一阵子热泪，开始张罗着为八里岔置办后事。

黑火打发人买回来上等棺木，是真二三四的柏木锭子，老山漆油过十遍，起明发亮。撕布做下里三层外三层的寿衣，又请来阴阳先生为八里岔剃头，整容。小四驴子连夜扎糊好金童玉女，千里骏马，一切准备妥妥当当。出殡那天，汤王街里的人全都来了，万人空巷，为八里岔送行。黑火披麻戴孝，肩扛着柳幡，手端着老盆，履行起孝子贤孙的义务。

金定破天荒把一群白羊关进了羊圈，招呼来几个伙计，攒起一个器乐班子，给八里岔送葬。八里岔是乡亲们心中的一尊神，金定不觉得丢人，反而无比自豪，故意把头颅仰起老高。

送葬的队伍沿着温泉古道缓缓走来，唢呐声声，凄婉呜咽，苍天垂泪，厚土生悲，吹得人们心里一阵阵发紧。但见招魂幡瑟瑟抖动，白纸钱满地飘滚，天昏地暗，鸡鸣狗惊。

上岁数的老年人羡慕不已。这八里岔，好福气呢！一辈子不知道作难，没发过愁，活得逍遥自在。临了与火神爷亲个嘴，就算去了。看这阵势，操办的，啧啧，黑火他爹娘也没有这般气派。末了还埋到进士坟，算是进士了，造化，造化呀！

八里岔入椁时穿戴的寿衣，是金凤赶制出来的，心中同样充满着悲哀。她没敢和黑火并肩为八里岔送葬，而是远远跟在队伍后边。到了墓地，金凤看到，八里岔的墓穴，正好选在她和黑火当年铺过蓬蒿的地方……

十七

安葬好了八里岔，小四驴子和笤头他们厮跟着来找黑火，吞吞吐吐，欲言又止，费了好大劲儿，才听出因由。意思是求黑火出点钱，把汤王庙修建起来。说八里岔在庙里住了几十年，死后没个归魂的地方，别叫他做了野鬼。

重修汤王庙，是黑火欠下祖宗的一笔账，迟早是肯定要修的。他不是没钱，修不起，只是想再停停，眼下有好多关紧的事情要做，分不得心。他甚至盘算着，等到重修汤王庙的时候，他一定要有一个家，天天吃上金凤亲手为他做的饭菜，把天伦之乐，融进为汤王爷重塑金身的全部情感中。这番心思，小四驴子和笤头他们当然无法理解。

送走小四驴子，黑火车身回了镇子，找到老支书，说明自己的打算。

老支书说："黑火，这事你要慎重。"

黑火说："大叔，我一直都很慎重。黑火是个孤儿，欠乡亲们的太多太多。这座机砖厂，连固定资产带外债，也就百十来万，把它交给村里，算是我对父老乡亲的一点回报吧！"

灵源阴火

支书说："你娃子能有这样的觉悟，当然好，可是……"

"甭再犹豫了，我决心已下，就这么办吧！"

"要不你到村里来，为群众做点事情？"

"不必了，大叔。"黑火说："我在外头闯荡多年，想安生几天，歇歇气哩！"

支书说："娃呀，瞅有合适的，也该安个家啦！"

黑火感慨万千，说："这事，先不急吧！"

村里接收了机砖厂，变成集体的企业。黑火的壮举不翼而飞，声名远播，省里、市里的记者来了一拨又一拨，要大张旗鼓进行宣传。然而，问遍全镇，谁也没见到黑火的踪影，把老支书急得团团转，骂道："这鳖儿，上天入地了？"

金凤的目光一天天黯淡下来，人也消瘦许多……

十八

黑火又从古镇消失了，无影无踪。

灵源依旧汩汩流淌，为百姓疗疾祛病。远古时代，轩辕黄帝来崆峒山下洗浴温泉，兴许是上天的差遣。后来，帝王后妃、达官显贵、名人雅士们纷至沓来，则足以证明温汤圣水的魅力无穷了。有一位教化学的老师，对泉水认真研究，证明水温在摄氏五十七度到七十五度，水纯度很高，晶莹剔透，清澈见底，抚摩滑腻如锦缎，引用大量例证，表明圣水可以治病，特别是身上痛，洗一段时间就好。他写了一篇文章，发表在省城一家报纸上，引起了有关部门的重视，派来专家论证，临走还取了圣水，回去化验。不多天，镇里召开大会，宣布了专家的结论，原来这千年不变的温汤圣水中，含有五十余种对人体健康有益的微量元素和常量元素。其中含量较高的偏硅酸，能软化血管，缓解中老年人动脉硬化；锶，可壮骨，防心血管疾病；锂，可增加血小板，改善血液循环；钼、硒，有明显抗癌作用；重炭酸根，有溶解结石、调整体内酸碱平衡的功效。此外还有放射性氡、铀、镭等，经皮肤类脂体吸收后，可以镇静、止痛、消炎、消肿，提高造血机能，增强内分泌，因之对一般性关节炎、皮肤病及妇科病有很好疗效。温泉以它所含化学成分的药物浸透，放射性元素氡的辐射作用，以及它的温、热、压力、浮力等物理刺激，综合作用于人体，收到调节神经机能变异的治疗效果。是全国罕见的优质医用矿泉水，堪与闻名世界的法国维希皇家矿泉水争高低，有很高的医用价值和良好的保健功能。乡亲们这才明白，从来无人珍惜的温汤圣水，比牛奶还主贵。方圆百里虔诚的老太太们，仍然络绎不绝前来朝觐，焚香礼拜，祈求平安。在她们心中，汤王爷的圣像永远不会倒塌。

黑火并没有躺下来歇息，时过月余，他背着一大包设计好的图纸，回到温泉镇。图纸上画着一座可以为汤王爷树碑立传的仿古建筑。

建筑地点选在镇子中间，骡子平常褪猪毛和姑娘媳妇们洗衣服水池旁的广场上，与古老的八卦楼相映生辉。

乡亲们如坠五里云烟，纷纷摇头。这孩子，魔怔啦？好端端一个百万富翁交给了集体，如今又玩的什么花花肠子？

雁去燕来，一座设计考究，建造别致的殿堂巍然屹立在古镇中央，为"温泉晓雾"增添了一袭大写意。那殿堂雕梁画栋，挑檐飞脊，殷红的古色墙围，油绿的琉璃瓦顶，曲廊回转，花团锦簇，好一个金碧辉煌。人们围过来观望，见殿堂里面装修成一个现代化的洗浴中心，浴盆洁白如玉，地面光可见影，把祖先留下的青石条铺就的澡堂子比照得黯然失色，灰不溜丢成了古物。黑火说，当年武则天来温泉洗浴凤体，率群臣流杯赋诗，为温汤圣水平添了许多光彩。咱们借借老佛爷的仙气，叫个武后池吧，算沾上点古意。

灵源阴火

又是一阵鞭炮齐鸣，锣鼓喧天，温泉古镇欢声如雷，人们载歌载舞，像过年一样热闹。金定把唢呐吹得震天价响，尽是欢欢快快的喜庆曲调。

这边欢快的人群还没有散去，黑火径直去找了镇长。

"镇长，我要把武后池交给敬老院，让老人们有个收入，安度晚年。"

镇长把一双眼睛睁得老大，仿佛面前站着的是一位天外来客。"我说黑火，你才把机砖厂交给集体，今天又要交武后池，听说为建这武后池就投入七八十万，你到底有多少钱？"

黑火讪讪一笑，说："我有个屁钱。这些钱都是人民的血汗，能把它交还给人民，也就心安理得了。我是一个吃百家饭长大的孤儿，我有愧于乡亲们哪……"

镇长迷惘了。在这个古镇上，黑火像是个独行侠，来无影，去无踪，给人们留下了太多的疑问，谁也吃不透这位汉子，也许在他的身后，果真藏匿着一个惊天大谜？让人高深莫测。"那么，你打算下一步干啥？"镇长问。

黑火说："十几年来，我漂流惯了。如今总算报答了乡亲们的养育之恩，我还有桩心事未了，我想，我该走了……"

镇长急忙站起，说："黑火，武后池我代表镇政府接收下，你要走可是不行。现在经济建设速度突飞猛进，镇里需要你这样的企业家、改革家。对了，市里马上要表彰一批劳动模范，树立明星企业家，你的材料，已经上报市委，到时候你得出席会议，这可是咱们古镇的光荣啊！"

黑火有点局促，说："不中，我应付不了那样的场面。"

镇长板上钉钉，说："这是政府的决定。"

黑火走出镇政府，有人看见，他独自朝进士坟里走去。那里，也许真的藏匿着一个秘密……

十九

黑火被市里树为勤劳致富十大明星之一，镇长硬拉着他去参加英模表彰大会。车到城区街头，这里早已是人山人海，市里的头头脑脑们全来了，伫立在街道两旁，欢迎来自劳动战线上的明星。

黑火身披大红十字绶带，胸前系着一朵大红花，脸上不由一阵阵发热。他是一只夜猫子，在黑暗里活动惯了，从来没有面对过如此热闹的场面。千万张泛着笑意的面孔，他一个也没看清，只觉得有录像机的镜头和照相机的灯光在闪耀，压迫着他一个劲儿把脑袋往下埋，只看到自己的脚尖在马路上移动。

大会在剧院里召开，盛况空前。议程中安排有黑火的典型发言，市领导对他的模范事迹很重视。

十大明星们端坐在会场的最前排，听着主席台上的领导们高谈阔论，大讲着太平盛世到处莺歌燕舞，一派大好形势。黑火心中七上八下，脑海里有两个人儿在争吵，不可开交，几次想溜，都被身后的镇长按住了肩膀。眼看着就要轮到登台亮相，黑火像是一口吞进去二十五只青蛙，百爪挠心，急得坐卧不安，终于忍耐不住，扭头对镇长说："我想尿。"

镇长说："去吧！快点，就要轮你了。"

黑火从会场里溜出来，身后爆发出一阵激烈的掌声……

市委书记亲自主持大会，连着把黑火的名字喊了十几声，还不见走上台来，镇长慌忙跑上去，附到书记耳边说："他刚才说尿，就不见了，我去找……"市委书记面有愠色。

明星失踪了，会场一阵骚动。

黑火走出会场，转身进了厕所，三下五除二扯下绶带和红花，一齐投进粪池里，头也不回去了公安局。

局长见黑火进来，忙起身相迎。黑火是市里有名望的农民企

灵源阴火

业家，慢待不得。局长双手捧着一杯飘香的热茶，放到黑火面前。

黑火咬着嘴唇，终于开口。"知道'飞旋标'吗？"

局长是位老公安，"飞旋标"的名字早有耳闻。虽然前些年砸烂公检法，以阶级斗争为纲，实行人民民主专政，局长改行到图书馆当了图书管理员，但对"飞旋标"的案情略有了解。这是一个活跃在北方数省的大盗窃团伙，专门在铁路线上行窃，头目叫"飞旋标"，是一个大车匪。苦于动乱年代政法队伍瘫痪，"飞旋标"一直未能抓捕归案，这个名字，令拨乱反正后的公安机关十分头疼。局长城府颇深，颔首微笑。

"我就是。"

局长猛然站起，说："黑火，你开什么玩笑。你的事迹响遍全省，是市里树立的十大明星企业家之一，这种玩笑可开不得。再说，上面有材料，证明四年前'飞旋标'已经在哈尔滨的一场火并中死亡，你……"

黑火镇定自若，说："那不过只是一个骗局。局长，我就是'飞旋标'，投案自首来了，我愿意立功赎罪。"

局长颓然落座，撂给黑火一支香烟。"你，从头说起……"

黑火讲述了"飞旋标"盗窃团伙的形成直至瓦解，以及一个妻离子散的真实故事，听得老局长眼中满含着热泪。

黑火的手腕上，被戴上一副亮铮铮的手铐。这片古老的土地上，无疑像是发生了地震。

金凤终于明白了一切，急忙去找镇长，请他帮忙，要与骡子离婚，一天也不能等。

黑火向政法机关提供了涉及几十人的"飞旋标"犯罪团伙成员名单。由于时隔多年，"飞旋标"犯罪团伙的犯罪事实无法确认，没有失主报案，又没有赃物铁证，审判起来相当困难。法院根据黑火的立功表现和特定年代里的特殊因素，从轻判处有期徒刑五年。

一个春光明媚的日子，金凤扯着儿子，从古镇温泉街上走过。人们见金凤打扮得利利亮亮，活脱脱一个小美人儿，步履轻盈，心情极好的样儿。手上提着一只编织精美的篮子，里面放着一瓶从八卦楼里灌满的温汤圣水，还有两棵从八里岔坟头上采来的蓬蒿。走过秀秀的油条锅前，听说金凤去探望黑火，秀秀忙掐起一捆油条，非要金凤给黑火带去，说是婶子的一点心意，金凤接受了。

黑火就要被遣送往劳改农场。在监狱里，金凤苦等苦盼了十几年总算有了结果，终于又能认认真真端详起黑火来，四目相对，热泪夺眶而出……黑火突然伸出双臂，将金凤拉到跟前，哭泣道："金凤，我亲亲的金凤，在这世界上，只有你才是我的心哪！"

金凤早已泣不成声，抚摩着黑火的面颊，诉说道："黑火，我把儿子给你带来啦……"

田野里，已是一片葱绿……

红 薯 地

    在八百里伏牛山深处，坐落着一个古老的村庄，叫神牛坑。考古证实，早在新石器时代，居住在这里的先民们就能够发明和创造。因为在这里，出土了中华民族美术绘画艺术的开山鼻祖——被故宫博物院定为不移动国宝之一的《鹳鱼石斧图》彩陶缸，年代与印第安的图腾柱不相上下，珍贵非凡。祖先的创造发明，得益于人类长期认识实践，在同自然的斗争中，用人力改变天然物的智慧进化，当然就离不开富庶的物质基础。听老年人说，神牛坑早先是个披霞流金的地方，小麦和玉米浑身上下都结满了穗儿，沉甸甸压弯了腰。打下的粮食怎么也吃不完，人们开始挥霍，竟然用白面烙熟饼馍擦屁股，犯下弥天大罪。玉皇大帝闻知这里的人们不珍惜粮食，遍地乱扔，视如粪土，龙颜大怒，差天兵天将下界，收拾这一方生灵。神牛得到消息，不顾一切从伏牛庙里跑来，在这大山环抱的地方又踢又扒，盘腾出来一个大坑，直到用尽最后一点气力，才无奈闭上双眼。灾难降临的时候，天地混沌一片，狂飙席卷而来，把地面上生长的庄稼全都旋上了天宫。只有红薯，生在土里，根重，被大风刮出来，遍地里骨碌，蹓满了神牛坑，才保住人的性命。打这以后，神牛坑除有少量的五谷杂粮，只能生产红薯……

一

　　田号子着一身崭新的军装，在县城里下了公共汽车。背上背着方方正正的背包，背包上面别一双解放鞋，手里提着个大网袋，装满脸盆和一些日用品。他和同行的战友们分别握了手，疾步朝县委招待所赶去。小县城的汽车站里没有多少乘客，但人们还是睁大了惊讶的目光，看着这一群解放军战士走出了候车室。细看时才发现，原来这一群解放军都没佩戴红领章和红五星，才恍然大悟，原来这是一群退伍兵。

　　号子的家在神牛坑。当兵五年了，今日重返故土，心里自然一阵激动。走在县城的街道上，号子发现家乡的这座小县城根本没什么变化，一条窄又长的老街，两边全是明清时代的居民建筑，土墙青瓦，木门小窗，原来一街两行的生意门店也大都关门闭户，街上很少有人走动，只有狗们肆无忌惮，满街里跑着撒尿拉屎，追逐异性。号子心情沉重，离开部队时满脑子编织着的彩色梦幻和踌躇满志，顷刻间化为乌有。大街墙壁上琳琅满目的标语，让人有些激越，号子分明感到，家乡的阶级斗争，依然如火如荼。

　　神牛坑离县城三十多里路，要翻越高耸入云的椅子山和老爷岭，路途险恶。眼看天色将晚，号子只有在县城里住上一宿，明日起早赶路了，山的巍峨，阻断了游子的近乡情切。

　　躺在县委招待所的硬板床上，号子辗转反侧，未能睡上个安稳觉。他思念家乡，思念生他养他的神牛坑。那里有他心中爱着的姑娘水利，还有同窗好友天贵，伙伴二怪和张山，童年时的一幕幕往事，历历在目，记忆犹新。父亲田春旺是土改时期神牛坑的支部书记，为了劈山引水，和天贵的父亲吴连坡，张山的父亲

红薯地

张冒，还有七叔们一起带领群众攀上了老爷岭，苦战三年，终于从大山深处引来了山泉，在村边修建出一个大水塘，解决了两千多口人的吃水问题。父亲却累得吐出了鲜血，不多时就离开人世。那年号子才只有七岁，清清楚楚记着乡亲们为父亲举行了隆重的葬礼，那一天，神牛坑天昏地暗，唢呐呜咽，招魂幡瑟瑟作响，白纸钱满地滚动，惊恐得老爷岭上缠绕起白云，像是戴着一顶大孝帽。娘是个忠烈女子，从一而终。父亲过世还不到一个月，娘就不顾乡亲们劝告，偷偷吞下去一包老鼠药，撵父亲奔了黄泉路。张冒大叔收留了号子，把他当亲生儿子一样看待，供他上学，和张山、水利、天贵还有二怪他们一样，在神牛坑一天天成长起来。后来，天贵的父亲连坡因修水利有功，被调往县里工作。神牛坑的乡亲们日出而作，日落而归，日子过得四平八稳，不显任何起色。然而，看似风平浪静的海面上，下面却是暗流的奔涌和无尽的凶残。生活也是一样，异乎寻常的平静，必将孕育出世事的险恶。告别了天真无邪的童年，直到穿上军装的那一天起，号子分明感觉到，其实人们的心，比老爷岭下面的龙王潭还深。五年过去了，号子在解放军的大学校里锻炼成长，不仅锻造下钢骨铁肩，更重要的是丰富了思想内涵，懂得了人为什么要活着，活着是为了什么，不禁暗自庆幸，这五年兵总算是没白当。他的儿时伙伴们，这会儿在想些什么，干些什么呢？号子想回家后的第一件事，就是用自己军人的思维和魅力，去感化和号召同伴，让他们都能充分认识到人生的价值。再不要像父辈们那样，汗珠子掉地上摔八瓣，光知道娶妻生子，土里刨食了。一声鸡鸣打断号子的思绪，他一个激灵爬起，三下五除二打好背包，乘着黎明前的熹微，踏上了回家的路程。

　　那年冬天来得早，田野里的秋庄稼依然葱绿，夜黑里不经意降下一场严霜，大地白茫茫一片。三十多里山路，对于一个退伍兵来说不在话下，太阳升起的时候，号子已翻越椅子山，攀上老爷岭，神牛坑鳞次栉比的房屋，已在袅袅炊烟中披上了霞光。

放眼南望，那广袤无垠的红薯地里碧绿一片，薯叶儿蓬勃着，足有一尺多高，真像是在大地上铺设了一层厚厚的绿色地毯，遮盖了土地的贫瘠和丑陋，生机无限，在灿烂的阳光下，碧波荡漾，苍翠欲滴。号子不禁为之欢呼，陶醉在大自然的如诗如画之中，更加眷恋这片砂礓混杂的故乡热土了。

天空中升起一轮朝阳，黑夜中曾经猖獗一时，垄断了世界的严霜顷刻间化作乌有，变成无数颗晶莹剔透的小水珠，从植物的叶面上垂落地下，继而渗入土壤，无影无踪。老爷岭怪石嶙峋，而且狰狞，稀疏的林木扭扭歪歪，垂死挣扎。号子远远看到，村子里有一位汉子出来，猫着腰，袖着手儿，肩上背着一支步枪，蹒跚着往老爷岭走来，不觉也加快了脚步。

号子不曾留神，霜们并不甘心自己的失败和灭亡。随着太阳升高，大地有了暖意，那僵死在红薯秧子下边的严霜，竟然死灰复燃，凶残地进行反扑。号子真切看到，绿油油的红薯叶儿一片片垂下头去，变蔫，变黑，变焦，继而卷缩成败叶，哗啦啦纷纷落地……大地裸露了，暴露出伤痕累累。纵横交错的红薯沟上，爬满了失去叶片的枯藤，似无数条僵死的线蛇，网罗在大地的肌体上。偶有钻出土外的大个儿红薯，被严霜无情地染成酱色，死猪肝一样恐怖。号子惊呆了，被大自然的这一神奇现象所征服，脑海里一片空白。直到有人在他肩头拍一巴掌，才从冥想之中苏醒过来。

来人是七叔，肩上背着一管乌黑铮亮的七九步枪，手里拿着一个扁酒壶，笑吟吟站到号子面前。七叔是村里的治安主任，枪不离肩，肩不离枪也是多年养下的习惯，就是睡觉，也要把枪抱在怀里。号子缓过神来，见是七叔，又惊又喜，慌忙拉七叔到田埂上坐下，从提包里拿出两瓶白云边酒，孝敬到七叔面前。

七叔嘿嘿笑着，说："你个鳖儿，总算没把您叔给忘了。"

红 薯 地

号子说："叔，您待侄儿的恩情，永世难忘。"

七叔说："好，回来了就好。"

号了问："七叔，大清早，您这是要往哪儿去？"

七叔脸上飘过一片阴云，对号子说，又要搞运动了，叫"一打三反"。县里要派工作组来，组长叫贾天才。听天贵说，本来县里说派小车沿玉女河送上来，可人家贾组长要与群众打成一片，同吃同住同劳动，偏要翻椅子山，这不，让我去接呢！七叔说，如今村子里是天贵在掌权，整天就知道搞运动，地都顾不上种了。你走后，水利没有跟天贵，嫁给了张山，已经有了一个女儿，都两岁了。叔知道你孩子心里憋屈，可你回来的不是时候哇！

号子一脸迷茫，望着七叔，睁大了双眼。

七叔顺手扒出一棵被霜染了色的红薯，拿在手中，审视良久。号子看见，七叔手中的红薯，半截儿黑紫，半截儿殷红，界线清晰，阴阳分明。七叔高深莫测，喃喃叹道："霜打露头橛呀！"

号子似乎明白了七叔的心迹。

七叔说："号子，眼下村子里不平静。你复员回来，往后的日子可得多长个心眼，不敢再犯愣头青脾气尽干那凶球事了，该忍的事儿，一定要忍忍……"

号子点了点头，握别了七叔，朝村子里走去。

二

号子回到神牛坑，并未在村子里引起多大震动。乡亲们也只是礼节性看望了他，然后便各自忙起了自己的生计。

号子在他那两间闲置了多年的瓦屋里安家，没过几天，天贵就让他接替了张冒老汉，当了七队的生产队长，管着二百八十三口老少，三百二十一亩山地。天贵说，在村里咱俩最好，是同学又是好朋友，如今你回来了，大小总要掌点权，也算是替老同学分点忧吧！然而从乡亲们眼里，号子看到更多的是冷漠。他感觉到，这一场严霜，也给人们的心灵上留下了阴影。大家全都心事重重，耷拉着脑袋往山坡上搂那被霜打干的红薯叶儿，仿佛是在寻回失去的一切和生存的希冀。那些冷漠的眼中，写满了冰霜和萧瑟……

张冒老汉门口的一棵歪脖子老槐树上挂着个破牛车轱辘，下面放一只碾场用的大石磙，这里便成了号子的政治舞台，每天把破牛车轱辘敲得震天价响，向围拢过来的臣民们发号施令。每当那高亢嘶哑的金属撞击声划破长空，飞向旷野，群众便像听到了催命判官的召唤，赶忙放下手头正忙碌着的活计，撂下正往嘴里吸溜的饭碗，甚至有刚刚爬上炕头脱光衣服要寻欢作乐的，也慌忙一脚踹开婆娘，捞上裤衩急慌慌朝大槐树下跑去。那年月，急骤的钟声就是命令，谁要是敢不听指挥，就是拿鸡蛋往石头上碰，招呼住比害眼可厉害。

号子刚从部队回来，对于乡亲们的雷厉风行颇有欣赏，觉得习以为常。人是应该有点精神的，干革命就应该分清紧慢板儿，一切行动听指挥，步调一致才能得胜利。这天，他站在大石磙上把破车轱辘一敲，点上一支烟刚吸了半截，全生产队的男女劳力就都围拢过来，慌慌张张问："要斗谁？"

号子有些酸楚。一个村子里住着，薪火相传几千年，拐弯抹角拉扯起来还都沾亲带故，谁和谁有天大的仇恨，为啥非要斗来斗去呢？一门心思把地种好了，多打些粮食，把日子往红火处过不中吗？他心里想着，嘴上没敢说。在那火红的年代里，说出的话像泼出去的水，稍有不慎，就可能招致大祸。他把烟蒂扔到地上，用脚踩了踩，说："爷们，咱不光要抓革命，还要促生产。今天开始刨红薯。我在地里转了一圈，咱这一百六十亩红薯，长

红 薯 地

势不赖，决定着全队人大半年的口粮，咱得赶紧收回来。"

乡亲们望着这位新队长，眼睛中放出了亮光，纷纷点头称是。

刨红薯是个气力活，男女老少一齐上阵，赶羊群一般，大田里滚动着人潮，全像是饿饥了的牲口，拼命从土里扒啊刨啊，挖进篮子才算粮食。神牛坑的祖先们犯了天条，只有在村南临玉女河边少得可怜的土地上才生长小麦，赶上好年景每人能分上五六十斤，就算是老天爷的恩赐了。五谷杂粮也很稀罕，一年的口粮就指望红薯。要说这红薯没一点糟蹋头，鲜薯块可以蒸食烧食，还可以煮锅熬粥，耐饥。神牛坑家家都有红薯窖，秋天收回来后，选个头匀称的储藏进去，慢慢可以吃到来年立夏，帮人们渡过春荒。不过大量的红薯还是要切片晒干，收回家里席圈屯上，然后粉碎成红薯面，可就成了万能的食物。神牛坑的女人们全是制作红薯面食品的高手，她们可以变着法儿将一把红薯面翻腾出许多花样，让汉子们食欲大增。先说蒸馍，可兑些白面或者玉米面蒸出甜的或咸的花卷，还能蒸出菜包子和发糕，还有人全用红薯面蒸出黑馒头，放凉了切成小块，拿油在锅里炒，美其名曰"炒猪肝"，一端到饭场上，往往招引大家争食。再说烙馍，红薯面可以烙成发面的，死面的，有饼馍，也有油馍。还有手巧的媳妇们，拿鲜红薯擦磨成渣，摊在油鏊子上烙煎饼，又软又香蘸着辣椒管叫汉子们吃出一头大汗。用红薯面擀面条，可宽可细，还能制作成包皮，口感甚好。有手巧的妇女还想出了窍门，用多眼的木板把红薯面搓成饸饹，还有的拿土机器轧出"钢丝面"，五花八门，品种众多。当然，这里祖传就有制作红薯淀粉的习惯，这个过程，要复杂得多。红薯淀粉可以打凉粉，还能造粉皮，下粉条儿，待客上桌，离不开这些食品，算是红薯的特殊身价了。红薯不仅根茎可以食用，就连红薯叶儿，也是人们的主要菜肴。鲜嫩的绿叶，能凉拌，也能热炒，有人把叶下的梗儿掺上辣椒大蒜炒菜，味道十分鲜美，别有风味。就连风干的红薯叶儿，也成了人们吃面条时的下锅菜，有干菜的风骨，亦有山珍的品性。难怪，有了神牛留下的这坑红薯，神牛坑人从来没有逃过饥荒。

　　红薯虽然是粗粮，黑好有个温饱，乡亲们割舍不下。这东西贫贱，不主贵，开春一棵秧苗扎进土里，坐上一小勺水，它就活了。待缓过来苗，给它松松土，锄去杂草，扑棱棱便老鸹窝一般大了，生机勃勃。这时候，人们便不必跟着它忙活，红薯耐旱，尽可放心让它们在田野里栉风沐雨，慢慢生长。神牛坑的耕地全是坡坡岭岭，想浇它也没门儿，自古以来望天收。大家便可以身闲肚安，忙些其他营生，譬如说搞运动，或是趁机荫妻生子，有的是时间。一伏三场雨。天若有情，三伏天不遇搦脖旱，红薯秧儿便蓬蓬勃勃向四周蔓延，转眼之间就笼罩了大地，形成绿茵茵一块地毯，给大地披上绿色的盛装，吸引二十四节气都在种地上动脑子的老农们流连忘返，拂摸着苍翠欲滴的红薯叶儿，像是得了孙男嫡女，笑逐颜开。这时节，红薯的根茎充满了积蓄，悄无声息膨大着果实。农言云：六月六，红薯鸡蛋粗。七月间，再落两场透雨，过了八月十五，便是一个好年景，刨出来的红薯，一颗赛似一颗，有人形容如牛头般儿大。当然，若遇秋雨潇潇，连绵不断，终日阴霾，阳光不足，地温下降，红薯是要吃大亏的。薯块在泥浆中发胀，变馊，霉烂，最终变成稀屎尿尿，这就断了农家的口粮，只好用干红薯叶儿拌糠皮挨过冬天。来年开春，柳树杨树发出的新芽，也要被蚕食一光。今年红薯长得饱满，号子一声令下，大家全体出动，汉子们披星戴月，用镢头一垄垄刨出满地红薯疙瘩。赶天明，娘们小姑挎着篮子提着饭罐来到田头，吆喝自家的人赶紧吃饭，妇女们便一字儿排开，蹲下去一颗颗从秧子上摘掉红薯，剥净泥土，一堆堆攒到一起。然后用一个大草箩头过秤，一百斤一骨堆。几天下来，地里排满了红薯堆，像是

红薯地

一座座坟丘，星罗棋布。丰收的景象引发了人们的兴致，俏骂声此起彼伏，还有死狼怪腔的曲子戏，在田野里飘荡。

太阳偏西的当儿，号子站到田地中间的一座墓冢上，招呼来大家，商量今年的红薯咋个分法。号子脚下，是两只大草箩头和一杆大秤。汉子们就势往坟堆上一靠，大口大口吸着喇叭烟；娘们却围在一起，唧唧喳喳，似乎有说不尽的知心话；孩子们辽地里撒欢儿，围着女人们星星过月牙儿。

"房檐滴水照窝行。从大槐树下轮起，挨大门儿。下雨不打伞——轮（淋）哪儿是哪儿。"张冒当队长时，多年形成的老规矩，每次分东西，他家理所当然是第一号，然后挨大门查起，跟他鸡犬相闻的左邻右舍，自然多少占些便宜。

"说那是球。"二怪对这么多年的不合理规矩早窝出了一肚子火。"今年红薯多，东边的疙瘩得问西边的喊爷！要我说，应该抓蛋儿，凭运气，分好分赖没屁放。"

"胡球说。自古没规矩不成方圆，多年形成的习惯，不能改！你能叫爷爷颠倒过来当孙子？"

"你放屁！"

"日您娘……"

这边汉子们还没有拉开就要抵架的公牛，那边娘们堆里也划分成两大阵营，吵声四起，劳作的疲惫让愤怒和私欲的爆发吓得无影无踪。

"抓蛋儿！"

"挨大门！"

"抓蛋儿……"

"吵啥？"号子刚接过队长的挑子，肩上担着几百口人的责任，对这样大规模的分配缺乏经验。论情理，分东西谁都想要好的，可要做到绝对平均，可能吗？他一起急，高呼："三大纪律八项注意，第一一切行动听指挥，下工。喝过汤开队委会决定。

78

二怪，今黑儿带几个光棍来地里看红薯，每人加十分，散了会我也来……"

人们悻悻，分别收拾家伙，乘着落日的余晖，懒遢遢朝村子走去，一路嘟嘟囔囔，满是牢骚。不赶紧分了，趁天切片晒干，龙口夺食哩！要是遇上连阴雨，坏了粮食，要饿死人呢……这个球队长，咋当的？

三

水利这些时丢针忘线，心里乱糟糟像是一团乱麻。号子孤身一人回到了神牛坑，让她心里一阵阵发紧，这时她才明白，号子在她心里仍然有着重要的位置。这几天，她和乡亲们一起去出红薯，总是忍不住拿目光偷偷往号子身上瞟，蒙系他吃饭了没有，要是饿着冻着了，谁心疼他呢？吃过晚饭，水利拨亮了油灯，看着床上熟睡的女儿，无声流下了两行泪水。已经好多天了，她晚上老是睡不好觉，一搭蒙上眼，就要做梦，梦见童年时的天真烂漫，滑稽可笑；也梦见过青面獠牙，红发鬼怪，扒开她血淋淋的胸膛，掏出心脏当馒头吃。吓醒的时候，往往是一身冷汗，心有余悸。她知道，号子他们正在开队委会，商量分红薯的事情，号子还没睡呢，她也无法入睡，索性从针线筐里拿出那只纳了好多天的鞋底子，端在手上细看，却又无从下针，思绪万千，独坐在灯前发呆……后院传来叮叮当当的敲打声，那是公公张冒趁着人静，在偷偷打造镰刀和锄板儿。叮当的声音，像有穿越时空的魅力，把水利的思绪，拉回到过去的岁月……

水利和号子还有天贵是同年出生，一起玩尿泥长大的发小，又是同班同学，可谓青梅竹马。也应了深山出俊鸟那句俗话，到了中学的时候，水利已经出落成一位俊俏的大姑娘，从号子和天贵的目光中，她充分感觉到公主般的骄傲和满足。两个人表面上

红薯地

风平浪静，暗自却在较着劲儿，在水利面前表现出绅士风度完善着良好的形象，试图赢得她的芳心。有时候，水利会把他俩看作是大傻瓜，觉得滑稽可笑，可到了真正懂得爱的时候，才发现自己给自己酿下了一杯苦酒。

儿时，大人们排成队儿蹲在红薯地里薅草，翻红薯秧儿，以免使薯秧扎地生根，分散营养，结出一地麻根。孩子们就聚在一起过家家，演绎千古不变的传统游戏。号子摘下带梗的红薯叶儿，一节节劈开，做成滴溜溜的耳坠子，挂到水利的耳朵上；天贵用碧绿的嫩薯藤编成花环儿，戴到水利头上，把水利装扮成一位准新娘，花枝招展。然后他俩蹲在地上，把四只小手交在一起，编成一顶花轿，让水利坐上，高喊着起轿了，嘀嘀嗒，嘀嘀嗒，花媳妇，到家啦，咚叭，噼哩叭。号子说："天贵，这是我媳妇，抬我家。"

天贵不干，说，"是我媳妇，为啥抬你家？"

号子也不示弱，"我先娶她。"

"我先娶她。"

两人争执不下，转脸问水利。"水利，你跟谁？"水利一脸天真，看着他俩争得像是斗架的小公鸡一般，脸红脖子粗，只是一个劲儿嘻嘻作笑，一副幸灾乐祸的样儿。两人高一腔低一腔追问，水利只管不搭腔，兴奋得手舞足蹈，像是骄傲的天使一般。号子和天贵气坏了，一松手就要打将起来，水利冷不防从空中落地，一屁股蹾到石头上，疼得大哭大闹起来……大人们赶过来，喝退了他们，才避免一场为争媳妇引发的你死我活的流血事件。

孩子们没记性，没过三天，他们就又好到了一块。后来上学，三个人仍是形影不离，只是号子和天贵显得更加亲密，水利总是跟在后面，成了他俩的陪衬，谁也不再提娶媳妇的事儿。放学后，大人们吆喝他们去打猪草，号子和天贵心照不宣，便叫上水利，先帮她把篮子割满，然后带着丰收的喜悦一块回家。

到了中学，三人都已长成青春少年，少男少女的心绪澎湃汹涌，逐渐懂得了男女间的隐秘，大家却明显产生了距离。然而每个人的内心深处，矛盾和斗争在与日俱增。

水利心事重重，秀丽的脸上写满了困惑。娘死得早，是老实巴交的爹爹一把屎一把尿把她拉扯成人，她长大了，爹却老了。父女俩相依为命，穷人的孩子早当家。清贫的日子，造就了水利娴静沉稳的性格，整天沉默寡言，内心滚动着一腔热火，蓄藏着岩浆般的热爱。日子像树叶儿一样一片片落下，催促水利在苦涩的日子中早熟。她以稚嫩的肩膀，担当起了家务，为老爹分忧。凭着聪慧和才智，她做得一手好针线，衣着简朴利亮，令年轻媳妇们眼馋，纷纷投来羡慕的目光。沾了神牛坑的灵气，水利出落得花骨朵一般，引得山野闲汉们馋猫一样拿贪婪的眼光朝她身上剜，恨不得用眼光扒光她的衣服，剜出满目灿烂辉煌。也有人糟嚼她，背地里骂些不堪入耳的脏话。女大不可留，留来留去结怨仇。老爹怯怯地问她，终身大事，打得啥主意？水利没有正面回答，说还小着呢，再等等。不过她心中明白，到了谈婚论嫁的年龄，迟早是要迈出这一步的。老爹生性怯懦，胆小怕事，自己的终身，还得由自己决定。但她非常矛盾。号子是个血性汉子，诚实，坚强，嫁给他放心。天贵生得英俊，脑瓜子灵活，情意缠绵，也让自己割舍不下。有多少次，脑海中的两个水利在争论。嫁给号子，可以白头偕老；另一个水利在说，还是天贵吧，天贵有心计，家境也好，父亲还是县里的干部，跟了人家，不会吃亏。两个水利争论不休，把她从梦中惊醒，便狠狠揪拽那一头秀发，痛苦在折磨着一颗少女的心。水利下了决心，先约了号子，又约了天贵，她要恋爱了。

恋爱在这大山里是忤逆之举，人们谈之色变，有伤风化，被视作大逆不道。几千年来，男婚女嫁，崇尚明媒正娶，遵循媒妁

红薯地

之言，父母之命，月下老人牵线搭桥娶来的媳妇，才算名正言顺，合乎礼俗。而对那些自由恋爱，私定终身的男女，往往视为伤风败俗，亵渎了伦理道德，是要遭天谴人怨的。水利冲破了封建礼教的束缚，勇敢地向命运挑战，为自己选择心仪的郎君。当然，这是在她充满智慧的运作中进行的。号子和天贵无形中成了情敌，被水利捉弄得神魂颠倒，心迷神乱，叫往东走不敢往西，心甘情愿任其摆布。水利非常得意，陶醉在被异性所崇拜，所追逐的甜蜜之中。很快，水利心中仿佛是被蝎子蜇了一下，隐隐作疼。她意识到，自己犯了一个大错误，这两个男人，非有一个栽在她手中不可，最终的结果，令人不寒而栗。不过，她也相当地矛盾，自己是在真心实意爱着他们哪！舍弃了哪一个，都于心不忍。

号子到底憋不住了，向水利发出了质问，话语中充满着火药的味道。那是一个月黑风高的夜晚，在村东的小树林里，号子大胆地说出了心里话。"水利我问你，你究竟是跟我好还是跟天贵好？我已经接到入伍通知书，不两天就走了，今黑儿咱俩把话说明了，要不，我死也不会再回来见你。"

水利无声流下两行热泪。年龄一天天增大，她内心深处的痛苦也与日俱增，分明感觉到自己深深陷到爱的沼泽，不能自拔。她对天发誓，绝对没有干出任何对不起他俩的事情，哪怕是被其中的一个拉一下手。她是一个好女人，秀外慧中，鄙视女人的水性杨花和放荡不羁。因为是女人，就要恪守妇道，为心爱的男人承担责任。只不过她太看重情感了，有些犹豫不决，才一步步陷入今天的地步，把两个心仪的男人制造成势不两立，她有负罪的自责。她和两人的约会，都是为了爱，为了一个幸福而又甜蜜的恋爱过程，最终作出选择。可她万万没有想到，这种感情游戏，给两个情人带来的是巨大的折磨和不可想象的恶劣后果。有时候她真想说，都是我不好，你们俩握手言和吧！咱们还是好朋友。只不过在爱情的天平上，怎么可能有平衡的结局呢？直到号子把一层窗户纸撕破，面临着她必须做出抉择的现实，她还是难以割舍心中的那一缕情丝。号子应征入伍，要去部队了，在她原本就不平静的情感波涛中又投下了一块石头，激起层层波澜。是啊，能这样让心爱的男人承受着巨大的精神压力走进军营吗？她暗下决心，索性说出来吧！"号子哥，我爱的是你，我愿一辈子跟着你……"不料，脑海深处泛出一双哀戚戚的眼睛，似乎在淌着鲜血。"水利，亲爱的水利，你不要我啦？没有你，我会死的。"水利再也控制不住，哇一声哭出声来，哭得悲哀不止，风吼林摇，夜色更加昏暗。水利一哭，把个怒狮般的号子吓得魂不守舍，俨然是自己的亲妹子受了污辱一般，委屈直从心起，鼻子一酸，感觉眼前一片模糊。水利努力止住哭声，擦干了眼泪，说："号子哥，明黑儿还来这里，我们当面说清楚。"说毕，一转身径自走了。号子从懵懂中醒来，发疯似的折断了胳膊粗一棵松树。

又盼来一个夜色降临，号子早早等候在小树林里。水利来的时候，后边远远跟来了天贵。号子转身就要走开，水利唤住了他。"你站住。"当她看清楚折在一边的松树，暗吃一惊。

"今黑儿，咱们就把话说个明白。"水利话一出口，泪水跟着淌了出来。这是一场发生在现实生活中的活报剧，水利是理所当然的导演。对于这两个角色，导演既爱慕又怜悯，既心疼又怨恨。想我把一颗心分成两瓣，恨不得口含胸暖，将一腔挚爱奉献给你们，你们却成了冤家，怒目金刚，谁也不敢见谁。一个情窦初开的姑娘，你傻呀！你哪里知道，男人们都是自私虫，特别是在这个情字上，更是容不得他人染指，哪怕是亲密无间的朋友乃至情同手足的兄弟。常言说，宁穿朋友衣，不欺朋友妻，一个女人，怎么可能用一颗爱心去温暖两个男人呢？那么，在这场戏里，只能有一个角色主动退出，才能有圆满的

红薯地

结局。否则，必将引发一场情战，两虎相斗，必有一伤，甚至导致两败俱伤，酿成一场爱情悲剧。此刻，水利才读懂了戏文的内涵。她痛恨自己柔情似水，举棋不定，致使酿长一颗苦果，只有自己把苦果吞进肚里，宁肯以自己的毁灭，唤醒情人们的理智和良知，以便早日结束这场三角恋爱，洗清灵魂深处的罪过。她咬紧牙关，说出了一段语重心长的话语："咱们三个人，一起长大，情同手足。说实话，生活中离开哪一个，我也于心不忍。但事情到了今天的地步，不能不说了。我凭自己的良心对待你们，不想却成了罪人，你们要能宽容，就另选佳妻吧！我……对不住你们。不过我只求一件事，就是你们两个能握手言欢，别辜负了咱们纯真的友情。否则，我只有以死谢罪，来洗刷灵魂了……"水利说着，抽泣起来。

号子不希望的现实，终究发生了。他一直认为，水利是村子里最好的姑娘，而他是一个顶天立地的男子汉，他们俩，应该是天生的一对。他会尽到一个男人的责任，一辈子都对她好。这样的情怀，难道水利连一丁点儿都感觉不到吗？号子揪心一样疼痛，一跺脚，朝山坡下走去……

水利晕了过去。

天贵灿烂炫目，俯身扶起了水利。水利两眼满含热泪，蒙眬中紧紧抓住天贵的双手，喃喃道："天贵，你不嫌我吧？"

"不嫌，不嫌。想死我了。"天贵顺势把水利揽在怀里，狠命在水利脸上狂吻，吮吸她那咸涩又分明带着蜜甜的泪水。他清楚，这场戏的垂幕，对他非常有利。他已经凭着优势，成为这场爱情角逐中的强者，眼看就要获得最后胜利。天贵的情绪渐入佳境，无所顾忌在爱情的猎物身上寻找着刺激，表现出脉脉含情。突然，水利的身子一阵战抖，猛然挣脱天贵的拥抱，猝不及防甩出一个耳光，"啪"的一声好响。天贵看到，水利两眼中喷射着怒火，激动地喘着粗气，沿着号子下坡的路，疾速消失在夜色之

中······

四

号子走了，穿着一身崭新的绿军装。号子走的那天，水利悄悄跟在他身后，目送着他翻过了老爷岭，再也控制不住自己，躲在小树林里直哭到天黑。

哭过之后，水利心境宽展许多，心想也是应了刘半仙的那句话："命里有时总会有，命里没有别强求。"她出生的时候，母亲难产，村里的接生婆使出浑身解数，流了通身大汗，才把她从娘的身体中迎接出来，然而娘却为了她的降生咽下最后一口气。老实巴交的爹爹疯了一般，搬来梯子爬上房顶大声呼叫娘的名字，希望能从黑白无常的手中把娘给解救回来。爹爹叫哑了嗓子，哭干了泪水，也没使娘起死回生。埋葬了母亲，爹爹抱着她去找刘半仙，给她算命。刘半仙是个瞎子，靠着给人掐八字断吉凶维持生活，在神牛坑方圆几十里，声名大噪。刘半仙掐了婴儿的八字，子丑寅卯反复推算，长叹一气，叹得爹爹心惊肉跳。刘半仙说："娃儿生的时辰不对，命硬，要克死人的。"爹爹点头称是，询问往后的命相如何？刘半仙说："娃儿是个平地木命，缺水，见水大吉，遇金有难。我看就叫个'水利'吧，讨些吉利。不过······"爹爹急忙追问："不过啥？你快说说呀！"刘半仙沉思良久，念出了一串梵语：命里有时终会有，命里没有别强求啊！

小树林风波之后，天贵一直未敢再碰过水利，不过他心里有数，在神牛坑，走了田号子，水利迟早就是自己的新娘。不久，天贵去县里参加学习班，跟着工宣队回来的时候，已经是党员了，成了神牛坑的第一把手。天贵出息了，人模狗样，把脸仰起老高。他到底按捺不住，几次找到水利，要求马上结婚。水利

红薯地

不紧不慢，说："还小，再等等。"天贵知道，她这是在推托，还是放不下号子。不过号子老也没有写信回来，水利的心一天天揪紧，终日闷闷不乐。

不知吞进肚里多少苦涩的泪水，也不知熬干过多少回灯油，水利到底盼回了号子的来信，她紧紧把信儿捂在胸口，激动得差点儿跳了起来。等把信封拆开，水利的一双杏眼越睁越大，热血涌头，竟然浊气塞胸，昏死了过去。该死的号子，你寄回的哪里是信哪！分明是一柄闪着寒光的利剑，直刺水利胸膛，无情斩断了二十多年的情丝。水利跳动着的心脏被击开了口子，淌出殷红的血浆。她一头放倒在床上，三天不吃不喝，目光迷离，面色暗黄，吓得老爹爹偷偷去找了刘半仙，问问看女儿是撞上了哪位过路仙，能不能求个破法？天贵来了，从枕头下抽出那封信，看后大怒，斥呵道："水利，你起来。这种忘恩负义的小人，你也搁住惩伤心，这样折磨自己，值得么？"

号子在信中写道：

　　水利，分别一年多了，没给你回信，是想干出点成绩给你看看。

　　在这短短的一年时间里，我跨越了一条人生的鸿沟，完成了从一个老百姓到一个军人间的转变。我的眼睛亮了，心胸宽了。想起在家时我们之间的所做所为，简直可笑之极。顺便告诉你，一年来，我在部队立了功，受了奖，工作中取得了优异的成绩，并且也找了对象，是我们副团长的女儿，千金小姐，自然要比你强上百倍。我们在一起工作，志同道合，情真意切。经组织批准，很快我们就要结婚了。听说天贵在家里干得不错，当了支书，你们结婚没有？我代表我的爱人，衷心祝福你们，祝你们幸福。随信寄去我们

的喜糖两颗，一颗给你，一颗给天贵，望你们两口子
含在嘴里，甜在心里。

　　此致
　　崇高的革命敬礼

田号子
×年×月×日

　　信的结尾处，有两滴水湿的印痕。天贵心细，发现了，但他
没有说，心中窃喜。他把水利从床上扶起，见水利明显消瘦了，
面容白皙，眼睛更大了，大得动人，但有些憔悴，失去了鲜艳的
青春光泽。

　　一声号啕，郁结在水利胸中的怨恨喷涌而出。她一把将天贵
抱住，忘情地撒起娇来，又撕又拽又啃，呜呜咽咽哭泣着好不伤
心。天贵木然坐在床边，任她发泄，任她捶打，任她哭闹，以极
大的宽容，温暖着那一颗受伤的心。打够了，闹够了，水利无力
把头靠在天贵背上，说："天贵，咱们结婚吧？"

　　"结婚吧！"

　　"马上结婚？"

　　"马上结婚！"

　　天贵心里激动，极力控制着自己。

　　"你把脸转过来……"

　　天贵顺从着，目光含情。水利双手捧住天贵的脸，发现这张
脸是那么地英俊，五官端正，目光明澈，高高的鼻梁挺拔矗立，
伴随着呼吸，微微翕动，搭配上浓眉和阔口，让人心动。棱角分
明的嘴唇上，长着绒绒的胡须，显现着男子汉的魅力，那么诱
人。水利惊呆了。有生以来，她仿佛是第一次发现有这么一张标
致的男人脸，而这张脸，很快就要成为自己的夫君。水利感到欣
慰，不经意中露出一丝满足。她把这份满足向曾经厌恶也温暖过

红薯地

的矛盾中送去，虽然能明显感觉出这张标致脸庞后面隐藏着的不诚实甚至是奸诈，可她已经无路可走。一心钟爱的田号子逼她到这步田地，她还有什么值得留恋呢？这一份满足，实际上也充满着报复。水利主动了，机械而又迟缓，向这张标致的脸，敞开了少女的胸怀……那张脸，早已急不可待，死死咬住了她的芬芳，风狂雨骤，地动山摇。水利一阵眩晕，顿觉浑身酥软，有酸甜苦辣和着羞涩袭入心房，麻木了的情感，顺着血液的流动，向全身蔓延。她彻底崩溃了，浑身再没有一丝儿力气，淹没在情欲的惊涛骇浪……

“哐哐……”一阵急促的敲门声骤然响起，惊得水利一个激灵，手里的针锥冷不防扎到了指头上，鼓出一颗殷红的血珠。后院里公爹的锻造声在叮叮当当，水利急忙从屋里出来，向后院跑去……

五

贾天才来到神牛坑，结结实实召开了三天群众大会。他是县供销社的一位干部，第一次驻队到神牛坑，肩负着搞好“一打三反”运动的重任，宗旨是打击现行反革命；反对贪污盗窃；反对铺张浪费；反对投机倒把。说白了，就是割资本主义尾巴。

贾天才到神牛坑没几天，群众中间就产生了一支顺口溜，广为流传——

我叫贾天才，
县里派我来。
见猪我就打，
见羊我就逮。
谁的尾巴长，

揪住割下来。

吃饭要秦椒，

猪油离不开……

　　运动一开始，全村人惴惴不安。一天，贾组长转悠到一个打
井工地，老远就看见人们不是在干活，而是扒了一堆红薯，在地
里烧着吃，狼烟滚滚，笑声朗朗。开柴油机的那个愣头小子，手
段更高明，把机器上的水箱箅子卸下来，塞进去一肚子红薯，机
器一开，水滚薯熟，都他妈像是饿死鬼托生的，争着来吃，扔了
满地红薯皮。这不是铺张浪费是什么？损公肥私，你们竟敢往运
动头上撞，也就别怪我老贾不客气了。

　　贾组长乐了，娘的，搭锯就有末，进磨道就见驴蹄子印。他
急忙叫来民兵，吩咐全都绑了，游街。那几个刚吃过红薯的人被
一根绳子拴在一起，脖子上吊着个筐子，装着生的熟的半生不熟
的红薯，还有从地上捡起的红薯皮，满街里游荡着，坦白从宽。

　　天黑了，开批斗大会。贾组长掏出笔记本儿，挨个儿审问。

　　"几队的？"

　　"七队的。"

　　"你叫啥？"

　　"田轱辘。"

　　"你叫啥？"

　　"田扁卷。"

　　"挨着说！"

　　"田枯戳。"

　　"田泥捏。"

　　"田瓦碴。"

　　"娘的，咋都叫这名，咋球写？"贾组长沉思良久，忽然仰天
大笑，"哈哈……咱都姓田。"

红薯地

自此，贾天才在神牛坑有了一个雅号，叫贾老田。

水利慌慌张张从后院朝大门跑去，还没等到开门，门板已被撞开，面前站着贾老田，后面还跟着几个民兵。夜色中，水利感觉到贾老田一双色眯眯的眼睛，像锥子一样朝她身上剜来，嘴里发出淫威的怪笑。水利心中一紧，浑身打战，出了一层鸡皮疙瘩，慌忙朝屋里跑去，紧紧闩上了房门。

这座院落，贾老田并不陌生。虽然来神牛坑天数不多，已经来这院里吃过好几回饭了。每逢轮到来这院里吃饭，贾老田就高兴，面有喜色。因为水利长得好看，干净利亮，茶饭头也好，做出的饭菜好吃，意得。水利十几岁就下灶火，跟邻居大婶们学了一手好茶饭，能把红薯面翻腾出许多花样，做出不重样儿的口味。比如把红薯面发酵，拌上葱花和山韭菜，制成咸花圈；或是把红薯面雾上水分，搓成面脯，用筛子一层层铺在笼上，蒸出面包一样的发糕；再不就是烙成筋筋软软的千层饼，或者炕成黄焦的火烧儿。用红薯面擀面条，她能擀出宽的像皮带，细的如韭叶，且不论宽细，下到锅里一样筋道，不折不断，扯起老长。擀面条吃腻了，她把红薯面搓成橛橛面，像蝌蚪一样，在水中游曳；还能拿红薯面馏熟，轧出粉丝一般的强筋面，拿蒜汁拌了，趁热吃，别是一番滋味。

贾老田嗜秦椒如命，管过饭的人家都知道，每逢遇到贾老田来家吃饭，预备下秦椒是千万不能忘的。他能把黑不溜秋的红薯面条拌成紫红色，吸溜着，吃出一头大汗，才算过瘾。要不，就把一张黑脸拉出老长，瞪着眼，像是谁欠下他二升黑豆钱。有一回，轮到水利家管饭，水利要粘鞋圈儿，刚打好一碗糨糊，看看天快晌午，顺势往小桌上一放，忙着去擀面条。一看没了秦椒，灵机一动，走到后院去摘那种在花盆里的朝天椒。这是一种看秦椒，也叫洋角椒，角儿呈花瓣形，直撅撅朝天立着，姜黄色，也有紫红色，大小像个蜡笔头，辣味歹毒。水利摘下一把，放蒜臼

90

里捣碎，偏巧家里没了盐，就挖出些碾好的韭花儿，和成汁，拌面条用。

天刚晌午，贾老田来了。水利赶忙捞好面条，端到桌子上，说："贾组长，您尽管吃。"

屋子里就贾老田一个人，优雅自得，端起面条碗，哼着小曲儿浇上蒜汁，习惯性往碗里拨秦椒。转眼看见桌子上还放着一大碗猪油，正合心意。一筷子下去，剜出一大疙瘩，塞进面条碗里。有料没料，四角搅到，搅好了，张开大嘴往里送。不想，一口面条吞下去，那张开的嘴巴再也闭不上了，辣得他像满口生了疖疮，大口大口吸气儿，满头的汗水直往下淌。他苦苦一笑，好秦椒，过瘾，过瘾，就又耐着性子往嘴里吞。又吃两口，觉着不对，咋恁甜？再浇些汁儿。这猪油咋也不香？就重剜一疙瘩。他边吃，边浇汁，边剜猪油，生是把水利打的糨糊剜下去大半碗。后来，索性闭上眼睛，狼吞虎咽起来，也不管甜不甜，辣不辣了，半天都没缓过劲来。水利抱孩子出去了，没有看到他的狼狈相，但后来一想起那顿饭，贾老田就憋火。

贾老田见水利躲进了屋里，径直朝后院走去。张冒老汉已经熄灭了火炉，失急慌忙在收拾家伙，还是被贾老田逮了个正着。

贾老田嘿嘿一笑，阴阳怪气道："张老冒，这回看你往哪儿跑。好你个老东西，口口声声说咱是老干部，不搞资本主义，说得怪好听。告诉你，老早我就站在北坡上看见啦！你院里忽闪忽闪，直冒火光，还有啥说？"

张冒老汉脸色冰冷，一言不发，自顾拾掇家什。

"你说，不是资本主义，这是啥？哎哟哟……"贾老田突然杀猪一般号叫起来。原来，他从炉台上拿起一个刚褪红色的镰刀坯，烫出一手水泡，像遭了蛇咬一样，狠命甩起手来。口里嗷嗷叫个不停，舞扎着，似在跳舞……

张冒乐了，心里骂：烧死你，活该。

贾老田正欲发作，七叔背着步枪，步履蹒跚，拖沓走来，告诉贾老田说支书找你，有重大事情……

六

　　开完队委会，号子蹲在张冒大伯门前歪脖子老槐树下面的石磙上吸了好一阵烟。他心里惦念着水利，可又不敢见她，就那么在心中寻找安慰。寒星点点，眨巴着神秘的眼睛，大地被黑暗笼罩着，万籁俱寂。

　　红薯地里，布满了红薯骨堆，看红薯的光棍们早就来了。大家分头抱来些红薯秧儿，平好一块地方，用半干不湿的红薯秧圈成半截矮墙，再寻找些干柴野草和玉米秆子，燃起篝火，有人去捡了几块又细又长的红薯，投进火堆里，一边取暖，一边趁亮，待那火塘里的红薯烧熟了，就可以饱食一顿。光棍们半躺半坐，围在一起吸旱烟，谝瞎话儿，天荒地老，被窝里匝球，胡侃一气。

　　二怪是个跳天猴，不甘寂寞，喊喊喳喳说了一大堆老掉牙的瞎话儿，无非是老公公扒灰，狐狸精变成大姑娘之类，讲得大伙没情没趣，哈欠连连。老光棍瓦块早就钻了被窝，发出阵阵鼾声。眼看大家都自打盹儿，二怪也没了兴趣，拿棍子刨出来火塘里埋着的红薯，翻来覆去捏弄，大叫着："哎，熟啦，都来吃。"大伙都说不吃了，困死啦，要睡觉。

　　二怪独自坐在火塘边吃烧红薯。红薯烧得很透，热气腾腾。二怪咬上一口，烫得直吸溜，舌头打着圈儿吐热气。二怪边吃红薯边挑逗老光棍，有些吐字不清。"瓦块叔，你是咱们的光棍老前辈，起起性，给咱小爷们来一段酸的，让咱解解馋，败败火。"

　　瓦块一边翻身，一边嘟囔道："咱压根儿就不通那一门。"

　　"你可老……"二怪没敢骂出来，"天还早着哩！都像死猪一样睡去，小心队长来弄您那屁股。"

见还是没人理他，二怪自娱自乐，摇头晃脑哼起了梆子戏。

　　　　奴才你不知理，
　　　　竟敢把公爹欺……
　　　　你本是个帝王女，
　　　　嫁民间是民妻……

"哎呀！"二怪突然大叫一声，蹿起老高，惊得人们全都坐了起来，不知是出了啥事情。

"差点儿忘了。我这里还有一条新闻呢，内部消息。"

"二怪你鳖孙，叫唤得像猫惊尸，狗嘴里吐不出脆骨，还能有啥好话？"大伙觉着满松劲，日恼二怪瞎球咋呼，慢慢全都又躺了下去。

"狗撇你听不听？这可是要时间有地点，要人证有物证，千真万确，听了管叫你孩子美半夜。"

"啥事恁稀罕，有屁你就快放吧！"狗撇掖了掖被窝，朝外伸伸脖子。

"咱村西头住的那个段木匠，知道不？死了。"

狗撇扑哧笑出声来，说："你个龟儿，他都死三年了，还新闻哩！连旧闻都闻球不上。甭在那儿瞎折腾了，明儿个还得干活哩！"

"谁说不是。死三年了，可他还有俩孩子，一男一女，如今都活着……"也不管人家爱不爱听，二怪只管往下说。"前些时，哥哥娶了媳妇，没多久，小两口就打了一架，媳妇回了娘家，再叫也不回来。你们知道为啥？有一个黑夜，夜深人静的时候，哥哥摸进了妹子的屋里……"二怪陡然刹住话题。

"咋？咋着？"狗撇真的就忍不住，追问起来。

"去球，不说啦！"二怪见吊起了光棍们的胃口，故意卖个关子。

"咋着，二怪？他钻到人家屋里弄啥？"狗撒夹着膀子围过来。说起女人，光棍们都来了劲头，睁大眼睛朝外巴望，全都没了睡意。"你说么，二怪。咱这里有烟，给你卷一支。"

二怪盼的就是他在光棍们心目中的地位，要的就是这个效果。狗撒巴结着拿出烟来，卷好一支递到他手中，二怪就着火塘吸着，吐出一朵蘑菇云，袅袅向夜空中升腾。然后，一副百事通的派头，问道："都想听？"

"听听，听听。"光棍们附和着，说："反正也睡不着。"

"那中，都把耳朵支棱起来。"二怪把指头粗的烟卷儿吸出了火光，一闪一闪。接着说："谁都知道，他那妹子是段木匠早年从路上捡回来，不知是哪里的野种。可这野丫头这两年硬是水灵灵出落得花骨朵一般。嘿嘿……那俏模样儿，不说您也都知道。"

"到底咋着？"狗撒冻得直打哆嗦，干脆拉过被子，把身子包了起来。

"妹子睡得正香，哥摸索着就上了床。妹子醒了，问：'哥，你弄啥？'哥说：'不弄啥，我老冷，睡不着，找你暖暖……'哥说着，猴急猴急钻进被窝，紧紧抱住了妹子……"

夜色沉沉，大地静得令人发怵。远处的村子里，偶有灯光闪现，伴着几声犬吠，才使人们想起夜虽黑暗可人还都是活的，赶忙连吸几口空气。光棍们缓过神来，被撩拨得心急火燎，在被窝里做出娱乐基本用手的各种举动，翻腾着压碎土坷垃窸窣作响，引发一阵骚动。又下霜了，寒意悄悄向地面袭来，但欲火把光棍们烧出通身火热，焦渴难忍。

"二怪，还没到底呢！"

"还想听？"

"还想听。"

"妹子毫不惊慌，仰着脸叫哥哥乱亲乱啃。啃起急了，哥哥捞住她的裤衩，说：'妹子，脱了，老碍事。'妹子说：'哥，不敢啦！俺有嫂子了，看坏事。'哥大喘着粗气，一把拽掉妹子的裤衩，说：'管球她。她走了，咱俩过……'嘿！这俩狗兄妹，原来还不是头一回……"

瓦块在被窝里躺着，嘟嘟噜噜搭了腔："二怪，可不敢胡说。一个村子里住着，传到人家耳朵里要生闲气。"

"啥？胡说？这事儿有根有据。那骚妮子怀上了，二婶插手管的这事，把不准那小两口就要离婚了。"

"咱管人家砍蛋哩！好闲事不剩赖不管。"瓦块到底长他们几岁，说出的话儿老成持重。

"哎？瓦块叔，你咋恁心疼那妮子呢？"狗撅掉转了枪口，帮着二怪挑逗起来。

"爬您妈那×。"

"就是呀！瓦块叔，您活了半辈子，除去秦寡妇，还和谁日过，坦白坦白吧！"

"再胡扯，看我不打你龟孙。"瓦块急得坐了起来。

二怪又来了怪劲儿，骑驴球过河——乘胜（圣）追击。"瓦块叔，听人家说有一回秦寡妇找你办那事，牵到市上没驴了，你那家伙咋摆弄也硬不起来，气得秦寡妇扇了你耳巴子，是真的吧？"

"二怪，您娘那耳朵痒了不是，不叫骂你龟儿起急？"

"瓦块叔，您别生气呀！来叫咱看看你那家伙是不是见花落？"二怪跳了起来，不由分说掀起被子，伸手便抓住瓦块那家伙。"喂，都来看，这老家伙硬得像棒槌。谁说咱瓦块叔是骡子的球——闲家什？"

光棍们起哄了，一齐围过去，压得他俩一骨碌一跌。正闹着，号子来了。

红薯地

95

"闹啥？"

"闹着玩哩！"大家纷纷朝各自的被窝里钻去。

"二怪和瓦块叔练拼刺刀哩！"狗撇也是个响瓜蛋，哪壶不开他偏揭哪壶。当然，大家谁也不避讳号子，于是七嘴八舌，把刚才的激奋人心又复习了一遍，大家全都放声大笑起来。

号子说："天不早了，都睡吧！"

一干人全都钻进了被窝，二怪侧脸问号子："号子哥，你玩过女人没？"

"没有。"

"没有？我不信。"

"这有啥不信的。就咱这鳖样，房无三间，地无一垄，谁还能相中咱？"

"人家都说好人不当兵，那队伍上清一色硬木棒，咋玩？"

"咋玩？三大纪律八项注意。"

"那是官话。我是说私下，私下都不想看大闺女？"

"要说不想看，那是瞎话。"号子老实说，"路上敢有个穿花衣裳的经过，兵蛋子们的目光全都不约而同，直视一个目标——正前方，恨不得把人家的衣服看出窟窿来。目送着连人家屁股蛋子也看不清了，才啐上几口，骂：'娘的，真美。'不管是真美还是假美，反正看见女人都是老美。没听人家说过，当兵的三大怪，帽子吹着晒，被子两面盖，两个男人谈恋爱……"

经过一番灵与肉的折腾，狗撇实在没有一丝睡意，远远跑到地边，酣酣畅畅撒了一泡尿，顿觉浑身轻松。这时，狗撇恍惚看到东面的棉花地里有人影晃动，急忙跑了回来，俯身截住了号子的话头。"号子哥，东边有俩人，像是女人，偷棉花的。"

大家听到女人二字，慌忙都坐起了身子，伸长脖子朝东边张望，果然影影绰绰是两个人。那是九队的棉花田，秋桃刚开，末茬花还没摘，招引来有人下了夜。号子怒冲冲说："去把她俩逮住，爷们也开开洋荤。"

狗撇忙去拉二怪。二怪刚捞上衣裳，忽然犹豫起来，说："俺娘给俺定了亲，金鸡洼的，不敢因为这再泡了汤，俺还是不去了。"

狗撇又去拉瓦块，鼓动说："走，瓦块叔，您这老前辈带个头，见便宜不占是凶球！"

瓦块一心操气，一把甩开狗撇。"滚，俺不干那犯法事。"

憋了半夜没搭一声腔的拴才却精神抖擞，勇敢地站了出来。他三两下穿好衣服，唤上狗撇，说走，天塌下来有地顶着，脑袋割了不过碗恁大个疤！我他娘的也真活够了……

拴才和狗撇跳了起来，趵开脚步向东边跑去。号子怕真出事，也急忙起身跟了过来。

远远地，就听拴才喊："号子哥，逮住啦！还是俩黄花大闺女哩！"

号子心里也窝憋。自打复员回来，弄明白了村里这几年中发生的一切，包括水利的出嫁和张山莫名其妙的死。看着乡亲们苦煎苦熬的日子，事事都不顺心。他预感到天贵的心事更重了，几乎是阴险毒辣，根本没有和他化干戈为玉帛的意思，处处和他较着劲儿。号子心里不服，无奈人家掌握着神牛坑的大权，想摆治你个号子，还不像掐死一只蚂蚁那样易如反掌？号子心里有一股邪火，愈烧愈旺，保不准哪天就要爆发。怒火中烧，很容易让人丧失理智。听到拴才的吆喝，号子一时冲动，随口答道："把衣服扒了。"

待走到跟前，号子目瞪口呆！拴才和狗撇已经在那里点燃了一堆火，火光照耀着两个一丝不挂的女人身子。他还从来没有看见过女人的身子，忍不住把目光投了过去。女人的身子，原来这么美丽，细腻光滑，如瓷似玉，释放着诱惑，难怪会有许多男人栽在女人身上。"哪儿的？"号子问。

红 薯 地

"金……金鸡洼的。"

拴才和狗撇显然经过了一场肉搏，分别拉着一个粉脂玉体，大喘着粗气，和两个女人一样，浑身瑟瑟发抖。

"金鸡洼的！"号子若有所思，金鸡洼的？县革委会副主任的表妹——天贵的媳妇是金鸡洼的。二怪定的亲事也是金鸡洼的。金鸡洼离这儿不远，才五里路。他转过身子，喊了起来："二怪，是金鸡洼的，来看看有没有你的媳妇。"

二怪毫不负责答道："俺还没见面呢！看了也不认识，该整情整了。"

号子本能朝四周审视，大地黑黝黝一片，静得连个鬼影子也没有。神牛坑山高皇帝远，王法到这里也显得苍白。况且，眼下哪里还有什么王法可讲？那股压抑在胸中的邪火夹杂着兽欲的冲动一齐涌上心头。"坏了她们。"他想，当他的目光和那两个姑娘的目光相遇时，号子战栗了。两位姑娘筛糠一样抖动着身子，已经完全失去了羞涩和作为一个女人的防御本能，恰似两只被逼到悬崖边上行将坠入万丈深渊的小羊羔，目光哀哀，连求救的勇气也丧失殆尽。号子突然看到了水利，那一双满含着热泪，凄凄惨惨哀哀怨怨的目光，似锥子，刺剜着他心里淌血。胸中上蹿下跳着的邪火，倏忽间熄灭了，理智重新占领主导地位，命令他要正视现实，别丧失了做人的尊严和良知。号子一声咆哮，甩开耳刮子，朝着脱光了裤子的拴才和狗撇打去。"畜生，滚！"

两个顶天立地的光棍汉，被号子打蒙了，木桩似的立在那里，一动不动，像是两尊泥塑，好长时间没缓过神来。号子从地上捡起衣服，丢给那两个魂不附体的姑娘，说："你们走吧！"

号子蹲在地上，抱住脑袋号啕大哭起来……这一夜，红薯地里的光棍们谁也没能睡成。他们哪会想到，天还没亮，天贵就知道了这里发生的一切，急忙差七叔去找贾老田。

七

吴天贵就住在大队部，不停在屋子里踱步，狠着劲儿抽烟，焦躁不安，脑海里进行着激烈的斗争。五年中，神牛坑发生的一切，又一幕幕展现在眼前……

天贵和水利真心相爱了。尽管当时山村里的婚姻大事得由父母做主，不过他俩有能力决定终身大事。特别是水利，有娘生没娘管教，爹爹爱她如掌上明珠，万事都由着她的性子来，百依百顺，在婚姻大事上，爹爹一定不会为难她。自打有了那一次海誓山盟，两人坠入爱河，不能自拔，爱得死去活来，难舍难分。三天两头里厮混在一起，商量等出罢红薯磨完粉面，就把婚事给办了。

深秋，出完红薯晒干红薯片儿，储藏起来口粮，神牛坑家家都要磨点红薯，做出些粉面儿。

以前人笨，用大石磨磨红薯。先把红薯洗净，放在一个长长的大木槽里，用锋利的钢锨，切剁成杏核儿般大小的红薯疙瘩，掺上些绿豆，用牲口拉着或是人推着石磨转动，磨上面挂着装满清水的瓦罐，慢慢朝磨上淋着水，磨出精细的薯浆。慢工出细活，一天能磨个三五百斤红薯，就算不赖了。后来，人们学能了，改进了磨薯浆的工序，实行半机械化生产，极大提高了劳动效率。改进的主要工具是淘汰了石磨，制造出了擦红薯机。机器其实很简单，用弹花车上的锯齿辊子，两边安上轴承，下面用铁皮做成下浆的箱子，上面装个进料斗子，弄一台柴油机拉着，磨辊飞转起来就行了。一个人往进料斗里丢红薯，一个人拿木制的小推板，向下挤压，刺啦啦，粉星儿乱进，机器下面放着的大锅里，不一会儿就会存满薯渣，一个小时能擦出好几千斤。张冒老汉是个铁匠，在神牛坑捣鼓出了第一台擦红薯机。他看机器，实心眼的儿子张山就站在机器前，死一势子往里面推红薯。张山生

红薯地

99

得五大三粗，心里实得不透气儿，指一堆吃一堆，就知道下死力气干农活，要是有他爹一丝毫灵气，也不枉是心灵手巧老张冒的传人。

张冒老汉的擦红薯机昼夜不停，在门前的歪脖子大槐树下轰轰直叫，一季子下来，捞了不少钱。虽然用机器擦红薯要掏几个现钱，可这方法快，省时又省力，人们谁也不再去光顾那沉重的石磨，排着队儿把洗净的红薯大车小车拉来。不管谁来，张山都是咧着大嘴，傻乎乎直笑，只管往机械里推红薯，不论你来几个人，装卸起渣都是自己的活儿。只有水利来了，张山一反常态，表现出异常的兴奋，腾出手来帮卸帮装，况且动作轻捷，把推板儿轻柔按下，擦出的薯渣又细又匀。别人说不清楚，张山傻里傻气，为啥见了水利就像是换了个人一样？

把红薯擦成渣浆，人们大桶小桶拉上回家去过箩，当然，也有人家是用吊单过滤。先用充足的水把渣浆稀释，用大箩过滤出粉水，在大排子缸里沉淀。第二天撇出浆水，再兑入清水，把沉淀在缸底的粉子搅拌匀和，用二箩滤出细渣，澄上一夜，才能得到湿粉。用粉兜儿把湿粉起出，挂起来淋干水分，就成了上方下圆一个粉面疙瘩。然后掰成小块，排在铺着新布单的秫秆箔上，在风和日丽中晾晒。也有用烘笼炕干的，其结果完全一样。干透的红薯淀粉自动散体，颗颗粒粒，白玉末子一般透着灵气。那种呈细长橛橛状，称之为"小虫屎儿"的为最好，下出的粉条又细又长。神牛坑自古就有做粉条的传统，拉出的粉条儿细的如发丝，宽的像面条儿，经久耐煮，不退筋儿，供销社每年都来收购，听说大部分贩到了山西。他们拿粉面儿馇凉粉，馇出的凉粉细白柔嫩，切成细条用蒜汁拌过，夏天里吃上两碗，清暑降温，不失为一种独特的地方风味。也有人把凉粉切成小块，淋上猪油在包子锅上煎炒，能把贴锅的一面炒成金黄色，吃起来焦脆软香，回味无穷。逢年过节，或是待客宴宾，厨师们用红薯淀粉佐食的方法就更多了。用粉面拌上肉馅，装进猪肠子中，下锅煮熟了，切成薄如蝉翼的片儿，在盘上码齐，浇上姜汁香油，是一味地道的中州名菜——灌肠。还可用粉面儿拌上干菜，掺入些肉丝儿，拍制成薄饼，下油锅炸成酥肉，而后切条合碗上蒸笼，或是制成丸子，汆汤上席，赛过世上所有的美味佳肴。至于用粉面儿勾芡，是做咸汤和甜汤都离不开的。不过平时乡亲们舍不得这样糟蹋，这是粮食中最值钱的东西，做成粉条卖了，换些钱，吃盐点灯看医生，还全得指望那一把粉面呢！

磨红薯这样出力的活儿，天贵是不用亲自动手的。他是支书，神牛坑的当家人，有大事儿忙着，自然有人帮着他把家里的红薯洗净磨好晒成干粉面储存起来。不过他并不显轻松，心里边很苦。他已经长成一个男子汉，在神牛坑能呼风唤雨，扭转乾坤，主宰着二千多口人的命运，从而也赢得了心爱姑娘水利的芳心。却怎么也无法摆脱父亲吴连坡和那个县革委会副主任的辖制，给天贵编织好一个又一个圈套，套住脖子，牵着鼻子，围绕着他们的指挥棒转悠。天贵学会了吸烟，狠命地吸，满屋里扔满了烟蒂，眼睛熬得血红，到底不能自作主张。

父亲抽出了无情的利剑，斩断了他和水利的一往情深，要天贵和县革委会副主任的表妹结婚，金鸡洼的，不远，上村下邻，离神牛坑五里地。天贵陷入了痛苦的折磨之中，无论如何也放不下对水利的钟爱。水利是理想中的爱人，爱得死心塌地，走火入魔。水利也爱他，为他奉献出了一切，多少次的鸾颠鸾倒，已经使两颗年轻的心融为一体，现在让他们分开，怕是比死了还要难受。天贵难以割舍，与父亲发生了争执。"爸，我不愿意。我和水利已经难舍难分，这辈子，非她不娶。"

"胡说。一个蹩脚农民的女儿，有什么值得留恋？这是政治，你懂吗？"

"政治归政治，婚姻归婚姻。我真是离不开水利……"

红 薯 地

"不行！"吴连坡恼羞成怒，日恼道："你个不成器的东西。什么事情都要有一定的维系基础，政治尤为重要。只有姻缘和血统，是最为牢不可破的。再说，在神牛坑你还有什么办不成的事情，别说是一个女人！你的地位和家庭，决定了你必须和兰芝完婚，必须是兰芝！"

到了这步田地，再无回旋的余地，天贵像是被逼到了老爷岭上断头崖的尽头，崖下是万丈深渊，他必须要从这里跳下去，再无别的生路可以选择。因为这是父亲的意志，力量巨大，不可抗拒。而他注定要成为政治联姻的牺牲品，在父亲和那位县革委会副主任的宰割下，一步步向下滑去，最终葬身渊底……

天贵良知未泯，有喋血一般的痛苦，觉得是自己坏了良心，对不起水利，心中遭受着强烈的谴责。他已经无颜再去找水利了，尤其看到水利那满怀喜悦的忙碌身影，心里像蚂蜂螫了一样疼痛。水利蒙在鼓里，企盼着一个怀春女子美好时刻的到来，表现着兴高采烈。天贵无法启齿，两颗水乳交融的心，突然要遭受棒打鸳鸯散的摧残，这样残酷的现实，不是要水利的命吗？谁料在这节骨眼上，平地一声惊雷，水利爹闯了个天大的祸端……

八

水利爹原本是有官号的，叫李建生。只不过神牛坑的乡亲们全都淡忘了，老少都管他叫国宝，是因为他献出了那一件举世闻名的文物——《鹳鱼石斧图》彩陶缸。

早年，李建生在村南干涸已久的玉女河滩上淘石料，从一个沙坑中挖出来一只陶罐，上面还画着一只鸟，觉得是个物件，就用衣裳包好，拿回家摆放在爷奶奶桌上，在里边存放些豆种一类的东西。后来，县里有一个姓潘的文化馆长到神牛坑调查民间文化，轮到在他家吃饭的时候，看见了这只宝贝，嘴巴一下子张得能塞进去一只鸡蛋。李建生见县上来的领导稀罕，就从爷奶奶桌上搬了下来，腾净里面的豆种，让潘馆长反反复复把玩。潘馆长神情专注，打挎包里掏出来放大镜和软尺，边量边看，不大会儿就在纸上写出许多字，端上来的面条都没顾上吃，坨出一碗疙瘩。

潘馆长一惊一乍，手舞足蹈，兴高采烈告诉李建生，这可是国宝嘞！你看，这陶缸是以夹砂红陶土烧制而成，体高47厘米，口径32.7厘米，底径15.9厘米。敞口，圆唇，深腹，平底。口沿下有六个对称的鼻钮，腹部一侧绘有一幅高37厘米，宽44厘米《鹳鱼石斧图》彩陶画。彩陶画约占缸总面积的二分之一。从陶画内容上看，可分为两组，一组为鹳叼一尾鱼，一组为带木柄直竖的石斧。从形象上看，鹳为水鸟，以鱼虾为食，然鹳体态丰满，强壮有力，昂首挺立，圆眸环视，体微后倾，嘴下叼一尾大鱼，形态逼真，古朴优美。从某种含义上则显示出一个部落先民的力量强大。另一组木柄石斧，构图别致，石斧安在一个竖立的木棒上端，有四个圆孔穿物固定，木棒中上部的"×"符号作记，握柄处用锐器刻画出绳索花纹，木棒下端方正，整个木柄石斧图粗壮有力，无疑是权力的象征。我基本可以断定，这件文物距今至少有六千多年历史，为原始社会仰韶文化时期内河流域部落联盟酋长使用的器具，真乃是一件不可多得的国宝呀！

李建生眯瞪着双眼，听不懂，只感觉姓潘的领导是想要这只破罐。人家是县上来的干部，想要就给人家，换个别的啥物件盛豆种，也不会生芽。他说："领导，您要是想要，就拿走吧！还是快把面条吃了，都坨住了。"

"唉，你可真是糊涂。"潘馆长告诉李建生，"这是国家的宝贝，不是哪个人想不想要的问题。这个彩陶缸的出土和发现，标志着我们整个中华民族历史文化的辉煌和灿烂，价值无法估量啊！"

红薯地

李建生还是听不太明白，只好顺杆子爬，点头称是，对潘馆长说："您想咋弄就咋弄吧！"

潘馆长把《鹳鱼石斧图》彩陶缸小心翼翼带回到县里，查阅了大量资料进行鉴定，然后逐级上报，果然很快就惊动了文化高层，国家派人来调往故宫博物院保存，被定为不移动国宝之一。后来，潘馆长给李建生送来一张大红奖状，是政府发的，上面盖有中华人民共和国的大印，奖励他对文化事业做的贡献。乡亲们听说，潘馆长还送来了一大笔钱，李建生矢口否认，说谁要见到一分钱，就不是娘生的。乡亲们也都信以为真，因为李建生老实本分，从来都不会说瞎话。还有人问他，你献出的那宝贝到底能值多少钱？李建生这回可是从潘馆长那里学来了一句挡箭牌，"价值连城"。乡亲们一头雾水，谁也不明白价值连城究竟是多少钱。从此以后，李建生的名字像是随着《鹳鱼石斧图》彩陶缸一起被封存进了故宫博物院那深深的宫门里，人们就叫他国宝了，说是好记。

国宝是神牛坑唯一一位受过政府奖励的人，应该是有些身份的，可是他不知道珍惜。水利娘死后，国宝就移情别恋，爱和牛为伴，终年睡在牛屋里，成了生产队里的模范饲养员。他觉得，这世上人心都太深，只有牛实诚，和他对脾气，跟牛好像有说不完的话，至于说些什么，谁也不知道。就是这样一位勤劳本分的农民，竟然在神牛坑释放出一颗天崩地裂的政治炸弹……

那一天，国宝以三代贫农的身份，被聘请到村里的小学校，为师生们上一堂阶级教育课。国宝牵了一头黄牛，被校长拦住，将牛拴到学校门口的大树上。国宝心里空落落的，说牛是我的胆呀！你不让它进来，我不敢上台。校长好说歹说，总算把他请进会场。面对着台下坐着的一二百号师生，黑压压一片，国宝吓得尿湿了裤子。他和牛说话的时候滔滔不绝，想说啥就说啥，却从来没有见过这样的阵势，头脑中一片空白。台下的师生们热烈鼓掌，欢迎他讲话，把他逼得没了退路，忽然站起来振臂高呼："保卫刘少奇！打倒……"

沸腾着的会场一下子鸦雀无声，静得吓人，连喘大气的都没有。谁也没有料到，这位老贫农竟敢在大庭广众面前喊出反革命口号。校长面色苍白，双腿一软"扑通"跪倒在地，高叫一声爷呀！你咋弄这哩？

国宝被校长吓了一惊，还不知自己闯下了大祸。他本意是想学学人家干部的样子，开会的时候先带头高呼两个口号，哪里想到慌乱之中，竟然把要打倒的"工贼"和要保卫的领袖调换了位置，犯下弥天大罪，神牛坑刹那间风声鹤唳……

那时候，水利正在帮人家盘粉条。

九

下粉条是一项繁重的体力劳动，工序多，占人，不论谁家下粉条，都得请人帮忙。把称好的粉面儿倒进大粉盆，按比例兑入明矾，用一只铜盆坐到下粉锅的沸水里，馇出像糨糊一样的糊芡，端下放凉，拿糊芡和粉面儿。

三四个精壮劳力，高绾起袖子，围着粉盆和粉面，口中喊着号子，有节奏地转着圈儿，上下翻动，把粉面儿和得匀匀实实，不能有丁点儿小疙瘩。等和到一定程度，粉面有了劲儿，拉起来成条，端起来下垂，还不能停止翻动。这是下出好粉条的关键，技术活儿，要有匠人指点着，才行。

和好的粉面儿往下粉锅旁一抬，只见一个彪形大汉健步登上锅台，把粉瓢往左手腕上一套，牢牢把住，粉盆旁站着的人挖出一团和好的粉面团，放进瓢里，掌瓢的人便对着翻滚的大锅，砰砰捶打起粉瓢，粉条儿就会徐徐落下。

粉坊里弥漫着蒸汽，房梁上悬挂一盏玻璃马灯，昏暗中透着

红薯地

热烈。忙碌的人们头发上沾满了晶莹剔透的水珠，浑身都有湿的感觉。粉条儿从粉瓢里垂落进翻腾的大锅中，很快膨成一团，随着沸水的浪头泛起。看锅人手执一双长长的竹筷，往小竹篮里一拨，一瓢粉团捶下，刚好一篮粉条。看锅人眼疾手快，把竹篮从滚锅中捞起，放入水缸中，浸凉了，就转给盘粉的人们。盘粉的人大多是姑娘或年轻的媳妇们，心灵手巧，盘出的粉匀称。大汉把粉瓢捶得快，锅里的粉条出得也快，盘粉的工作，一般要有三四个才能应付。她们从水盆中将乱蓬蓬的粉团理出头绪，一缕一缕搭到粉竿上，排放整齐，交给跑杂的人托出去上架。

粉条架搭在院子里，纵着架上两根木梁，把盘好的粉竿儿一排一排往上担，齐齐刷刷，像一挂挂粉帘子，很好看。十冬腊月天，隔些时候还要往粉架上泼冷水，让它上冻，冻得似腊肉块，敲起来嘭嘭作响。第二天，太阳从老爷岭上升起，拿温水浸泡上冻的粉条，冰凌溶化后，粉条儿便一根根疏散开来，绒丝丝一样。人们用架子车拉着，到田埂上扯起绳子，挂到阳光里风晒。

水利在村子里人缘好，盘粉是把好手。这天翠翠家里下粉，就请她去帮忙。

粉房里不搞阶级斗争，人们驾轻就熟，各自忙着手上的活计，不时有人逗些笑话，引起大家笑声朗朗，轻松愉快。熊熊的炉火和蒸腾的热气温暖着作坊，劳作的人们穿着单衣，丝毫不觉寒冷。欢声和笑语交织在一起，荡漾着春意融融。

水利和翠翠并排坐着盘粉，低声说着知心话儿。

"水利姐，快要当新媳妇了，心里啥滋味？"

"啥滋味？到时候你自己就知道了。"

"咯咯……"翠翠发出了一长串笑声，惊得掌瓢的汉子停止了捶打。"我呀！这辈子都不想出嫁。"

"尽说疯话，不出嫁当尼姑啊？看你这高兴劲儿，保不准是心里有了。"

"哎呀，水利姐，你胡说啥呀！"翠翠撒娇地撞了水利的肩膀，架起一竿粉条走了出去。

翠翠转回来，在围裙上擦了擦手，一本正经地说："水利姐，你要出门，我给你添点啥？"

"啥也不要。"水利说，"在一起好，到时候帮我做做针线就中，添东西没必要。吃砖头屙瓦碴，等你出门时，我不还得吃啥吐啥？"

"俺不。好是嘴，物是情，光玩嘴不舍物，那能叫啥朋友？我跟俺爹说过，准备给你买一块上海表。"

"哎呀！我可不要。"水利的手像是被蝎子蜇了一下，急忙从水中抽出，急得乱舞扎。"俺可不敢戴那东西，那是人家城里姑娘才配的物件。"

翠翠说："啥城里乡里的，常言说嫁给杀猪的翻肠子，嫁给做官的当娘子。如今你嫁的是咱神牛坑的一把手，就是理所当然的一品夫人，戴块手表有啥了不起。"

水利长叹一声，说："这事也是别那里了，要是……"

俩人正说得亲热，狗撇急慌慌跑了进来，结结巴巴说："国、国宝叔犯、犯法啦！叫民兵给绑、绑了，公、公安局就……快来了。"

水利吃了一惊，感觉到了狗撇话里的分量，竟然不知所措。作坊里的人听了缘由，全被吓傻了，忘了往翻滚的锅中加水，眼看着一瓢粉条滚成了碎沫子。狗撇气喘吁吁，用袖子抹汗水。"还都愣着弄啥？快……快去。"一干人猛醒过来，纷纷撂下手中活计，疯也似的朝大队部跑去……

十

听到水利爹在学校喊出反革命口号的消息，吴天贵也惊得灵

红 薯 地

魂出窍。莫非这是天意？水利啊水利，你命好苦。天贵十分清楚，他和水利是再也没有结合的希望了。在这样火热的年代里，一个反革命的女儿，谁招住都会筋断骨头折，何况自己还是一个很有前途的基层干部，总该有起码的阶级觉悟。于是，这位年轻的支书，在大是大非面前保持了清醒的头脑，把那谙事不深的思维螺栓，狠狠又往前紧了两丝。

水利和下粉的人们跑来的时候，见国宝被五花大绑，蹲在墙旮旯里，满脸尘土，淌着鼻涕，嘴角处有斑斑血迹。天贵在他的住室里拼命抽烟，甩了满地的烟蒂，到处都是烟雾，乌烟瘴气。水利看到，天贵双眼布满血丝，红得像是被猎人追赶了三天三夜的疯狼，烦躁不安，不停在屋子里走动，还以为是为爹的事焦虑，急火攻心呢！她怯怯坐到凳子上。

"天贵，你得救救爹。"

"你说得轻巧，叫我咋救？"

水利万没想到，一向在她面前唯唯诺诺，连说话都轻声细语的恋人，今儿个一反常态，说出的话语充满着火药的味道。她没有计较，站起身子走到天贵面前，深情地拉住天贵的手，说："你别往公安局汇报，放我爹一马，全当啥事儿也没发生过，在神牛坑还不是你说了算。要不咱不当这干部了，只要你好，就是回家种地，我也心甘情愿跟着你。"

"啥？"天贵猛然甩掉水利的手，恶狠狠地说："你还想着结婚？你爹是现行反革命，谁还敢招惹你？"

水利惊恐地瞪大了双眼，像是在看一位从山外来的生人。她怎么也不会相信，在她的家庭面临灭顶之灾，需要自己的爱人伸手援助的时候，自己为之献身的男人，说出话来竟是这样的绝情绝义，令人心寒。"天贵啊天贵，我可是你的爱人呀，肚子里怀着你的骨血，咱俩商量好的，马上就要结婚。如今马到临崖了，你不但不伸手挽救，反而忍心把我往悬崖下面推，你、你到底安的啥心？你就是不当这干部，也该把爹救下呀！咱也长着一双手，恁些种地的都能活，难道不当干部就会被饿死不成？你说话呀你……"

"我……"天贵紧闭眼睛，无声淌下了泪水。水利看得真切，天贵肯定也有难处，内心的折磨并不轻松。到底，天贵还是摊牌了。"水利，跟你说实话，咱俩的婚事，我父亲不同意，他让我……水利，请你相信我，我是真心爱你的，可是我不能娶你，是我对不起你，也对不起咱们的孩子。不过你也要想开点，要是你真心爱我，就等我三年，咱们……咱们一定会有团圆的日子。"

水利浑身酥软，无力靠在了墙上。她明白了，明白了眼前发生的这一切。那张曾经让自己陶醉过的漂亮脸庞后面，就早隐藏着一个阴谋，而她浑然不觉，还满怀着喜悦，傻乎乎地在等待，在盼望。蒙在英俊脸上的面纱，被他吴天贵自己撕了下来，倏忽变得不堪入目，狰狞可怖，像是索命小鬼的青面獠牙，让人心惊肉跳。水利感觉蒙受了奇耻大辱，委身于一颗肮脏的灵魂，卑鄙而且残忍，一时间天旋地转，入地无门，欲生不得，欲死不能，急忙朝悬崖边上的一棵大树扑去。不料这棵大树浑身生满刺芒，扎得她疼痛难忍。

她吃力地睁开眼睛，四下里寻找，寻找可以救命的枝枝丫丫，映入眼帘的大树，原来是天贵的身躯。这身躯，已不再令人向往可以信赖，那身躯金玉其外，败絮其中，让人干哕；暴露无遗的是神牛坑支书的身子，遮天蔽日，横行乡里，充满着毒液，长一身葛针。水利使出平生气力，一把将那令人作呕的身子推开，疯狂朝家里奔去……

水利整整哭了一夜，悲哀不止，哭湿了半截枕头。她为爹爹伤心，更为自己委屈，想起自己做下的傻事，几次咬紧牙关，真想悬在梁上，一死了之，落个质本洁来还洁去。然而，她不忍放下遭难的爹爹，爹爹罪没受完，自己先死了，爹爹可咋活呀！

红薯地

天刚麻亮，水利强忍悲愤，为爹爹送去了热汤。

疯狂了半夜的民兵们，还都死猪一样睡着，没有醒来，二怪和另外一个民兵在看守。国宝还在墙角蹲着，勾着头，鼻涕流出老长。看见爹爹，水利的眼泪像耙子扒着一样流淌，悲哀不止。看看没人，二怪做主给国宝松了绑，远远站到大门口，为水利望风。水利抽泣着，为爹爹擦净脸上的鼻涕和血污。国宝睁开眼睛，见女儿哭的泪人一般，也止不住老泪横流……

"孩子，爹老糊涂了，可咱真不是成心哪！"

"爹……你，别说了。"水利不忍再让爹爹伤心，安慰道："事情出了，咱就不怕，总会弄清楚的。"

国宝点了点头，很吃力。国宝是老了，可他心里不迷。这次闯下的祸，非同寻常，给女儿带来的肯定不会是好吃的白糖果子。女儿是他的命根子，她娘死得早，孩子是棵在苦水里泡大的苗苗，能给的，都要尽力满足她。如今孩子大了，有了自己的主见，就由着她的性子来，看着孩子高兴，当爹的心里也像喝了蜜一样甜。不想刚过几天舒心日子，自己偏就闯下这茬子事。他悔死自己了，恨自己老没成色，咋就不早些死去，临死了还要给孩子带来一层罪孽。国宝对水利说："乖乖，去把你老冒伯喊来。"

水利去了，很快就把张冒老汉唤到爹爹面前。老哥俩相见，免不了又抹上一阵眼泪，待平静下来，国宝唤水利过来，说："孩子，给你老冒伯跪下。"

水利很听话，双膝跪到张冒面前。

张冒老汉急忙把水利扶起，问："大兄弟，你这是？"

国宝说："水利，你老冒伯是咱家的救命恩人啊！你娘生你那年，要坐月子了缸里没有一粒粮饭，是你老冒伯偷偷给咱送来六十斤小麦。饥时一口，饱时一斗，到死都不敢忘啊！那六十斤小麦没救下你娘，可养活了你……你的命是老冒伯给的啊！你大了，爹啥事儿都明白，号子是个好孩子，你冷了人家；天贵家那一窝子，可不是个善茬，不是咱高攀的门户……事到如今，我只有把你托付给你张山哥了。你老冒伯是好人，你山哥也是好人，你要听话呀孩子。你要拿出孝敬爹的心思来孝敬你老冒伯，爹也就无牵无挂了。"

水利哭成了泪人。

国宝又说："老冒哥，我可是把闺女交给你了。我这事……冤哪！"

国宝到底还是被公安局带走了。水利直追到老爷岭前，被乡亲们拦了回来。第二天，随去的七叔就带回来消息，说路过断头崖的时候，一把没捞住，国宝就一头栽了下去。

水利已经哭干了泪水，在乡亲们的帮助下，找出些爹爹的衣帽，在荒岭上圆了衣冠冢。张山傻笑着，一直陪伴水利在坟旁为爹爹暖了三天墓。

十一

吴天贵终于狠心甩了水利。事已至此，他力不从心，只有自解自劝了。人生在世，谁不想把日子往红火处过，囡球二百五才甘愿自寻倒霉呢！他向父亲递了降表，提出要相亲。

"相什么亲？"父亲对他说："我早替你相过了。女人嘛，吹了灯还不都一样。你娶的是媳妇，又不是买画往墙上挂，还用挑三拣四？"吴连坡坐着县上的小汽车，走玉女河沿山脚绕了一百二十里，回神牛坑给儿子办喜事。

虽然是疯狂摧残文化的年代，神牛坑的人们只不过装模作样烧了灶王爷，砸了赵公元帅，婚丧嫁娶完全保留着民间风俗，山大挡风，外面的旋风再大，免不了要留下些真空，成为被遗忘的角落。官当的再大，入乡随俗，不敢摆一点架子，正像乡亲们说的那样，画匠不敬神，知道你是哪坑里的泥。吴连坡在县里是大

红薯地

干部，回到神牛坑土鞋布衣，张哥李哥麻子哥，亲热得没出五服一样。左邻右舍的乡亲们听说了，都来找他拉话儿，就势混着吸几根洋烟，打听些山外面发生的新鲜事儿。

傍晚时分，吴连坡请来族里长者，村上干部，还有执事能人，商量天贵婚事的议程。大家先是拉呱一阵闲话，转入正题，有条有理议论起正事来。诸如待多少桌客，杀几头猪，买什么样的干菜鲜蔬，用烟酒的规格。宴席前场几个菜盘，几荤几素；后场多少汤碗，几甜几咸，由谁来管总等等。接下来讨论迎亲队伍的路线、规模，甚至唢呐乐队吹奏什么曲子，都一一作了安排，滴水不漏，不疏忽一个细节，细到新娘下轿时由谁放鞭，谁主持着拜天地，谁招呼着陪送客，全都写在了纸上，形成一个纲要，到时好按名单分工。大事定了下来，大家才如释重负，拉开桌子喝酒。

神牛坑的汉子们嗜酒，爱酒如命。日子过得紧巴，闲着无聊，心中憋闷，就喝酒，借酒浇愁，在酒精的麻醉中煎熬着日月。好酒自然喝不起，就喝县酒厂用红薯片生产的老白干，村里的代销店用大桶拉回来，一提子一提子舀着卖，一毛钱一两，销路很好，乡亲们亲切称之为"一毛烧"。

喝酒本当是找乐子的趣事，可太勤太多了，谁也分不清究竟是好事还是坏事。有的人聚到一起，想方设法总要弄俩小菜，优优雅雅，喝出的是享受和风度；不过大部分人没那条件，也嫌费事，干脆找出两瓣蒜头，或是摘上一把青辣椒角儿，往桌子上一撂，倒两碗开水，火急火燎，便对了起来。

汉子们喝酒，最大的乐趣是猜枚。那枚猜得震天价响，如雷贯耳。有人形容神牛坑人猜枚，惟妙惟肖，活灵活现。说远听是狗咬架儿，近看是甩猪蹄儿，嘴张得像只血瓢，灌进去一肚子马尿汤儿……说这话的人，要是被神牛坑喝酒的汉子们听见，免不了要受些皮肉之苦。

112

古人说："喝酒不醉最为高。"神牛坑人不这样看，说是喝不醉不美。喝醉了，丑态百出，目空一切，闹出些不得体的新鲜事儿，供人们街谈巷议，广为传颂，反觉十分荣耀。尽管广播报纸对神牛坑没什么宣传力度，醉汉们的逸闻趣事总会在大街小巷沸沸扬扬，永远不会终止。诸如某某醉酒摸错了家门，翻墙越院上了别人家媳妇的炕头，被打出满脑袋青紫疙瘩；有人喝高了一头栽进茅坑里，沾染满身屎尿，臭了半截街；还有谁谁喝成了迷糊，高喊着要去跳井，老婆孩子一路追赶，哭叫着："他爹，你可是不敢……"如此生动的故事层出不穷，花样翻新，可以整理出一部醒世恒言。

今天场合不对，连坡和天贵无论在县上还是村里都是有身份人，酒至半酣，大家便知趣告别，说事情定下了，就该忙啦，早点歇着。村里支书要娶媳妇，这场商量酒等于对全村有了宣告，家里的酒桌儿，是再也撤不掉了。几乎天天都有人来贺礼，主人便以酒相待，喝不喝在客，主人的心意便全在酒里了。

家里的事情有父亲支撑着，有老不显少，天贵懒得多操闲心。他一点儿也高兴不起来，和水利的爱像一条小蛇，无时无刻不在噬咬着滴血的心，永远都无法摆脱痛苦的折磨。他曾骂自己：你不是个人，不配做一个男子汉！连自己心爱的女人都不能保护，还有什么脸面活在世上？他不敢见水利，怕看到她那一双锥子一样的眼睛，刺得他体无完肤。他默默祈求着，希望水利原谅他，是他昧了良心，欠下水利永远都无法还清的良心债。他心中焦虑，苦恼，狠命地吸烟，莫名其妙发火，骂人，却怎么也无法排遣胸中的郁结。国宝出事的时候，他不是没有想到用自己手中的权力遮拦下来，可左思右想没敢实施。因为那样做无异于是埋下了一颗定时炸弹，弄不好就会把自己炸得血肉横飞。水利来找他的时候，满怀着希望，而他却犹豫了，彷徨了，麻木了，违心地表现着冷漠，冷漠得不近情理，让水利心寒。他没有能力与

红薯地

老子抗衡，更没有勇气去斩断那根从县里抛出的绳索。他不得不狠心割舍了水利，用违心的话语，去伤害她。此时此刻，他仍然抱有一丝幻想，幻想着让水利等他三年，他要通过自己的努力，把那根索命的绳索剪断，和水利破镜重圆。水利没有答应他，发出了母狮一样的怒吼，他知道，这一对恩爱的鸳鸯，从此要各奔东西了。

定下的好儿到了，一大早，迎亲的队伍便集合起来，扯旗放炮，声势非凡。四杆六眼火铳开道，二踢脚呼啸着冲上九霄，惊得野山雀扑棱乱飞，山兔儿慌恐张望，惊慌失措，纷纷夺路而逃。唢呐在竹笙的烘托下，奏响《百鸟朝凤》，曲调优美，高亢明快，时不时还要插入些时代的音符，飘荡着围绕椅子山回响，悠悠扬扬，惊扰得椅子山树摇林动，张开臂膀迎欢这支充满着喜庆的队伍。舅舅骑顶马，昂着阔步，走在队伍的最前边；伯父夹红毡，逢路口桥头撒喜帖儿，一路上飘荡着写有"大吉大利"字样的红纸条，飞飞扬扬，像是无数只彩蝶在飞舞。队伍中间是一顶花轿，乘着唢呐的兴致，浩浩荡荡向金鸡洼进发。

队伍来到老爷岭脚下，西去金鸡洼只剩下里把子路，看看时辰尚早，迎亲的队伍停了下来，人们就势往小路边的草地上一躺，抽起烟来，歇歇脚板儿，谝起了稀奇古怪的传闻。

老爷岭是椅子山的主峰，高耸入云，峭壁如劈，翻越老爷岭，必过断头崖。断头崖地势险要，令人胆战。一边是陡壁直立，一边是万丈深渊，一条蚰蜒小路艰难从崖边蜿蜒伸去，是神牛坑通往县城的必经之路。有阴阳先生老来椅子山撵风水，说椅子山名副其实像一把大箩圈椅子，东西走向，连绵百里，两头伸出的臂膀，怀抱着神牛坑向南的幅员辽阔，枯岭荒山，起起伏伏。老爷岭坐北面南，北头高峻，直抵椅圈儿；南头底缓，滑落着向神牛坑延伸，恰似为要坐这把椅子的巨人安置了一个靠背儿，浑然天成。大自然鬼斧神工，民间散落着许多点穴封喉的玄学佳话。从神牛坑越过断头崖，爬上老爷岭，登上椅子圈，便可以看到县城里的繁华，总共才三十里。

按说从神牛坑去县城也有平路可走，得沿椅子山的边缘向东，转南，再朝北，三转两绕要行一百二十里路程。远古时代，这里曲曲弯弯流淌着一条玉女河，两岸水草茂盛，土地肥沃。不知何年何月，玉女河溪断水干，裸露出狰狞的河床，鳞伤遍体。干河滩里是可以跑汽车的，早先县里的运输公司有一趟班车发往神牛坑，早上来，下午走。无奈山里人把钱看得金贵，宁愿翻山越岭花些力气，也不舍得掏那冤枉钱去坐车。再说坐那趟车也极不方便，去县城办事只能是下午走，赶到县城天色已晚，失急慌忙办完事情，又不忍心花钱在旅馆里过夜，还得摸黑翻越老爷岭回村，还不如起个五更，走山路一天就能打个来回，省下都是自己的钱，落个自在快活。久了，发来的班车硬是没人坐，急得司机一个劲儿按喇叭，卖票的小姑娘也扯起嗓子乱喊。喊也没用，山里人不识抬举，你喊你的，我走我的，你走你的阳关道，我过我的独木桥，实在扭转不了局势，班车便不再往神牛坑开了，那三十里山路，便成了神牛坑人截不断的交通线。

断头崖下是万丈深渊，自古以来谁也没有下去过，说不清到底有多深。这一带山民信佛，讲良心，公认断头崖下就是阎罗殿，掉下崖去的人们是遭了报应，罪有应得，是他们的归宿。老辈人说，崖下是一个非常美丽的地方，遍地珠宝，金银如山，那里住着阎王爷和他的一班文武判官，还有勾命小鬼，时刻注视着阳间每一个人的德行。假若有谁作恶多端，坏了良心，阳寿尽了，阎王爷发出通牒，差青面小鬼把他从崖上拽下来，分司分类，该打的打，该罚的罚，罪恶极大的，还要珠笔一批，吩咐下油锅炸了，谁让他在阳间作威作福，到了阴间，让他受些煎熬。传说阴森可怖，但这一带的山民们并不恐惧，照样三更半夜大步从断头崖走过。他们信奉天良，不做亏心事，不怕鬼叫门。

红薯地

断头崖是个天然的杀人场所，隔三岔五，总有谁谁葬身深渊的噩耗传来，人们并不惊慌，认为那是天意，是报应。对于那些作恶多端的，大家习以为常，说是活该，操心不善，阎王爷割蛋，这鳖儿到底没能逃过天算，一派幸灾乐祸的样儿；偶有人缘好些的主儿遭遇不幸，不免又会有些惋惜，埋怨着阎王爷，唉，索错了呢！那个人老是实受。这当口儿，有人接腔说："怕是前世作孽太大，欠下阴间的债，也是在劫难逃啊！"于是，家人们便上断头崖烧些纸钱银两，痛哭一阵，就阴阳归位，各忙各的事情了。都认为死去的人是归了天庭，超脱了劫难人生，是极大的造化，享福去了，所以从来不曾有过报官的先例，更没谁想到是遭遇了强盗的杀人越货，抑或是奸情仇杀……

　　迎亲的汉子们拉呱起闲话就不断头儿，不由自主就对号入座，说是秦寡妇的男人那年坠崖，是受了奸夫谋害。秦寡妇那骚货，年轻时漂亮风流，混了好几个野男人。

　　有年长怕事的急忙接住话头，可不敢胡说，事情过去恁些年了，别寻麻烦。那死鬼也许前世犯下罪恶，阎王老爷是从来不屈叫人的，要信。

　　大家七嘴八舌瞎论胡侃，过足了烟瘾，才磨磨蹭蹭站立起来，弹掉身上的草屑，重新燃起火铳炮仗，吹响唢呐，向金鸡洼开拔。

　　天贵稀里糊涂被嫂子们推搡着，来到天地桌前，并肩和新娘子拜了天地。之前要去相亲，被父亲无情阻断。直到结婚登记时，才发现未来的新媳妇还没有桌子高，酷似一张大发面烙饼的脸上，扁扁平平无任何棱角，稀稀疏疏闪现着几颗麻子。眼睛跟两只大黑豆似的，鼻子眼看着就要陷进脸盘中去，好像是活灵活现安上一个肉疙瘩。天贵一阵厌恶，感觉腹中滔海翻江。说实话，他还从来没见过这么丑陋的女人，信心顿消，只剩下颓废。这难道就是父亲为自己相的媳妇？兰芝，这名字多美，可眼下娶回来的媳妇，让天贵彻底灰心。水利的倩影在脑海里光彩照人，愈发得使人眷恋。天贵失去了理智，也丧失了尊严，懵里懵懂拜完天地，任人摆布着进入洞房，做完一切礼俗规程，终于忍不住大吼一声，冲开嫂子们熙熙攘攘的喧嚣，扭头朝外闯去。吴连坡看得清楚，脸上泛起一丝冷笑，也不去阻拦，一门心思应酬着宾客。

洞房花烛夜，天贵没有回家，独自睡在大队部里。

第二天早上，家里仍然聚着好多人，都来吃喜面条儿。天贵被喊了回来，进门就看见几个嫂子拉拉扯扯，正往新媳妇脖子上挂牛铃铛，撺掇着让她擀咣当面。新媳妇个子小，没有抗拒的能力，听凭人们摆布，站到一个小凳子上，吃力地擀起面条。旁边嫂嫂们围了一圈，好不开心，拍着手拉起莲花落：

> 一咣当，生姑娘，
> 二咣当，养儿郎。
> 先开花，后结果，
> 闺女娃子一大窝……

天贵黑丧着脸，看着哪里都不顺当。

十二

天贵不得不接受这一现实，生米做成了熟饭，一切严丝合缝，通俗自然。作为一个村的支部书记，他可以颐指气使，发号施令，而婚姻，却让他心灰意冷，丧失了温暖和激情。他情感丰富，精力充沛，心里却非常脆弱，经不起任何痛苦和煎熬，暗自流下伤心的泪水。他朝思暮想，苦苦眷恋着水利，想得心煎火燎，欲火攻心，但不忍心再去伤害她。水利在她心目中永远是一

红薯地

尊完美的神，美艳得使也想起来就要心里发抖。然他失去了与这美丽天使结合的机遇，内心深处在滴血，悲痛欲绝，从而对自己那个丑陋的媳妇更加厌恶，心里像压上了一座山峰，挤压得喘不过气来。没想到水利连个招呼不打，就嫁给了张山，嫁得干净利落，心安理得做了张冒的儿媳妇。这使天贵如鲠在喉，老是刺闹。张山蠢笨得像是一头大棕熊，天生丽质的水利，怎么能够忍受得了？果真应了那句俗语：好汉没好妻，赖汉子娶个花滴滴。好比是自己的亲妹子遭受到玷污，天贵把张山仇恨到咬牙切齿。

日行月梭，天贵的心怎么也平静不下来，一会儿也不愿在家里多待，新婚燕尔根本没有激起丝毫兴致，索性把铺盖搬进了大队部，不动声色就与兰芝分了居。过了一些日子，夫妻间相安无事，日子尽管枯寂，却也风平浪静。父亲操办完婚事一撅屁股回了县城，算是尽到了责任，往后的口子咋过，就是他们夫妻间的事情。天贵的感情麻木了，整天趸摸着喝酒，再也不去想那恩恩爱爱的人间真情。只是胯下那家伙不主贵，夜深人静的时候，扑棱着躁动，不安分直撅撅竖起，胀得他心里难受，烦乱不安。

一天，村里一位地主成分的姑娘走进大队部，怯生生立到天贵面前。她要嫁到外乡去，求天贵给开张证明，迁移户口。正是午后时刻，天空挂着一轮火毒的太阳，炽烤着大地直冒烟儿。天贵朝院子里张望，空旷旷寂无一人，静得如沉睡一般，不禁热血沸腾，发疯似将那姑娘按到床头，果敢地对她施行了专政。

那姑娘算不上十分漂亮，可洋溢着青春的鲜艳。高耸的乳房，圆滑的屁股，坚实的大腿，挑逗着天贵那一颗扭曲的心灵迅速膨胀，在姑娘身上发尽了威风，天贵满足了，那烦乱已久的家伙被姑娘的胴体安抚，如干旱的禾苗受到雨露的滋润，顿觉心宽气畅，无限美好。事毕，天贵满怀着感激，胆怯地抚摩姑娘的面颊，见姑娘没有丝毫怨恨，反而绽露出甜蜜的笑容，眼中满溢着幸福的泪花，胸脯一起一伏，身躯扭动着，似一条欢快的鱼儿，在爱的溪水中畅游。姑娘表现出极大宽容，忘情地拥抱着天贵，久久不愿分开。天贵放心了，抛弃所有戒备，敞开了胸怀，抱起姑娘深深亲吻，如胶似漆。水利那双哀怨的眼睛在脑海里闪过。天贵被一种占有和猎取的胜利所陶醉，陡然感觉力量无穷，站立到了人生的顶端。他哪里会知道，其实姑娘也满怀着渴望。一个自打记事起就生活在最底层的怀春女子，何其不想与自己心慕的偶像共赴爱河，尽享天伦之乐？有了这一次欢娱，哪怕往后的日子再苦，她都能聊以自慰，用不熄的情爱烈焰，去熨平她心灵的创伤。她可以在心中宽慰，自己曾经和支书有过……

临出嫁的前一天晚上，姑娘把天贵约到了村外，在皎洁的月光下，躺在绿茵的草地上，温顺得像一只小羊羔，自己动手剥光了衣服，又让天贵在她的玉体上大发了一阵疯狂。姑娘依依不舍，紧偎在微微喘息的天贵身旁，动情地说："天贵哥，你早就在俺心里了。可俺家是地主成分，从来都不敢妄想。真没想到，你会要俺。有了这两回，就够俺一辈子受用了，俺忘不了你……"天贵鼻尖一酸，为姑娘的爱恋而温暖。

第二天，姑娘被一辆牛车拉着，远离了神牛坑，不时伸长了脖子往回张望，希望能看到点什么，神情专注而又凄凉。天贵没有看到这一幕，怅然若失。埋怨命运再一次捉弄了自己，把他从顶峰抛落进深谷，孤独无援，往后还会有什么人可以向他敞开心扉？身体里那一股邪火上蹿下跳，燃烧着，烤得他通身炽热，就去想和水利的恩爱，与姑娘的野合，扬汤止沸，终不能使自己平静。一次偶然的机遇，他闯进了一个外路女人的世界……

那一天，天贵喝了不少酒，醉意蒙眬，神使鬼差走进了一个女人的屋里。那女人是天贵本家一个远房叔叔的媳妇，生得标致，风姿绰约。叔叔在大城市里当工人，找了个外地漂亮媳妇，后来不知什么原因，回村里落了户。这女人不仅生得妩媚，还有一双好裁缝手艺。回村这多年，也没生下一男半女，落得干

红薯地

净利亮，在家里支了架缝纫机，为乡亲们缝制衣服，百家所需，结下了好人缘。叔叔一年才回来两三次，住几天就走，天长日久，媳妇在家不免生出许多闲话，说得有鼻子有眼，就跟电影上看到的淫乱镜头一般，真真切切。神牛坑的女人们是编排闲话的高手，特别是风流韵事，添油加醋，能说得活灵活现。自古道："擒贼拿赃，捉奸拿双。"人家要说谁也不能拿驴球把她们的嘴塞上，闲话再多叔叔不说二话，就全是放屁，大风一刮，杳无影踪。叔叔的媳妇欢声笑语，在大街里走动，日子过得滋滋润润。天贵第一眼看到这女人时就心生遐想，虽然那时还是个顽童。因为这女人洋气，跟山里头女人不一样，说话带着洋腔，好听。印象中叔叔引回来的这个婶子高挑个儿，白白净净，脸如银盘，明眸皓齿。一双大眼睛在两道浓眉下忽闪忽闪，会说话儿一样。鼻梁高挺，薄嘴丰腮，一头浓密的头发乌黑发亮，油光闪闪，举手投足都充满着魅力，让人忍不住总要多看几眼。后来，天贵知道了那叫气质，一个女人的天生丽质，足以让她在村里鹤立鸡群。只可惜，她是自己的婶婶，比天贵大出许多，就像是地上的小孩看天上的月亮，光有美妙的感觉，可望而不可即。想不到读懂了风花雪月的天贵，竟然借着酒胆，贸然闯到婶子身边。婶子正在踏着缝纫机，做衣服。机器哒哒作响，奏出美妙的音乐，婶子双手把着布料，左转右磨，就连在一起，和谐而且自然。看到天贵进来，莞尔一笑，说孩子乖，咋想起来看婶了？

天贵昏头昏脑，从背后一抱搂住婶的肩膀，说婶，我想吃奶奶……

婶子一个激灵，猛然站起，怒不可遏训斥道："鳖子，乱来不是？不论辈分啦？"说着挥手在天贵脸上轻轻扇了一下。

天贵的酒被吓醒了一半，面红耳赤，慌忙夺路而逃。身后传来婶子开怀的笑声，咯咯……

天贵独自出了村子，来到和那位出嫁远方姑娘野合的山坡，脱下布衫，蒙头大睡，直睡到太阳落山，才完全清醒过来。回家吃过晚饭，到大队部去睡觉，却怎么也找不到钥匙，冥思苦想，回忆着是丢在婶家，还是落在了山坡？四下里找了一遍，也没有找到，心想干脆不要了，把门撬开拉倒。但转念一想，还是找回来为好，顺便向婶子赔个不是，让她别和侄儿一般见识。

这样想着，天贵回到婶家门前。大门虚掩着，轻轻一推，走了进去。婶子分明是着力打扮了一番，光彩照人。看见天贵进来，脸上溢满笑意，说："孩子乖，酒醒啦？"

见婶子没了怒气，天贵心里踏实许多，还是不敢正视婶子的眼睛，嗫嚅着说："我、我……"

"就知道你会回来，钥匙丢了是吧？"

"是。"

婶说："在里屋枕头下压着哩！自己拿去吧。"

天贵壮胆走进里屋，这是婶的卧室。卧室里点燃着一支红蜡烛，照耀得满室通明。天贵看到，卧室里干净利落，一尘不染，所有物件摆放井井有条。特别是那一张大床上，铺着洁白的床单，叠放着一方大红色缎子棉被，两只枕头并排放着，绣有鸳鸯戏水的图案，激奋人心，满屋子散发着沁人心脾的幽香。天贵有些眩晕，心想婶的天地原来这般优雅，难怪汉子们会有非分之想。他从枕头下取出钥匙，正欲转身出屋，差点儿和进来的婶子撞个满怀。婶已经闩了院门，一步步把天贵往床跟前逼，脸上挂着笑容，深邃而且诡秘。

天贵心迷神离，惊恐万状，说："婶，你弄啥？"

婶说："孩子乖，婶今天调教调教你。"

天贵心里头捣蛋，明白了婶的意思，仍然心有余悸，心想这是婶啊！做下乱伦之举，往后咋在村里为人？

婶子老牛舐犊，像是牵着他的魂儿，不容患得患失，拉他一步跨越禁区，眼前的世界豁然洞天。天贵看到，婶子一身洁白的肌肤，在烛光里释放着光泽，安然躺在雪白的床上，只留一件血红的三角裤衩，装点出无限妖娆。这时刻，别说是一位血性汉子，就是一个傻瓜，也知道自己该干些什么。天贵的欲火被婶子挑起，陡生且天的勇敢，热血沸腾，急不可耐扒光衣服，张开双膀就要饿虎扑羊……

天贵正欲腾上，婶子双手托住他的胸膛，风骚地说："你把婶当成乡巴佬啦？温柔点，要玩就玩出点文化。"

像是往火红的炉膛里泼了一碗凉水，刺啦一声，天贵冒出一头汗水。"这事还有文化？男欢女爱，不就跟鸡压蛋一样？"

"不懂了吧，孩子乖。性文化可是一门学问哩！这样吧，我先出几个谜你猜，猜对了，婶就任你折腾。"

天贵一脸无奈，"你说"。

婶顺势脱下三角裤衩，完全暴露在天贵面前，挥了挥手，示意天贵压下，说："这就是第一个谜，打一三国人物。"

三国天贵是看过的，知道里边好多人名，但不知婶出的这道谜语，能和谁拉扯上。

婶乐了，大笑不止。说："不中吧，孩子乖，嫩着呢？婶告诉你，这叫宋美龄脱裤子——蒋干。"

天贵想想，是有那么点意思，便点头称是，说："知道了。"说着就要往婶的身上趴去。

婶双臂一用力，把天贵推到一边，随手把被子塞到他怀里，说："这是第二条谜语，还是打一三国人物。"

天贵迷瞪了，真弄不明白婶是啥意思，有点老鹰逗小鸡的悲哀，一个劲儿摇头。

婶说："这叫张飞他大哥——刘（流）备（被）。"

天贵急不可耐，嘴里说着对对，一把抛开被子，伸手揽住婶的玉体。婶却转过身子，撅一个屁股给他。天贵侧身上翻，又被婶挥手阻止了。说："这又是一个谜语，猜完了才算过关。"

天贵说："婶，我可真服你了，真猜不着。"

婶不急不慌，温火焖瓠子，功到自然成，使出浑身招术，撩拨着这个青皮少年。"这还是一个三国里的人名——庞（旁）统（通）。"

天贵呼吸急促，拧头掉尾。看火候差不多了，婶才放平四肢，让天贵压了上去。

天贵的猴急样儿，让婶好笑，说："孩子乖，你悠着点，跟没见过女人一样。婶今天教你几个基本要领。"

天贵冲破了道道防线，好不容易如鱼得水。他贪婪着婶那棉絮一样的身子，还有那身子上袭人的幽香，自顾把家伙使唤得刺刀一样，拼命冲锋。听到这话，倍感新奇，问："啥？弄这事，还有基本要领？"

婶爱抚地抹掉天贵头上的汗水，告诉他，"床上功夫三十六般武艺，玩好了才叫文化。来……"婶言传身教，高高翘起一条腿，让天贵抱住，说："这叫雾里探花。"天贵感觉奇妙无比，按照婶的引导，奋力配合。刚尝到点甜头，婶又来个鲤鱼挺身，教天贵一套"旁敲侧击"。接下来是"并蒂莲花"、"力拔千钧"、"和尚吸水"、"蜈蚣打洞"、"旱地撑船"……最后还要来个"欧洲风格"，直把天贵折腾得上气不接下气，通身冒着汗水。天贵说："婶，我受不住了，要流……"

婶正在兴头上，意兴索然，日恼道："憋住，不知道心疼女人，到底也是个没成色货。"

天贵极力控制着，直到看见婶目光迷离起来，方才加紧了动作。他有的是力气，婶给了他关爱，他也得尽到责任，让婶子快活。一阵狂风骤雨般的抖动，婶高仰起了嘴巴，发出声声吟哦。突然间山崩地裂，玉山倾倒，天贵迎上了婶的嘴唇。婶伸出玉臂，紧紧把天贵抱在怀里，腮帮上，滚落下两颗晶莹的泪珠……

从婶的身上，天贵第一次读懂了女人这本书，忽然明白了许

红 薯 地

多道理。

两人沉浸在奇妙的意境中，久久不语。风停了，雨住了，时间凝结了，天地合二为一，世界混沌一片，再无了任何烦恼，释放出一束绚丽的生命礼花。不知过去多少时刻，婶的身子微微蜷动，问天贵，还行吗？

天贵说："使得不轻，怕是不行。"

婶说："不行？那是女人不行，好女人面前就没有不中用的男人。"

天贵说："婶，你真浪。我想哭。"

婶扑哧笑了，像是一条苏醒的鱼儿，又欢骚起来。婶把天贵从身子上轻轻放下，用手抚摩他的家伙，不几下，天贵就睁大了双眼，疯狼一样发出凶光。

婶轻轻拍他面颊，说："你歇歇，咱来个'泰山压顶'。"

天贵在床上躺定，婶扎个马步，坐将上来，随着身体下沉，有一柱冲天的畅快。婶上下抽动，深入浅出，不紧不慢，时而和风细雨，时而电闪雷鸣，天贵品味到一种从未有过的惬意，情不自禁抓住眼前飘动的两只大奶子，只觉心跳加剧，热血奔涌，犹如百爪挠心，飘飘欲仙。天贵不由哎哎哟哟叫唤起来，一声紧似一声。婶稳把火候，起伏得刚柔相济，直逼银壶倾喷，天贵"哎呀"一声紧闭上眼睛……

婶趴到天贵身上，哄小孩儿一样播撒着无限温情。天贵淋漓尽致，微微有了睡意。婶一把将他揉醒，愠色说道："小鳖子，舒坦了是吧？"

天贵恍惚问："你还想……"

"我给你吹支箫吧，'龙女牧羊'……"

天贵不解，惊讶地朝婶望去，脸上略有倦色。不想婶却俯身一口含住了家伙，天贵心里一阵阵紧抽，瞬间又膨胀起来。天贵好不感动，真没想到这个比自己大出十多岁的女人竟是这样倾心，把肮脏丑陋的家伙吞进口中，吮吸着，舔弄着，专心致志，情深意长。他当然不清楚，婶的胸膛里同样蕴藏着一腔炽热的岩浆，强烈烘烤着她一颗饱受压抑的心。早先，她是大城市一家高级宾馆的服务员，接触过不少大人物，由于一次责任事故，才流落到神牛坑这个穷乡僻壤，过起了隐居生活。今天，婶是使出了浑身的招数，要让天贵这个青皮后生醉生梦死在女人的温柔之乡。天贵心迷神乱，已经完全不能自己，仿佛被抛进了汹涌澎湃的波涛之中，忽而托上峰巅，忽而摔入谷底，大起大落，随波逐流。婶神情专注，口嚼"玉箫"，跳跃出美妙的音符，如含金嗽玉，柔舌儿缠绕出惊涛裂岸，乱石崩云……

婶问："咋样？"

天贵说："美死美活。"

婶告诉天贵，说这是口淫，也叫"品箫"。性文化是人类进化的依托，所谓乾坤交合，阴阳互补，像万物离不开日月一样不可缺少。只不过人们作践了它，视如洪水猛兽，心里猫抓一样火急火燎，一有机会就奋不顾身钻窟窿打洞，干出多少偷鸡摸狗的勾当，偏要以"万恶淫为首"的诅咒，美化着原本肮脏的灵魂，装扮出道貌岸然，虚伪得令人发指。淫是性文化的精髓，情感交融的最高境界，分为体淫、口淫、意淫和手淫多种形式。体淫口淫，需要男女双方施云播雨，而意淫和手淫，则是单相思的无奈自慰了。天贵脊背上透过一丝凉意，理解了什么叫"三十如狼，四十如虎"。

这一夜，天地一片洪荒，全靠疯狂两字支撑着……

半老徐娘的美艳，完全溶化了天贵的孤独，以异乎寻常的柔情温暖着他那一颗伤痕斑斑的心，催生了一个荒淫无度的怪胎，肆无忌惮地频频寻欢。每一次，婶都像是一匹奔腾的骏马，拉着天贵这辆并不坚固的挂车，一路狂奔，直至壶碎玉崩。渐渐，天贵感到了失落，力不从心。婶太霸道，通身似冒着烈焰，烤得他

红薯地

嗓子发干，每一次都是被动地服从，容不得一个男人野性的爆发。在这位女人面前，天贵分明成了玩物，除了销魂，再也找不到和那个远嫁外乡姑娘的占有和征服的畅快，缸歉盆缺，失去了掠夺的信心，遗憾美中不足。天贵来得少了，婶洒脱自然，不急不恼，不失闲儿为乡亲们缝纫衣裳，没责怪过一句，你鳖儿想来就来，想走就走，这种事儿，强扭的瓜不甜。

天贵如释重负，有逃离了魔掌一样的轻松，顿觉天地其实大得很哪！不过他的灵魂，已经深深陷入沼泽，被染成一团漆黑，那种强烈的征服和占有的欲望，上蹿下跳着，搅得他心神不宁。他不是一个笨人，在神牛坑也算得上人尖子，凭着权威和魄力，频繁深入文艺宣传队的排练现场，在指导和鼓励的同时，用一双慧眼寻找着猎物，先后和"小常宝"、"李铁梅"、"阿庆嫂"、"江水英"交流了感情，就连"盼水妈"和"沙老太婆"也没放过，只剩下一个"李奶奶"，那是军婚，他没敢造次。这中间，有三个是下乡插队的女知识青年。

有了这一群鲜艳的女子，天贵驰骋纵横，在婶子香榻上孕育出的怪胎陡然长成巨人，横空出世。像是一只雄蝶，飞舞在万花丛中，终日里金迷纸醉，风流倜傥。天贵不由诚心感激起父亲的伟大，如若不是父亲横加干涉，逼迫娶回了留在家里放心，看见恶心，想起来闹心的媳妇，让他和一心倾爱的水利珠联璧合，结成美满婚姻，今天的拈花惹草，荒淫无度，恐怕是借个胆给他，也不敢恣行无忌的。

十三

国宝遭难还不满百日，水利擦干了泪水，缝制一床新被子，搬进张冒大伯家中，与张山完了婚，了却死去爹爹的一份心愿。

号子一去不回头，天贵昧了良心，欢天喜地攀龙附凤，娶回了县革委会副主任的表妹，再也不问她的死活。水利的爱成了泡影，如同从一场严霜中走过，饱受摧残，却也历练了意志。不怪天，也不怨地，恨自己错走了一步，种下了苦果，只能伸长脖子往肚子里吞。肚子里的小生命正在发育，眼看着就要挺出身外，容不得她一错再错。人要脸面树要皮，身子再肮脏，总得拿衣服包住，就是瞒哄，也该遮遮众人的眼睛。水利把打算告诉了张冒大伯，老汉打了一辈子铁，熊熊炉火练就的火眼金睛，当然心明眼亮。国宝的嘱托和张山的心思，全在胸中装着，水利表露出心迹，张冒喜出望外，揣上瓶老酒，去找七叔合计。

七叔跟张冒是拜把子弟兄，深明大义，自幼把水利视为亲生女儿，二话没说，拍手叫好。扛起那管永远不离肩头的七九式步枪，来为水利和张山证婚。婚礼十分简朴，有些苍凉，贴上一副对联，燃放一挂鞭炮，就成全了一对夫妻，丝毫没有引起乡亲们注意，别致而且利落。

张家小院里，因有了女人而活泼起来，爷儿俩以不同的情感方式，呵护着水利，让她那颗饱受摧残的心，尽快温暖过来。

春去秋来，水利临盆的日子越来越近，张冒早就钢好了镢头，修理了擦红薯机，张山也起了个五更，翻越老爷岭去县城牵回来一头奶山羊，预备得停停当当，就是出红薯再忙，也不能让水利受了委屈。那一天，村里接生的阎婆婆被请到了张家，张山忙不迭从代销店里抱回红糖、奶粉还有鸡蛋，盼望着婴儿早点儿降生。张冒老汉也没有下地，蹲在门前歪脖子槐树下的石碾上面抽旱烟。看着儿子欢喜的样子，心里高兴，感慨着这一家人，总算是也有了点香火。一声婴儿啼哭从院子里传出，惊喜得张冒爷儿俩同时张大了嘴巴，慌忙朝家中跑去。张山手舞足蹈，有了做父亲的自豪。张冒拿旱烟袋的手，也兴奋得战抖。水利生了个女儿，瓷娃娃一样，看着心里暖融融畅快，如春风荡漾。张山憨实，不懂十月怀胎的规律，认准水利是他的媳妇，媳妇生下的，

红 薯 地

就是他的女儿，张家的骨血，忘情地把女儿抱在怀里，咧开大嘴傻笑，笑出一片灿烂。水利无声流出了眼泪。女儿的降生，使她有了做母亲的欣慰，看着张家父子的一片痴情，心中充满强烈的自责，觉得对不起张山，像是有一块石头压着，沉重得透不过气来。女儿在温暖家庭的关爱中，一天天成长起来，从蹒跚学步到牙牙学语，带给这个院落里的是无尽的欢声笑语，张山只要一下工回来，就跟个大孩子一样，抱起小女儿就跑，满村里都播撒下笑声。水利不安的心里，得到许多慰藉。竟想不到，刚刚有了一点生气的张家，突然飞来一场横祸……

那一天，空中密布着阴云，压得人们透不过气来。刚出完了红薯，磨过粉面，张山满怀着喜悦，执意要去县城，给水利和女儿撕点花布，做新衣服。水利不让，张山男子汉了一回，没听招呼，回来的路上，不明不白坠下了断头崖。

水利跌跌撞撞，连骨碌带爬攀上了老爷岭，伏在断头崖边哭得肝肠寸断，任谁相劝，也无法阻止凄厉的号啕，乡亲们陪伴着，洒下辛酸的泪水。张冒老汉脸色铁青，强忍着悲痛，把热泪吞进肚里。这位打铁的汉子，饱受腥风苦雨，神牛坑的一切恩怨，全在心中装着，自信善恶终有定数，时间早晚罢了。七叔眨巴着双眼，热泪涟涟，一言不发搀起了水利，把她强拽回家。

坎坷的生活道路上，水利已被跌得鼻青脸肿，再也挺不起来腰杆，那种天生的丽质，随着泪水的浸泡褪尽了光泽。年纪轻轻就变成了寡妇，顿感日月无光，如一叶无助的小舟，在惊涛骇浪之中飘摇，随时都有倾覆的危险，只有拼命挣扎，才能苟延残喘，寻求一丝生机。那种当姑娘的浪漫和幻想，已经成为乌有，不敢有任何追求和期望了。余下的只剩力不从心，用孱弱的肩膀，承担起这个风雨飘摇家庭中的重担，孝敬公爹，庇护幼女。

寡妇的日子里遍布着泥潭，鸡子过去尿湿柴火，扫帚顶门全成枝杈。水利明显感觉到，她已经成为村里长舌妇女们指指戳戳的目标，偶然从街上走过，总会看到挑衅的目光，如芒在背，刺伤着她那颗滴血的心。刘半仙两眼漆黑，放出的话语却像利箭一样伤人，一时间街谈巷议，阴风飕飕。"男怕初一，女怕十五。水利生在正月十五，命硬哩！落地克母，成人克夫，是天上的扫帚星下凡，要吃三家井水才能安稳……"听了这话，人们心生忌讳，全像躲避瘟神一样远离了水利，生怕沾染晦气。

水利心如死灰，麻木到失去知觉，变得冷峻刻薄，无意中增加了防范意识。尽管这样，还是没能逃脱祸不单行的蹂躏，一个风雨交加的夜晚，一个蒙着面孔的男人，闯进了屋中……

眼看是麦口期了，公爹去山外卖镰刀，傍晚时下起了大雨，没能回来。水利靠在床上哄女儿睡觉，突然，一条黑影窜了进来，迅速扑灭油灯，屋里一片黑暗。水利不曾反应过来，已被来人重重压在身下。她拼命挣扎，反抗，撕咬……然而一切都是徒劳。那男人十分强悍，伸手掐住了她的脖子，一阵眩晕，水利觉得身子正从断头崖上向万丈深渊里坠落，慢慢失去了知觉。等她醒来，听到女儿的哭声，赶忙点上油灯，才发现下身被剥得一丝不挂，痛不欲生，搂住女儿，失声大哭起来。娘儿俩不知哭了多长时间，窗外的雨淅淅沥沥，伴有电闪雷鸣，霹雳出毛骨悚然。女儿睡着后，水利折身站立起来，找来一根绳子，搭上了房梁。她一脸冷漠，决定追随丈夫张山而去，到传说中的冥冥世界里，寻求解脱，以洗清肮脏身躯在人世间犯下的罪孽。她在女儿红扑扑的小脸蛋上，留下最后一个深吻，祈求女儿宽恕母亲犯下的罪过，快快成长起来，去过一个正常人应该得到的幸福生活。霎时，水利的心如刀剜一样，疼痛难忍。她看到熟睡中的女儿，眼角依然挂着泪珠。她一阵战栗，泪流如雨。女儿太小，还没有生活的能力，自己就这么死去，留下不懂事的女儿，靠谁呵护，由谁将养，自己能不牵挂么，能够心安理得吗？水利横下心来，为了女儿，再苦再难也要活下去，与命运抗争，把女儿抚养成人。

红薯地

水利擦干了泪水，找出一把锋利的剪刀，藏在枕头下面⋯⋯

号子从部队上退伍，根本没带回什么千金小姐，怕是没能当成副团长的乘龙快婿，听说还背了个处分，像是发山水时滚滚洪流中漂浮着的一根木椽，打着旋儿又漂回到神牛坑。水利眼前一亮，根本就没有多想，奋身跳进了洪流，努力朝那根木椽游去，试图用双手抓住，让木椽安定下来。无奈那木椽漂浮不定，左躲右藏，根本无视水利伸出的双手。水利伤心了，没有勇气去迎头阻拦，因为她理亏气短，曾经以无知和荒唐伤害过木椽的秉直。不过水利也明显感到，站在岸上的天贵，怒睁着双眼，死盯着要让这根漂回来的木椽葬身污泥浊水⋯⋯

十四

天贵在溢满女人脂粉芳香的河流中畅游，浅起层层浪花，欢快无比。他爱慕这帮鲜艳的女人，给了他莫大的安慰，注入了生命的活力。在和女人的欢娱中，天贵饱尝了女人身上的美妙，风韵各异。姑娘有姑娘的优越，羞涩中体味的是温柔和新奇；少妇有少妇的魅力，迎合里展现着百姿千媚；山里女人有山里女人的野性；城里女人又有城里女人的浪漫。在姑娘们身上，天贵品尝到"抽蒜苔儿"一样的快活；从少妇们那里，收获得是挥洒自如和淋漓酣畅。令天贵感动的是，他染指的这些女人，全都得手自然，水到渠成，顶多是半推半就，甘愿委身于他，不费任何周折。慢慢地，天贵大彻大悟，坚信女人全都他妈是水性杨花，经不住异性的引诱，稍使手段，便可俘虏。但凡是瞄准的对象，先拿眼神勾引她。眼睛是心灵的窗户，会说话儿，等双方有了交流，从眼睛里就能看出女人的心思，往往一拿一个准。下手的时候，要信心百倍，有男子汉的气魄，一把搂在怀里，热唇堵上玉口，女人的身子，大多要在亲吻中酥软，任其轻薄。无论姑娘还是少妇，第一次偷情都会略显惊恐，这时刻，一定要把稳火候。如若怀中的女人低骂道："死兔儿，欺负人哩！"这便是安全的信号，你可以使出浑身的野性，给女人种下甜蜜的果实，让她受用经久，念念不忘。假若一时走了眼神，拥抱的女人杏眼怒睁，或者奋力反抗，破口大骂："娘那×，耍流氓！"就要赶紧赔罪，最起码是这次不能得手。就拿那个"江水英"来说，不仅人长得靓丽，而且气质高雅，天贵用眼神与之交往许久，不见一点反应，当时也吃不太准，无奈欲火攻心，瞅个机会一把抱起，不想就挨了个耳光，"江水英"恼羞成怒，呿哮也不撒泡尿照照自己的影子，还想占老姑奶奶的便宜？天贵讨了没趣，慌忙握拳作揖，说您消消气，得罪了。天贵碰了一鼻子灰，气愤交加，堂堂一个支书，头一回在女人面前秆草捆老头，丢了大人。

天贵心里像是被踢翻了醋坛子，从此再不正视"江水英"一眼。不料刚刚过去一个多月，"江水英"竟然夜间叩响了天贵的房门。

天贵打开房门，看着气气势势进来的"江水英"，心中暗自吃惊，生怕是人家又找上门来，不依不饶，脸上冷冰冰挂着严霜。没想"江水英"径自走到床前，粲然一笑，默不作声脱光了衣服，炫耀出满屋白光。天贵如梦初醒，赶紧闩上屋门，贪婪紧盯"江水英"的玉体，竟然犹豫不决。

"江水英"扑哧笑出声来。"牵到市上没驴了，我还能吃了你？"

天贵说："我怕再挨耳刮子。"

"江水英"微叹一声，说："俺是订过婚的人，明花有主。男朋友在地质队当干部，不想做对不起他的事。"

"那你……"

"江水英"说："后来俺也想了，他一年四季都在外边，从认识到现在总共才见过两回面，说过几句话，谁敢保证他在外边就

红薯地

怎安生？俺也不能太苦了自己，这又不是缸里的白面，挖一瓢少一瓢，等他回来，不缺胳膊不少腿，给他个囫囵身子，就算对起他。"

天贵放松了戒备，顿觉热血奔涌，急忙扒光衣服，压向"江水英"炫目的胴体。原来这女人是个尤物，男人一挨躯体，四肢发麻，浑身无力，酥软如无骨一般，凝聚似一汪清水，遍体散发出幽香，撩拨得天贵像洪水猛兽，使出在婶那里学来的十八般武艺，越战越猛，把个"江水英"日弄得"嗷嗷"直叫，口中紧含天贵的舌头，久久不肯放开。天贵不愧是情场老手，张弛有致，刚柔并用，不断变换着姿势，翻新着花样，但见"江水英"像一朵娇艳的睡莲，连每一个毛孔，都大张着口子，朝身上的男人放开。屋里敞亮着灯光，照耀着床上的肉体拼搏，令"江水英"一阵阵眩晕，有生以来的第一次快乐，催促这位下乡插队的女知青在心花怒放中成熟一颗性爱的果实，感受到人生原来这么美好。她极力逢迎，配合着天贵播云施雨，直至玉壶倾碎，双双进入美妙的境界……

天贵兴趣盎然，舔舐着"江水英"秀丽的脸，问："咋样？"

"江水英"双目凄迷，喃喃道："美死我了，就有点疼……"

"整多了，才能尝到甜头。"

"江水英"抬手在天贵脸上轻轻打一巴掌，说："冤家，怪不得我那俩伙计说，你在床上像只疯狼，厉害得很。"

天贵若有所悟，似乎明白了什么。"江水英"含苞初放，满怀激情，水蛇一样缠绕着天贵的身子，耳鬓厮磨，温情无限，一任少女的隐秘像小河一样欢快地流淌。她告诉天贵，女人的祸福全在脸上写着。十四岁那年，她就出落得花骨朵一般，成为一枝独秀的校花。老师那双贼似的眼睛，老在她身上滴溜溜转悠，刺得她心里发慌。到底也没能逃过劫难，道貌岸然的老师把她骗到住室里，强行着把她给拾掇了，弄出两腿污血。末了塞给她五块钱，吓唬她说不许言声，要不就把她掐死。那时候年纪小，不太懂事，光知道害怕，害怕老师报复，更怕父母知道了挨打，就躲到没人的地方哭，哭透了，想着要报仇，不能让那个老师活得安生。老师回家的路上隔着一道城壕沟，下面污水流动，上面搭着四根圆木，架起简单的木桥。那天夜里，看到老师们在开会，她就悄悄溜出了校门，在那圆木上涂满了废机油。第二天，果真就听到了老师坠沟的消息，摔折了一条腿，躺在家里不会动弹，她好开心，为自己报仇计划的成功而庆幸。后来，听说公安局要破案，她心里紧张得要命，终日提心吊胆，生怕被公安局抓住，被判了徒刑，那就彻底完蛋了。公安局忙碌了一阵，没找到任何线索，也就不了了之。那个被摔断腿的老师，后来只好到学校看大门了。"江水英"说着，一把抓住天贵的家伙，三拨两弄，重新挺拔起来，顺势拉起，往自己身躯里塞。

天贵心里滚过一股暖流，迅速蔓延。他问"江水英"，"你就不怕怀孕？"

"江水英"平静地说："这你别管。大不了我去地质队，跟他睡上两夜。再说，俺也算着呢！这两天，正在安全期。"

天贵雄风骤起，擎起"江水英"的双腿，搭上肩头，一招"蜈蚣打洞"，把"江水英"拼刺得浑身颤抖，娇滴滴呻哦着："哎哟！娘啊……"

天贵从女人们身上获取了生命的价值，觉得自己已经成为神牛坑的主宰，没有攻不破的堡垒。女人对于天贵来说，已不再是饥渴难忍的安抚，而是一种高雅洒脱的精神消遣。神牛坑无光无声，汉子们干完活回家吃饭，吃了饭睡觉，睡到床上就日弄女人，是唯一的精神乐趣。日经月累，这种变态的文化占据了统治地位，故而都把女人看得金贵，哄着供着，生怕失去了玩物。天贵可以在这些汉子奉若神明的金贵女人身上任意挥洒，当然高高在上不可一世了。左右逢源和姑息养奸，使他更加贪得无厌，吃

红薯地

着碗里，看着锅里，应了那句古话：妻不如妾，妾不如妓，妓不如偷，偷不如偷不着。他已经完全疯狂成一匹色狼，贪婪的目光在追寻着一个又一个猎物。在别人家的床上，天贵品尝到了年轻媳妇们偷汉的轻狂和淫荡，收获的是占有和征服的惬意。他像是一个站立在高坡上的牧羊人，挥舞着鞭子，冠冕堂皇安排出诸如兴修水利或者深翻土地等许多工程，喝令温顺得如绵羊一般的汉子们去夜以继日、战天斗地。牧羊人便可像皇帝一样，气度非凡去临幸想要的宫娥钗女。情妇们大都虚掩着房门，十有八九急得拧头掉尾，心肝宝贝诉说着无尽的恩恩爱爱，恨不得一口把天贵吞进肚里，含化成一汪精血……

天贵占有了神牛坑能够上眼的女人，但从来没有动过作践水利的念头，他没有勇气去打碎心目中这尊唯一崇拜着的偶像。水利是他的初恋，在充满着人生理想的花季里共赴爱河，有了生死相依爱的结晶，是他心灵寄托的港湾，每每想起，总会有生不如死的折磨。无论是和任何一位女人鸾颠鸾倒，翻云覆雨，心中永远无法摆脱水利的身影，泛起一丝缺憾。天贵怅然，被一种强烈的失落吞噬着……

天贵想要一个孩子，想得心煎火燎。他曾经努力克制着，与自己的女人做爱，希望她能生下一男半女，延续吴家的香火。可女人不争气，连个响屁也没放出来。平心而论，兰芝虽然低矮丑陋，却有山一样大的肚量，海一般阔的胸怀，从来不问他整天不回家都在外面干些什么，默默地吃了做，做了吃，没有一声埋怨，像一个忠实的丫鬟，支应着他早晚回家都有饭吃。天贵心生怜悯，只要往床上一躺，兰芝就来了，吹了灯，闭上眼，黑乎乎一片不分俊丑。天贵脑海中闪现出别的女人灿烂的笑脸和光洁的肌肤，想他和情人们的头一回，那种新鲜和野趣，想完了，也就干完了，履行了夫妻的义务。妻得到了满足，一声不响睡去，不说话，也不惹他心烦。天贵想，兰芝若生个娃子，他一定要对她好点，弥补些良心上的亏欠。然而，他的这一愿望，妻迟迟不能满足。

天贵的失落变成了渴求，渴求着能有一个真正属于自己的孩子，问他叫爸爸，可以名正言顺地背着或驮着，逗他玩。他领兰芝去县医院治疗，看女人肚里是不是缺少了啥物件，也请过不少游乡郎中，抓回来大包小包的草药，要兰芝吃，吃了好养娃子。多少次，天贵耐着性子去摸兰芝那干瘪的肚子，祈求着哪一天会突然膨胀起来，活蹦乱跳钻出个娃子，到底还是失望了。日复一日，女人那扁平的肚子不仅没有在期盼中凸现，反而越凹越深，人也随之消瘦下去，脸色蜡黄，连个老鼠娃儿也没怀上。天贵几乎绝望，眼神由失落变成仇视，开始讨厌她，折磨她，希望她早一天死掉。

天贵从此荒淫无度，尽情在别人家女人的身上发泄，完全是兽欲的摧残和嫉妒的折磨，丝毫没有了开始偷情时的甜甜蜜蜜和卿卿我我。完事了，便凶狠把情妇摔到一边，怒吼道："给我生个娃子！"

"好，我给你养个娃子。"一个说。

"天贵，心肝儿宝贝，你别起急，我给你生。"又一个说。

"我向你保证，一定生个娃子出来。"再一个说。

面对着情妇们的信誓旦旦，天贵像是一只泄了气的皮球，再也打不起精神来。就是生出个娃子，还不是你们张三李四王二麻子家里的崽，哪一个还敢问我叫爸爸？

"咱们结成干亲家，把孩子认给你，你不就成爸爸了吗？"

"放屁！还嫌我不够心烦？"天贵发怒了，情妇被吓得抽泣起来。

天贵想要孩子，想得都要发疯了。他甚至隐约觉得，其实他早就有了孩子，可能还不是一个，只不过都养在别人家里，他是抱也不能抱，亲也不能亲，狗舔磨台圆圈转，干着急。只有水

红薯地

利的小女儿，他认得准，顶得清，百分之百是他和水利爱的产物，水利是怀着他的骨血嫁给张山的，天贵心明如镜。可人家问张山叫爸，他算什么呢？这个小丫头和她妈妈一样，一生下来就是个小精灵，可爱，活泼，撩拨人心。多少次，天贵想抱她，亲她，逗她，给她买世界上最好的东西，让她喊自己一声爸，便是极大的满足，可他终究没敢。他这个爸不算爸，见不得人的爸，上不了桌面的爸，猪狗都不如的爸。他怕水利，怕水利那一双寒光闪烁的眼睛；他也怕张山，怕张山五大三粗，直冒傻气，逼急了，会把他撕个粉碎。天贵的心战栗了，备受压抑。想自己在神牛坑经营下一方领地，说一不二，颐指气使，有多少女人委身于他，温柔的襁褓中孕育出他那个膨胀的灵魂，专横跋扈，无坚不摧，可偏就连一个倾心相爱的女人也不能保护，眼看着自己的女儿不能相认，这样的折磨，莫不是上天对他的惩罚？多行不义必自毙。天贵有文化，也知道因果报应，但他驾驭不了自己那一颗像脱缰野马一样疯狂的心，桀骜不驯且又孤独脆弱，那种物极必反的本能强烈冲撞，让他在愤怒和仇恨之中，失去了理智。他仇恨那可怜的女人，更仇恨狗熊一样的张山，这两个人造成他和水利结合的巨大障碍，像是两座山峰，挤压着令他窒息。恨鸟及林，一股无名的妒火，烘烤着天贵心里难受，促使他撕去了正人君子的面纱，播种下一颗惨绝人寰的种子，在肮脏变态的心田里萌发……也是活该出事。那天黎明，天贵从一个情妇家中出来，瞅见张山摇晃着出了村子，朝老爷岭的方向走去。他调动所有细胞，飞速计谋，认为这是天赐的良机，傍晚时分，天贵悄无声息在断头崖边隐藏了下来……

正当天贵挖空心思，要夺回失去的水利和他那心爱小女儿的时候，田号子从部队复员回来了，他心里像是吃了苍蝇一样，非常刺闹。

十五

　　"吁——"沉思中的天贵被烟头烧疼了手指，这才想起，派七叔去找贾组长，怎么老半天还没回来？满屋里弥漫着烟雾，空气污浊。天贵推开了窗户，一股清新的气流迅速袭入，催人振奋，但见东方已泛起鱼肚白，阴云好重。天贵想，人算不如天算，田号子狗胆包天，犯了王法，自己送上门来，也就怪不得咱不念同窗情谊了。

　　七叔瘪怔着双眼，跟在贾老田身后走了进来，屋里的气氛顿时紧张起来。天贵详细通报了案情，贾老田一边听着，一边找来牙膏，往被张冒老汉那褪火不久镰刀烫伤的指头上涂抹，抹出一个白橛橛，弹动着，龇牙咧嘴喊疼。

　　天贵问："咋办？"

　　贾老田说："出了这么大的事，咱也吃不准。这样吧，我现在就回县里，向上级请示。"

　　天贵见贾老田主意已定，只好顺水推舟，说："就按你说的办吧！"转身交代七叔，说这事儿一定要保密，不准泄露出去。

　　七叔点了点头，表示坚决照办。

　　贾老田一去三天没有音讯，急得天贵如坐针毡，嘱咐七叔暗中监视着田号子，生怕他听到风声窜了。第四天，贾老田回到神牛坑，兴致勃勃，对天贵说："县里已经定了，按反革命流氓罪处理，决不轻饶。马上集合民兵，逮捕田号子。"

　　天贵迟迟疑疑，说："是不是等到晚上再动手？"

　　贾老田考虑一下，说也行。

　　天贵顺势把皮球踢了过去，说："贾组长，这事儿，你指挥吧！"

　　神牛坑还没有从睡梦中醒来，被厚厚的晨雾笼罩着，天地浑然一体，阴阳不分。突然，一股强劲的寒流袭来，冲散了山村的

红薯地

宁静。

　　熟睡中的号子被拉了出来，不由分说绑了，遭受一场毒打。号子怒目喷火，看着那半干不湿的红薯秧儿拧成的鞭子，在他身上摔出道道血痕，没有叫喊，也决不求饶。

　　号子被带到大队部里，周围有荷枪实弹的民兵看押着。贾老田是把打人的好手，变着法儿发泄淫威，把号子打得死去活来。遇到田号子这样的犟筋，贾老田越打越上性，声嘶力竭叫嚷着："田号子，你招还是不招？"

　　"你们都知道了，还招个球！"

　　"你小子死到临头了，还敢嘴硬。我看你是吃了熊心豹子胆，竟敢在太岁头上动土，搞女人也不分个人家，知道被你糟蹋的姑娘是谁吗？"贾老田气急败坏，狠狠挥舞着鞭子。"制服不了你，我就不姓贾。"

　　"哈哈……"号子爆发出一长串笑声，冲撞着屋顶哗啦啦直落土。"假不假，乡亲们心里清楚。"

　　神牛坑骚动了。人们惺忪着双眼，走门串户相互打探，眼睁睁看着一场灾难的降临。

　　二怪被天贵请到家里，敬烟又敬茶，亲热像是没出五服。二怪烟瘾大，抽不惯天贵敬的洋烟卷儿，拿出塑料袋里的烟叶和纸条儿，拧出一支粗粗的大炮筒。

　　天贵说："二怪，眼看着咱俩就要成一条橼了，是亲三分向，不向急得慌。那黑儿发生在红薯地的事情你也在场，给我说说，到底是咋回事？你甭怵，党的政策历来是首恶必办，胁从不问。"

　　二怪跟天贵不是一路人，压根儿看不惯他的阴阳怪气，更反感他的恣意横行，甚至有些仇视。不过人家是支书，问起了，不能不说，就半闭起双眼，一五一十，说个明白。

　　天贵拍案而起，把二怪吓了一个愣怔。"他奶奶的，真是色胆包天。二怪，不说你可能不会知道，那天夜里被他们糟蹋那俩姑娘，其中就有你的媳妇。"

"啥？"二怪吃了一惊，惊恐地瞪大了双眼。出事的第二天，二怪准备一妥两当，满怀喜悦要去见面相亲哩！可到了小晌午，媒人急慌慌跑来说相不成亲啦！人家姑娘有病，这事儿得放放再说，没想到是赶上了这茬子事。

"二怪，咱俩自小在一个村里长大，有啥事情谁也瞒哄不了。你清楚，我和号子自幼要好，后来因为水利是闹过些别扭，咱君子不计小人过，全当没那回事儿。你看号子他从部队回来，处处跟咱作对，不知是有多大的仇气……"

二怪迷迷糊糊听着，不时翻翻白眼。

"自古道：杀父之仇，夺妻之恨，不共戴天。田号子坏了你媳妇，你就能咽下这口恶气？"

二怪如一盆褙子糊涂的心中开了一道缝儿，透出一丝亮光。"天贵哥，你说咋办？"

"县上咱表哥的信上说，要把田号子押送县里公审，事不宜迟，今天就走。县里又不来车，要咱们押送。押送少不了七叔，他是治安主任。不过七叔年纪大了，不中用，这两年我总觉得这老东西总跟咱想不到一块儿，我不放心。你是基干民兵，咱们又是亲戚，只有你和七叔一块去。路上田号子如果不老实，或者企图逃跑，你就开枪，打死逃犯，是他罪有应得……"

二怪一言不发。

天贵拿出二百块钱，推到二怪面前，说："这是县上咱表哥的意思，事成之后，回来你就当民兵营长，让你和兰花立马完婚。"

二怪豁然开朗，一下子明白了天是圆的，地是方的，大咧咧说："我干。天塌下来有地顶着，我怕球！"伸手抓起那一沓子钱，转身就要离去。

天贵示意他别忙着走，反复交代这是机密，千万不敢泄露。

红薯地

二怪满不在乎，摇晃着脑袋说："我知道。"

天贵脸上，泛起一丝冷笑。

十六

二怪磨磨蹭蹭，七叔黏黏糊糊，直到日头偏西才张罗着上路。神牛坑男女老少全都从家里走了出来，一街两行，站满了人，柿木着脸，看着号子被五花大绑推出了大队部。几个年长的婆婆，热泪涟涟，时不时撩起衣襟儿，揾擦着流下的泪水。

号子高昂着头，正要上路，见天贵匆匆赶来，满脸痛苦的表情，欲言又止，对七叔和二怪说："等会儿，我跟号子说几句话。"

号子被天贵拉到没人的地方，听他说道："号子，不管你心里咋想，我是说啥也放不下咱俩打小结下的友情。出了这种事，县上追得紧，工作组也不放过，我真是无能为力。事情到了这步田地，你心放宽些，往远处想想，说明白了，你也得掂量掂量。这事儿也不算小，我的意思是，等一进了山，趁着天黑，你情跑啦！事大事小，一跑就了，躲出去十年八载，等这事放凉了再回来。家里有我给你兜着，请你相信。"

号子的目光朝一边睃视，没有正眼看他。听到这里，冷冷一笑，说："谢谢你的心意。放心吧天贵，我会让你满意的。"

天贵长叹一声，无可奈何摇了摇头。转身招来七叔和二怪，嘱咐路上尽心照顾，别让号子受了委屈。

二怪心里真的是好服气。

走出村外，远远看见张冒老汉等候在路边，手里掂着一个小包袱。老汉深情地看着号子，帮他抻抻衣服，颤抖着说："孩子，往宽处想想，啊！水利、水利可是在等着你呀！"

号子再也忍不住了，热泪夺眶而出，扑簌簌顺脸流淌。他扑通跪到张冒老汉面前，悲哀不止，唤了一声大叔，说我田号子就是来世变牛作马，也要报答您老人家的恩情。

七叔和二怪也跟着抹了一阵眼泪，看看天色将晚，劝住了号子，告别张冒老汉，往前走去。

号子被结结实实捆绑着，走在最前面，后边跟着七叔，再后边是二怪。七叔背着七九式步枪，二怪背的是三八大盖，顶着膛，威风凛凛。三人默默前行，谁也不说话，各自盘算着心事。

走到六里岗，天色已经擦黑。这里一片荒凉，坟冢一样的荒丘一座连着一座，静得吓人，再往前走，就要进山了。二怪说："七叔，歇歇吧！"

"歇歇吧！是该歇歇啦！"

七叔早年跟着皮定均司令在伏牛山一带打过老日，是神牛坑的老革命，解放后一直当村里的治安主任。这几年，七叔越活越糊涂，特别贪杯，哪天不喝几口就过不去。不过他没多大酒量，三两酒下肚，就醉得一塌糊涂，人事不省，整天都晕晕乎乎，迷迷瞪瞪。

看着七叔吃力地坐在地上，二怪捞摸出一个瓶子，说："七叔，给，喝两口壮壮胆。我捎着一瓶好酒哩！"

七叔把伸进怀里的手抽了出来，高兴地照二怪拍了一巴掌。"你小子，不傻呦！"七叔接过酒瓶，凑眼前看看，说："嘿！还是杏花村哩！老叔可沾光了。"说毕，打开瓶盖，仰起脸来，噙住瓶嘴咚咚一气喝了个底儿朝天。

号子和二怪全都看呆了。七叔喝酒最多不过三两，有名的眼药瓶儿，今天哪里来得如此海量？再看七叔，就地打个滚儿，便醉死过去，不省人事了。

二怪唤他，推他，拧他，咋折腾也没一点儿动静。二怪急忙跑过去，解开号子身上的绳索。号子一惊，问二怪你这是？

"号子哥，甭说，啥话也甭说了。我明白了，啥都明白啦！

红薯地

你快走，拿上这二百块钱，还有水利给你这包袱，记住，天不放晴，永远别回来。"

"那你？"

"你甭管，快走吧！天高砸不死人，地大饿不死鸟。该死球朝上，仰八叉儿尿尿，流哪儿是哪儿。别慌，把你的布衫留下。"

"二怪，好兄弟。"这个宁折不弯的汉子，激动不已，紧紧把二怪抱住，久久不愿分开。号子吩咐二怪，照看着老冒叔和水利她娘俩，天总会有放晴的时候。

二怪说："我知道，你快点吧！"

号子走了，朝着黑乎乎的大山撞去……

天已黑得一片朦胧。二怪把醉死的七叔放平展，脱下自己的衣服给七叔盖上，背枪去了金鸡洼。金鸡洼离六里岗最近，来回不过两袋烟工夫。回来的时候，二怪肩上扛着一只山羊，是从金鸡洼偷来的，径直朝山里边走去，一气攀上老爷岭。来到断头崖前，二怪把号子留下的布衫往山羊身上一包，撂了下去，空谷里回荡起一串儿闷闷的响声。

二怪禁不住有些恐慌，圪蹴到枯杈树下吸烟。吸足吸够了，一跺脚骂道："娘那×，脑袋割了当夜壶踢，破上啦！"二怪举枪朝崖下放了两响，如释重负，一路唧哼着小曲，向回走来。

走近六里岗，但见七叔披着衣裳，静静坐在那里等他，二怪吓得魂不附体。心想这老爷子，咋回事，莫不是着了神仙？喝恁些酒，咋就睡这么一会儿可醒了。原本打算着背上醉死的七叔回去交差呢！这下全完了。二怪惊慌失措，心中暗暗叫苦。

"七……七叔，您咋可醒啦？"

"咋醒啦？喝醉不能装死。你小子，安得啥心，拿恁好的酒敬老子。号子呢？"

二怪一时上慌，结结巴巴说："他，他龟孙，见你喝醉，拔……拔腿就跑。我就追……追到山里，眼看撵不上，我就开……开了两枪，也不知打住没有，反正……反正我亲眼看见他掉下断头崖，这……这不是，我拾了他一只鞋……"

七叔若有所思，嗫嚅道："一只鞋，又是一只鞋……二怪，看你那熊样。死了去球，反正送到县上也是死，早死早托生，过二十年他又是一条汉子。号子心里要是明白，这可不怨咱爷们。走吧，回去交差。"

"回去交差。"二怪长长舒出一气。

"二怪，回去可不敢说我喝酒。"

"我不说，七叔。"

"二怪，号子跳崖死了，是咱俩亲眼看见的，可要一模样儿说。"

"一模样儿说。"

二怪上前把七叔搀起，七叔亲昵地拍着他的肩膀，说："二怪，我日您娘，成天说你是个囵球二百五，谁知你小子还怪透气哩。"

二怪把一颗悬着的心放到了肚里。他哪里知道，姜是老的辣，人是老的能。七叔在上路之前就嚼了一大把葛花，又泡了两大缸子茶叶水灌进肚里。这葛花是深山长的，解酒神效。七叔怀里早预备着一个小酒瓶，他是注定要喝醉的。只不过二怪性急，一停下就把酒瓶掏了出来，还是好酒，七叔自然借坡滚驴，用二怪的好酒先醉了。二怪并不留意，七叔喝那一瓶子酒，有一大半顺嘴角都流到了脖子里。

十七

"号子跳下断头崖，死了！是叫二怪用枪打死的。"一时间，神牛坑被无尽的悲哀气氛所笼罩。悲哀的眼泪和窒息的压抑，导致了一股股强烈的怒火，神牛坑愤怒了，漫天飞舞着唾沫星子，要把二怪这个神牛坑的罪人淹死。

山里人有自己独特的报复方式，第二天早上起来，人们发现二怪家的大门上涂满了粪便，对称贴着白纸方儿，门口靠着柳幡和花花绿绿的哀枝，还有秆草捆儿，祭奠死人用的物件应有尽有。二怪娘气得昏死了过去，发疯似的摔尽了家里一切能摔碎的东西，颤抖着瘦骨嶙峋的手，把二怪抓出满脸污血，天荒地老号啕着，大骂八辈子祖宗，到底是谁坏了良心，生下这样一个孽种。

二怪忽然疯了，袒胸露腹，趿拉着鞋，满街乱跑，呜呜啦啦喊叫："我清楚，我清楚……打死了，打死了！"也没人阻拦他，任他跑到村外，跑进红薯地，跑向丘陵，跑向山沟，漫山遍野响彻着那凄厉的怪叫："哈哈……我清楚，打死了！"

七叔心里跟锅滚了一样熬煎。

水利连一滴泪也没掉下，瓷瞪着双眼一直坐了三天三夜，水米不沾牙。看着媳妇要被毁了，张冒老汉坐卧不安，他明白媳妇的心思，这苦命的孩子，遭受的劫难太多，老天不公呀！他安慰媳妇说："孩子，你哭吧！哭出来，心里就宽展了。"

水利哭不出来，只是摇了摇头，脸色铁青。张冒老汉长叹一声，引起孙女，去了千疮百痍的红薯地。

号子复员回到神牛坑，使水利那颗枯死的心焕发了一线生机。她恨号子，怨号子，可怎么也无法剪断那打折骨头连着筋的爱恋。虽然说人来到世上，就是要遭受磨难，她和号子之间的路为什么竟是这么的崎岖坎坷？峰回路转，两颗被伤害了的心重新相遇，还没来得及牵手，便又阴阳阻断，生死两茫茫。她看得出，号子也深负一颗自责的心，一有机会，就表示着忏悔。

号子回来就接替了公爹的生产队长，几个月里，一门心思领着大伙搞好生产，想多打些粮食，让乡亲们能吃个饱饭。号子也时时关心着她这个家，悄无声息为她们承担着一切重体力劳动，就连水缸里的水，都是号子担来的。水利明白，他这是在赎罪呀！水利更心疼号子，萦系着他的吃穿，为他提心吊胆，默默尽着一个妻子的责任。不过，两人脸上都平静得如春水一般，谁也不愿开口提起令人伤心的往事，更无法交流对未来的憧憬。

号子和水利就这么生活着，尽管内心蕴藏着强烈的爱恋。她欠他的情，他负她的债，在艰难地煎熬的日月。张冒老汉忍不住，把话儿挑明了，说："水利，号子是条汉子，能靠得住，就让他搬过来，咱爷们一起过吧！你们，也别这么折磨自己了。"

不，水利摇摇头，拒绝了公爹的好意。她想，号子气盛，谁知道他心里到底是咋想的？那条黑影阴魂不散，时刻在折磨着她一颗善良的心。她爱号子愈深，就越发觉得自己龌龊。号子是她心目中的期盼和向往，她不忍心让自己龌龊的身子玷污了那唯一的圣洁。她认为，她配不上号子，号子应该有一个比她更好、更纯洁的姑娘作伴，这样，她的心也许能得到一点安慰。

又想起罩在她头上的万恶咒语：水利命硬，要克死三夫……她好怕，生怕号子再遭遇什么不测。她宁肯自己去死，也不忍看着号子有三长两短。只要每天能看到号子的身影，把他融化在心上，也就足够了。这种美好的寄托和如梦的境幻，水利不忍心打破。

说到底，人毕竟是感情动物，情感被压抑得太久，其结果只能是导致剧烈的爆发。有多少个夜晚，水利彻夜不眠，编织出一个个绚丽的景象，冲动的激情最终撞开了封闭的心扉，使她暗下决心：等收罢红薯，磨完粉面，她一定要让号子带着她进趟城，在那弯弯的山路上，荒无人迹的地方，她要不顾一切把号子抱住，撕他，咬他，掐他……她还要尽情大哭，哭干眼睛里所有的泪水，吐净满肚子辛酸的苦水……不想晴空一声惊雷，水利还未跳出苦海，就又面临着火坑。说号子犯下流氓罪，水利根本不信，号子不是那种缺心少肺的人。然而，号子就这么走了，走得

红薯地

不光不彩……

水利倾力在心中塑造的雕像倏忽间化作青烟，飘然而去，她的精神支柱轰然倒塌，崩溃得支离破碎，刚刚招回了灵魂的躯壳，再次空落落只剩一副皮囊。难道说果真是命中注定？如若真是那样，她也就再没有什么值得留恋了，情愿追随那缕青烟飞去，去寻找本该如此的归宿。她瞒了公爹和女儿，悄悄爬上了老爷岭。

万恶的断头崖开张血瓢大口，凶相毕露，似乎要吞进去所有的善良和弱小。水利狂叫着，疾呼着，瞪大了血红的眼睛。她看到了胆小怕事的爹爹，看到了憨厚忠实的张山，看到了朝思暮想的号子，他们都在向她招手，让她快点儿，快点儿下去。水利感受到了召唤的力量，再也不去顾及世间的恩怨，满脑子轰鸣，响彻着一个声音：寻号子，寻号子去……她闭上了眼睛，纵身朝下跳去……

水利被人拦腰抱起，号子的音容笑貌瞬间消失，躲进了无底的深渊。定神一看，见是二怪，仇人相见，分外眼红，水利愤怒成一头母兽，拼命揪拽住二怪，又撕又咬，恨不得把他撕成碎片，方解心头之恨。

二怪蓬头垢面，疯憨得香臭不分。他憨笑着，任凭水利撕打，一动不动。看她打的没了气力，二怪扑通跪到水利面前，正色说："嫂子，二怪不疯，不疯啊！你爹冤枉，俺张山哥冤枉，号子哥更冤枉啊！这一个个天大的冤枉，都是因为你，你就这么死去，对得住谁？听兄弟一句话，再忍忍，日头总不会叫沤烂到云彩里，咱要看看，恶人到底落得啥下场。"说完，二怪径直走了。山谷中，又响起那惨怪的叫声："哈哈……我清楚，我清楚！"

山迷茫了，路迷茫了，水利反而清醒了。"冤枉？都因为我？"冥冥中，水利眼前展开一条小径，小径上满生着荆棘，崎岖难行，可那路的尽头，隐藏着一个深邃的谜，呼唤水利去破解。水利奋不顾身，决定披荆斩棘，去解开那个谜团。她高高挺起了胸膛。

十八

红薯一车车从地里拉回来，人们各自忙碌着，切片，下窖，紧接着就磨起粉面，季节不等人。神牛坑失去了往年丰收的喜悦，到处是日娘操姐的骂声，充满着火药味儿。就连街上跑着的猪们狗们，也无端挨了许多打骂，惊慌得四处乱跑。

天贵兴高采烈，不知从哪儿弄来几条活蹦乱跳的大鲤鱼，放养到院里磨粉用的大排子缸里。那缸很大，有四尺多高，几条鱼儿在水里追逐嬉戏，挑逗着天贵哇哇直乐。

结果了田号子，除去天贵一块心病，可以无所顾忌去实施他的夺妻夺女计划。尽管号子的死在村里沸沸扬扬，引起不小议论，天贵根本用不着担心，这些个山野草民，翻不了天。他往县里送上一份报告，陈词激昂，写上："反革命流氓犯田号子，自绝于人民。在押解途中，畏罪潜逃，被我基干民兵开枪追击，罪犯走投无路，跳下断头崖自尽。罪有应得，死有余辜。"等等，事情就算过去了。正当他冥思苦想，想着如何封住二怪那张会说话的活口时，二怪让愤怒的群众逼疯了，疯得一塌糊涂，人事不省。天贵彻底放心了，为自己高明而又毒辣的手段暗自庆幸，真乃天助我也！

这一天，天贵请来贾组长和大队干部，当然也有七叔，摆酒设宴，开怀畅饮。八八五五，杯盘狼藉，直喝得天昏地暗。从傍晚喝到夜静，从夜静喝到深更，客随主便，主家兴致未尽，大家自然奉陪。兰芝战战兢兢，在一旁伺候着，端茶倒水。

大家全有了醉意，忘记了更深夜晚，挨着个儿过关，输了就

红 薯 地

喝，把枚猜得震天价响。天贵蒙眬着双眼，突然唤女人道："去，再加俩菜。"

兰芝轻声说："没……没啥菜了。"

天贵不高兴了，日恼道："院里那缸中不是有鱼，你是死人，就不会弄一条爆炒爆炒！"

大家说："算了，算了。"

天贵坚持不让，命令兰芝道："去嘛！"

兰芝极不情愿，又无可奈何，叹息一声，找来笊篱，去水缸里捞鱼。

兰芝比那排子缸高不出多少，只好搬来一只小凳，站立上面，弯腰探头往缸里捞，一下，两下，鲤鱼扑腾了她一身水，就是捞不上来，急得泪水扑簌簌直朝缸里掉。

酒正喝到高潮，猜枚的人争得脸红脖子粗，别人跟着看热闹，全在笑。天贵站起身来，说去尿泡。

天贵回来，说再过一关，来，四季发财……

又过这一关，天贵输枚不少，喝了不少酒，眼睛都瞪直了。他忽然想起了什么，吆喝道："咋球弄哩！炒俩菜要恁大时候？"说着，骂骂咧咧向外走去。突然一声长号，把屋里人的酒都吓醒了一半，急忙去院子里，见天贵蹲在水缸边抱头大哭，再看时，一个个都吓白了脸，只见兰芝不知什么时候一头栽进水缸里，淹死了，肚子喝得像个大西瓜泡。

大家七手八脚，慌忙把兰芝抬到屋里，天贵声泪俱下，一干人衬得矮下去三分，入地无缝，唯唯诺诺，说："看这，看这。"

人都死了，大家也不忍心再去埋怨天贵。恁高个水缸，你咋就让兰芝去捞啥鱼！看着天贵悲伤的样儿，纷纷解劝，安慰他别伤心了，人死不能复生，要是哭坏了身子，值得多。出了事得自解自劝，也是她命中该有一劫。贾老田说："天贵，别哭了。你表哥那里，我去说。"

神牛坑死人是极讲究排场的，殷实人家，都要陈尸三天，请上两班响器，吹吹打打，热热闹闹，打发死去的人上路，以表达活着人的哀思，叫喜丧。不该死的兰芝死了，天贵又是村里的一把手，为亡妻披麻戴孝，当然令人感动，管事的人传出话来，陈尸七天，大祭。

来吊孝的人很多，县上的，公社的，还有外大队的。亲戚族人坐底客熙熙攘攘，院子里水泄不通。灵棚前摆满了花圈、哀枝、招魂幡，还有金童玉女，纸马小鬼，气派极了，比兰芝活在世上还要风光。

大门外是请来的三班响器，对着吹。这一班刚吹起《声声慢》，那边就响起《声声怨》，紧跟着是一曲《飞雪漫天》，曲调凄厉，听着叫人身上直出鸡皮疙瘩。

这一班刚转成《落叶纷纷》；

那边就响起《一枝红杏》；

紧接着又是一曲《百鸟朝凤》……

三班响器势均力敌，不分上下。对急了，这边玩起魔术；那边漱起獠牙；那一班就跳起大梁……相互拼杀，卖力争宠，争得难分难解，火光冲天。只可惜神牛坑的人都忙着磨红薯，没人来看，只围了几个小孩儿，场面萧条。

没有观众，终究激不起响器们更高的热情，一阵疾风骤雨过去，便打了个默契，三班儿轮换着吹，也甭出那瞎球力了。

于是，响器班里雨过天晴，这一班一曲《三哭殿》刚尽；那一班就接上《刘备哭灵》；下一班准备着《李天保吊孝》……

出殡那天，拉起里把长的送葬队伍。前面是唢呐呜咽着开道，后面跟着花圈、哀枝、招魂幡和纸扎组成的五色长龙，接下来是天贵的家人，一身白孝，簇拥着兰芝黑明发亮的灵柩，八人抬起，一路上撒满了纸钱冥币，随风起舞。送葬的人们随在最后，亦步亦趋，议论纷纷，都为兰芝的死感到惋惜。一时间，招魂幡哗哗作响，鞭炮声阵阵炸亮，天昏昏，地灰灰，乌鸦儿呱呱乱叫，神牛坑淹没在哀乐之中。

兰芝来得利利亮亮，去得干干净净，没有哭也没有笑，无大喜亦无大悲，如匆匆过客。

神牛坑人漠不关心，把红薯看得主贵，任凭兰芝来去匆匆。七叔迷糊着眼，注视着村子里的风起云涌……

十九

磨完红薯，下罢粉条，眼看着就是春节了，这个年，神牛坑人过得死气沉沉，少气无力。连那轰轰烈烈的铜器，热热闹闹的社火都没心思玩了，更别说唱大戏了，全都猫在家里，围着火塘御寒取暖。

过罢年，九九杨落地，十九杏花开，漫山遍野的茵陈从严冬里睡醒，泛起了绒白，大地重新焕发了生机。

贾老田叫县上调走了。消息传开，神牛坑如同惊破了一场梦，沸反盈天好一阵躁动。有人燃放起鞭炮，还有人烧起秆草火，一直把贾老田送出村外，活像是撵送着瘟神。过不多天，隐隐约约又有人议论，说是兰芝他表哥，就是县上那个革委会副主任被抓起来，下了大牢。山里人消息闭塞，吃不太准，不敢明目张胆乱说，只是窃窃私语。这当儿，天贵撂了挑子，言称是屋里没了女人，心烦意乱，没心思再干下去。

清明已过，天气转暖，眼看又该打红薯母坑了，还要预备着种棉花，拉粪犁地，扒红薯沟，农活一天紧似一天，错不得节气。神牛坑忽然没了主事，汉子们乱哄哄围在一起，活脱脱如没人驱赶的羊群，不知道该去干点什么。生产没人管了，种地的人心里好生着急。

自打号子被绑走的那一天起，七队就没了队长。张冒老汉是干不动了，这个冬天，他衰弱了许多，开春后差点没从床上爬起来。实在没有办法，张冒拄了根拐杖，招呼着大家播下了棉花种子，这打红薯母炕，他是再也领不动了。

一年之计在于春，乡亲们都明白这个道理。春耕抓不住，一年下来吃风屙沫呀！汉子们整天围到张冒老汉家门前的歪脖子老槐树下，吵吵嚷嚷，合计着到底咋弄。眼睁睁瞅着一天跑掉一个日头，再也不能等了，就有几个汉子厮跟着，把天贵拉过来，让他给大家说个明白。

大家七嘴八舌，质问起来：天贵，你不能说撂挑子就撂挑子，春耕大生产，不给俺们找个队长，咋弄？

就是，种地哩！可不是耍猴闹着玩哩！

不种地，啃土坷垃去？

要不打今天起，你给俺们派活。

对，派活，派活！

天贵被吵嚷得双耳生痛，别看他搞运动是把好手，种庄稼他还真说不出个子丑寅卯，面对这样乱糟糟的场面，竟然无所适从。追问急了，天贵硬着头皮说："中，今天先都去上工，晚上回来开会，选队长。大闺女小媳妇，都去棉花地里脱裤子；男劳力们，去搞水利；婆娘老太太，红薯地里下蛋……"

人群里冷不防钻出来二怪，一本正经说："是间花苗，不是脱裤子，花芽儿刚出来，没裤子。"人们哄堂大笑。

天贵大吃一惊，凶狠地骂道："疯子，滚蛋！"

"哈哈……我清楚，我清楚！"

人们乱摇头，心里在骂：神牛坑咋就养了这么个草包书记。

狗撒永远都改不掉一身瓜蛋儿气，阴阳怪气说："书记，就那一个水利，恁些人，咋搞哇？"

天贵气冲牛斗，抓起狗撒的衣领，啪啪就是两个耳光。"你鳖儿，混出人样啦？"

红 薯 地

这两耳光把人们的心打冷了，看着天贵下不来台，老光棍瓦块站了出来，招呼大家说："走吧，下蛋去。"

下蛋是种红薯的一个新招术，不知是打哪儿传过来的，上级号召了，都得跟着学。老辈子种红薯，是专拣块大体胖的留母，等来年开春了，下到红薯母炕里，升温，浇水，养出薯苗儿，再往大田里栽种。这两年兴下蛋，专拣小块薯娃儿，鸡蛋那么大的，直接埋到隆起的丰产堆里，四角栽四棵，说是生出的芽儿壮，能增产，所以就推广了这种种法，刨出的红薯，也没见比老种法多到哪儿。一干人懒懒散散，往红薯地里走去，上些年龄的忧心忡忡，说神牛坑气数尽了，要遭灾呀！

不久，有人张罗着为天贵继亲，说水利寡住着，俩人蛮般配，况且俩人从前就好过，命中注定，就该是天生的一对儿。听了这话，明白人心里一沉，糊涂人觉得是桩美事儿。

出人意料的是，一个冬天都没出过大门的水利，竟然拾掇得利利落落，答应了。

张冒老汉气得胡子直撅，拐棍在地上捣得砰砰响。"水利，娃，你是气迷糊啦？你不想想，你爹走时咋说的？"

水利跪到公爹面前，声泪俱下，唤了声爹，说您老消消气，我心里明白着哩！您给我的这条命，现在已不属于自己了。不把事情弄个清楚，我死也咽不下这口气。俺把孩子给您老撇下啦……

七叔也坐不住了，气冲冲把两只鞋子往水利面前一摔，训斥道："水利，你是真迷还是假迷？你看看，这么些年，你老叔我装鳖过日子，可我心不糊涂，亮堂着哩！天贵那龟孙干的坏事，一桩桩一件件全在我心中装着，总有算账的时候。"

水利捡起那两只鞋子，仔细辨认。七叔指着说："这一只，是二怪撵号子拾到的；那一只，是你男人死的第二天，我上断头崖从草丛里找出来的。"

水利认出，这两只鞋子，都是她亲手做成，大小有些差别。大的是她做给号子的，小的是以前送给天贵的，明显破旧。她抬头看了七叔，眼中冒出火辣辣的光。"七叔，我要报仇！"

　　"要报仇，也不是你一个女孩子家的事！不是不报，时辰没到……"

　　"不！"水利的语气非常坚决。"要死我早就死了，活不到今天。我就是要等到这一天，拿住真凭实据，让恶人遭受报应。不为死去的亲人报仇，我是没脸再活下去啦！"

　　水利的犟劲儿，让七叔好为难，叹息道："不听老人言，吃亏在眼前呀！"

　　"七叔，我决心已定，就是滚刀山，下油锅，也得讨个说法。"

　　七叔无奈，摇摇头，走了。

　　寡妇改嫁，只能在下午迎娶，这在神牛坑也是祖宗传下的规矩。刘半仙看了好儿，又装神弄鬼使出一大堆破法，还是不太放心，咬着天贵的耳朵交代，可是得小心，扫帚星气旺得很，弄不好会有牢狱之灾。天贵满不在乎，说："球！我不信。"他坚信，水利和他还有未尽的缘分。

　　天贵肩上的挑子没有撂下，又人模狗样日摆了起来。他把父亲的忠告抛到九霄云外，自作主张，把水利娶进了家门。

　　久别胜新婚。在水利身上，天贵着实又兴奋了一阵子，觉得玩弄过恁些女人，哪一个也比不上水利，货真价实的恩爱。他仍然是神牛坑的土皇帝，说一不二，没有他办不成的事情，没有他制服不了的敌人，能把水利娶回家中，足以证明他的能量，他永远是个强者。水利善解人意，柔言蜜语专往他心窝里踢，支应得他舒舒服服，天贵感到，这才真的是不枉人生。过去些日子，水利问，天贵，咱俩的事儿，为啥恁难？当初你要是娶了我，何苦受如此折磨。

天贵眉飞色舞，对水利说："你不知道，咱这是好事多磨，也叫破镜重圆。只有这样，才能充分体验人生的快乐。你我虽经坎坷，磨难出来的夫妻，才知道珍惜恩爱，地久天长。"

水利心中生出牙齿，咬得嘎巴作响。

天贵问："啥时候，把咱闺女接回来？"

水利答："不中，她得跟着她爷爷。"

"啥球爷爷，原本就不是他家的骨血。"

水利发怒了。"天贵，你还叫不叫人活？"

在水利面前，天贵甘愿俯首帖耳，慌忙安慰道："好，好，你说咋着就咋着。别生气了，宝贝……"

天贵没事了就喝酒，喝得越来越勤，常常酩酊大醉。水利也不管他，任他放纵。有一天，天贵又喝醉了，摇晃着回来。水利伺候他睡下，趁着醉意，俯身套他的话。"天贵，我对你好不好？"

"老好。这世上，再没有比你好的人。"天贵醉意惺忪，一把搂了水利。

"那你说，当初为啥不娶我？"

"是俺爹不让。"

"为啥？"

"他要巴结兰芝的表哥。"

"那俺爹是咋死的？"

"那是……是俺爹摆治的圈套。"天贵昏昏欲睡，水利推搡着，说："天贵，别睡。咱俩说说话。"

"行……"

"张山咋坠的断头崖？"

天贵迷迷糊糊，不肯说。水利就拧他，追问着："说嘛！到底是咋坠的崖？"

天贵说："我要说了，你可不敢告诉外人。"

"看你说的，夫妻间的私房话，我会惩傻。怕是你信不过我，要不我把心剜出来你看看。"

"信……我信。是我，把他推下去的。我老恨他，癞蛤蟆想吃天鹅肉……"

水利吓出一身冷汗。"那，号子是咋死的？"

"那是……是二怪干的，我就给了他……二百块钱。"

"还有兰芝，是咋死的？"

"捺水缸里，浸死的嘛！"天贵突然嘿嘿笑了起来。"她不死，咱俩咋……咋睡……睡到一起……"天贵睡死了过去。

水利抽出身子，摸出那把随嫁妆带来的锋利剪刀，心中燃起熊熊怒火，要亲手杀了这个衣冠禽兽，这匹披着人皮的狼。当把剪刀高高举起的时候，水利心软了。她还是放心不下公爹和女儿。她非常冷静，杀死了天贵，自己也得伏法，罪名还会延续到女儿身上，一种母性的怜悯和柔肠，阻止了天贵的血光之灾。水利想，共产党的天下，怎么能够容忍这种双手沾满鲜血的恶魔横行霸道，难道说真的就没人敢管，世界上就没有公理了吗？她不信！她相信共产党是决不允许这样的坏蛋横行乡里，鱼肉百姓的，只是神牛坑山高路远，党中央不知道。水利决心告发天贵，让他服法，受人民审判。怎么告呢？水利首先想到写信，把天贵犯下的罪行桩桩件件罗列清楚，让上级下来调查。转念，水利否定了。她想，往中央寄信，怕发不出去，给县里写信，也不顶事，他爹在县上有势力，万一落到他们手上，神牛坑又要跟着遭殃。只有逃出去，去省城，上北京，像戏里唱的那样，拦轿喊冤，才能引起上级重视。水利拿定主意，等过些时，瞅准了机会，一定得进城。

第二天，天贵气急败坏冲进家门，说号子没有死，有人在县城看到了他。"他妈的，二怪这狗日的，耍了我。"

水利也大吃一惊，二怪跪在断头崖边说的那一番话，又在耳边响起，恍然大悟。水利呀水利，你好傻！这么多天了，你咋就没想到这一层上，二怪可是给了你暗示呀！二怪呀二怪，你没害死号子，可害了我水利呀！千不该万不该，你瞒哄着我，让我又走出这罪恶的一步，这不是把我往绝路上逼吗？事到今日，水利横下心来，无怨也无悔，为了号子，也为了给神牛坑除害，她表现出极大的镇静，面对着仇人的疯狂，需要的是机智，而不是伤悲。

"胡说吧？人死了咋还能复生，莫不是传瞎话儿？"

"不对！我越想越不对劲儿。号子根本就没有跳断头崖，二怪是装疯的。七叔这老不死的，使了障眼法，这几天也无影无踪了。二怪也不知从哪儿弄来一辆自行车，日儿日儿老往外窜，这里头肯定有文章。"

稳住他，一定要稳住他，水利心想。"你甭想恁些。就是号子没死，你是支书，他还能把你咋样？"

"不可不防……"

二十

号子果真回来了，和七叔一起，目光炯炯，一身豪气。神牛坑像是发生了地震，乡亲们纷纷走出家门，带着惊讶和诧异，一齐围了过来。七叔向大家说了原委，人群里发出啧啧的感叹声，都说二怪是条汉子，竟有日天的胆量。有几个女人泪窝浅，流出了热泪，说是真没想到，二怪这孩子，能成大事哩！看把人家淫报的，作践得不像个人样儿。

天贵在家里坐不住了，也急忙跑过来，看到号子就喊："哎呀号子，你可回来啦！这些日子我是天天想，夜夜盼哪！咋样？我说嘛！事大事小，一跑就了，也是你有洪福，到底躲过了这一关。回来就好，就好哇！"

号子直视着天贵，平静地说："天贵，收起你那一套把戏吧！该收场了。你在神牛坑称王称霸的日子到头了。"

天贵一愣，说："号子，咋说这话？"

"还用细说吗？乡亲们心里都给你记着呢！经你们父子的手，害死了三条人命，欠下神牛坑的血债，到了该清算的时候啦！你能躲过初一，还能躲过去十五吗？"

天贵拉下脸，凶相毕露。"田号子，别不识抬举。你这个在逃犯，我让民兵把你抓起来，送到县里去。"

号子也不示弱，针锋相对说道："甭猖狂了，天贵。你老爹都下了大牢，你还不知道？"

人群中一阵轰动，天贵觉得大势已去，浑身颤抖，竟然没了主见。他万万没有想到，自己也有末日，况且来得这么突然。他转身欲走，被号子和七叔一把扭住，就听沿玉女河响起刺耳的警笛，径直开进了村子，从车上下来两个警察，掏出一副亮铮铮的手铐，往天贵手脖上一戴，塞进车里，又一路呼啸着，开走了……

神牛坑沸腾了，人们欢声雷动，年轻人把号子高高抛了起来，有腿快的，已经从代销店里拿出了鞭炮，噼里啪啦放个不停。这当儿，人们见二怪骑着一辆自行车回来，穿着一身崭新的衣服，洗去了脏脸，梳理过乱发，青春焕发，精精干干。大家又是一阵欢呼，围着二怪闹个不停。有人把过年时才打的铜器抬了出来，铿铿锵锵打了起来，神牛坑如同找回了一个盛大的节日。

二怪急忙挣脱人们的问长问短，来到号子跟前，问："水利呢？快去找水利。"

大家从喧闹中平静下来，分头去找水利。但是，找遍村里村外，谁也没看见她那俏丽的身影……二怪拉起号子，不由分说朝老爷岭跑去，后面跟着长长的人龙。

他们来晚了。悬崖边上，号子和二怪只找到一张压在石头下面的纸条，歪歪扭扭写着：爹爹，女儿不孝，没听您老的话；张山哥，我对不起你，这就来和你做夫妻；号子哥，我把女儿托付给你，咱们来世再相见吧！二怪哥，水利不怨你，是水利命薄……

椅子山巍峨挺拔，老爷岭苍翠欲滴，断头崖空谷轰鸣，风停树静，鸟儿不再飞翔，探头探脑，望着这里发生的一切，一动不动。突然，号子发出撕心裂肺的怒吼，有石头从山崖上骨碌下来。他疯也似的向断头崖扑去，被人们死死拽住。号子哭闹着，非要把水利的尸体寻上来不可，人群中再也止不住悲哀，呜咽声响成一片，大山也跟着流下泪水。

七叔默默从肩头摘下七九步枪，朝天放了三响，对号子说："号子，节哀吧！自古以来掉下断头崖的人，没见过一个囫囵尸首。老年人说，那下边是龙王的行宫，跟东海相通，没有个底呀！"

号子说，这分明是一个魔渊，为啥死到里头的净是好人？总有一天，我要把这个罪恶的深渊填平！

二十一

在那块弥漫着幻想和罪恶的红薯地里，号子隆起一座新坟，全村的人都来添土，洒下热泪。坟里面，埋葬着水利遗留在断头崖边的那张纸条。

号子像是一头受伤的狮子，静静躺卧在坟头旁，三天三夜了，人们远远地看着，没人敢去惊动，也不忍心惊动。

神牛坑经历了一场空前的劫难，所发生的一切恩恩怨怨，都该结束了，消失了。神牛坑该有一个新的姿态，去迎接未来的日月。号子百思不得其解，短短几年中，神牛坑竟然遭受如此苦雨腥风，这究竟是为了什么？

三天过去了，号子迎着旭日站立起来，放眼望去，红薯地里绿茵一片，生机勃勃。今年的红薯又老鸦窝那般大了，正在孕育着果实，枝蔓儿遒劲，茁壮成长。

逃亡在外的这些日子里，号子得到了原在部队首长的庇护。在部队的农场里，学到了有关红薯深加工的丰富知识，从而也立下了雄心壮志，期盼着能够有一天，带领乡亲们炸去老爷岭，填平断头崖下的万丈深渊，修出一条宽广的大马路，让神牛坑和县城连接起来，跟上时代发展的步伐。他要在神牛坑建起"三粉"生产基地，用红薯磨粉面，下粉条，做粉皮，提高红薯的价值。还要利用红薯秧儿，办起养殖场，养奶牛，养山羊，形成立体产业链，走农业产业化发展之路。接下来，用丰富的薯干和薯渣资源，筹建造酒厂，化工厂，生产柠檬酸和乳酸，以工养农，搞商品生产。到那时，神牛坑的红薯就身价倍增，用勤劳的双手描绘出神牛坑史无前例的壮丽画卷。号子感觉到，神牛坑美丽富饶的前景已经成为一副重担，正在乡亲们的期待中朝他肩头压来，他义无反顾，要勇敢承担起来，和乡亲们同甘共苦，一齐往好日子上奔。

号子深深向水利的坟冢鞠了三个躬，迈开大步，朝着碧绿的红薯地深处走去，步履矫健……

茵　陈

一

娶五婶的时候雷十二岁七个月零三天，二爷说，成人了，放炮去。雷背起褡裢儿，装足两响炮，人群中找出李小仓，加入迎亲队伍，很男子汉。

李小仓把杆三眼铳，腰间插着放羊鞭子，身边缠绕一条杂毛公狗，在粪堆旁放响几铳，震得人们捂住耳朵日骂。吹鼓手们亮开嗓门，吹起《百鸟朝凤》，像惊飞千万只云雀，冲进黎明前的碧空中欢闹，吵醒所有的睡梦，不禁不由伸长懒腰，舞动起胳膊作欲飞状。二爷声嘶力竭，夹起红毡高喝一声，队伍归拢一处，浩浩荡荡开拔，扬起尘土扑面，扶摇直上九霄。

五婶家在西山里面，离汤王街三十五里，路远。二爷说娶媳妇是喜庆事儿，赶早不赶晚，要让花轿正午前到家。若错过午时，就笼了阴影，日后家里会不太平。五婶是西山里面一只俊鸟，有名的美人儿。她娘贪图汤王街人家，是名门望族且聘礼丰厚，做主把女儿许配五叔。五婶只有十六岁，花骨朵一般娇嫩。五叔三十过六，罗圈腿豁子嘴满脸上成嘟噜的红枣疙瘩，小秃枕住门槛睡，又是名（明）头在外的泼皮赌棍，能摊上这样一位媳妇，早把哈喇子流出大长，心里猫抓一般难忍，迫不及待老想着脱裤子上床。族里人也很兴奋。抬回一位年轻美貌的女人婚配五叔，不辱大门大户的名望。兴许可以借机改良五叔这一门后代的品种，就要生出驸马或者皇妃之类的贵人光宗耀祖哩！有了这等企盼，族人们便齐心协力，巴不得快点儿把五婶娶回按到五叔床上，将美丽和丑陋一锅里烩了，繁衍出罪恶的祸水横流。

雷幼稚到天真，贪婪言传中五婶的美貌，急巴巴先睹为快。但不知李小仓有着怎样的心态。一个外姓人慌成孝子贤孙，丢下一群老绵羊来凑热闹，难道是为了混上两顿肉菜白蒸馍填饱肚皮？李小仓光棍一条，除了羊儿和狗没人关心他的冷暖。苦了羊儿，雷想。一定全在圈里"咩咩"着啼饥号寒，大骂李小仓你个狗杂种真他娘不是东西！

李小仓不计较羊们的哭爹叫娘，一个人吃饱全家都不饥。他挥舞着三眼铳耀武扬威，紧步二爷后尘，闻屁虫儿似的。二爷像是领头的公羊，疾步牵动队伍所向披靡。雷一路小跑，跟众人翻过煤山，太阳婆才喜鼻子喜眼跳上山梁，把血红的霞光投在脚后，催促着人们快走，快走……

雷预谋，要在五婶上轿时候，把二踢脚放她屁股后面点燃，看新娘子魂飞胆丧屎滚尿流的姿态怎样美丽动人。

二

雷的预谋并未能够顺利实现。花轿在五婶家门口落下，人家硬是连门也没让他进。放炮的，入宅不安。老丈人说，接新人上轿是大人们事，毛头孩子爬一边玩去。雷恼！想这山里头人也恁般牛筋，小瞧我十二岁的男人，日后汤王街里见了，准他娘弄点颜色让你见识。

茵　陈

雷怒发歹毒，仍然进门不得。门口站立高他一头的少年，横眉冷眼，威严不可侵犯，分明怕谁抢去他家姐姐一口吞掉，恨得咬牙切齿。

吹鼓手们把乐器拼命使唤，脖子上蹦起青筋，老高，一派吹破天的架势。吹过《抬花轿》，再吹《西厢记》，全是喜庆曲儿。二爷说，放过三声炮，新媳妇就该上轿起程了。雷充分准备，揭起了贴在二踢脚上的炮捻子。

一曲唢呐停止，二爷让放三声炮，李小仓的三眼铳率先响起，炸雷一般脆亮，撞出山里一阵轰鸣。雷猛一战抖，哆嗦着点燃的炮仗滚落地上，冲迎裤裆呼啸而起，差点葬送锦绣前程。雷惊魂未定，见新娘子被人簇拥着走出柴门，一身妖艳的红装。雷窃喜，不怀好意地从褡裢里摸出二踢脚……五婶头盖红布，结结实实包藏了面容，没有给雷留下任何恶作剧的机会，把迫切的觑觎吊起老高，操！

五婶安安稳稳进轿，娘家人倾巢出动，围个轿子水泄不通，诉说逼良为娼的难舍难分。雷被女人们肥硕的屁股阻隔，难找下手机会，好懊恼。心想五婶造化，在进入洞房遭受五叔玷污之前，娇贵的尻子能够免受二踢脚冲撞，运气。

雷耿耿于怀。

"茵陈。"娘唤，声音哽咽。

轿帘儿轻轻启开，雷惊呆！仿佛天空中又有一轮太阳升起，令人一阵阵眩晕。雷咽着唾液把五婶的俏丽拉入脑海，心中觉有酸酸的热流滚动。他发现，李小仓竟然眼珠暴突，身子僵直，右手伸出老长，抬不起来，也放不下去。

"茵陈，到婆家安心过日子。隔些时，回来看看……"娘说着，掩面朝家奔去，步履踉跄。

"娘……"五婶露两排白牙，晶莹的泪珠滚动出许多光泽。

"茵陈，再见。"众人纷说着，拢了轿帘，把五婶锁入深闺一般。雷明白，随着轿杆儿晃悠，五婶将告别白璧无瑕，悠出血淋淋的罪愆……

茵陈，多年生草本，多分枝。茎生叶二回羽状全裂，裂片丝状，有灰白色细柔毛。头状花序密集成圆锥形花丛，秋季开花，花黄色……呀，五婶原来是棵臭蒿子！雷不禁惶惶。二爷一巴掌抡过，"愣啥，起轿哩！"

三

轿夫抬五婶在肩，伴嘹亮的唢呐声盘旋上山道。三眼铳和二踢脚不时响起，惊飞草丛中觅食的小鸟，啾鸣着冲上蓝天，咒骂一群强盗似的不速之客。

二爷胳膊上搭块红毡，遇路口河流煞有介事迎面一照，挡各路妖魔鬼怪退避三舍，不敢贸然侵袭；再将"大吉大利"的喜报条儿贴上巨石桥头，引喜神财神随花轿回家，祈求五婶过门后人财两旺。二爷做得极认真，生怕疏虞，为自家娶媳妇，马虎不得。五婶在轿夫的肩膀上走着山道，一点儿不觉坎坷。山道自然形成，不见人工开凿痕迹，依山傍水盘亘出九曲十八弯，仿佛是从混沌的大山中伸出的经脉，连接山里山外生灵们的血缘交流。路边蔓生臭蒿，夹杂些赤橙黄绿的野花，光怪斑驳，现出死皮赖脸的夺目。李小仓和杂毛公狗像是猫儿逐腥，不肯远离花轿半步，冷丁放响三眼铳，声浪冲进花轿骇得五婶直呼"娘哟"。雷发恨，要操了你家祖宗李小仓骂出日天的恶毒。

二爷说，喜事，热闹。

轿夫说，到水库了，歇歇吧？

歇歇吧。二爷掏纸烟散过，抽。

水库是煤山的乳娘，孕育出满目青翠。人们围拢一处，倾吐一路艰辛。微风自水面吹过，推起涟漪，粼粼波光，跳金跃银，

茵 陈

有人赞起湖光山色的秀丽。五婶不耐寂寞，微启轿帘，欲赏山水美景，不意一声惊呼，险些滚落轿外。

雷疾步奔过，一头扎入轿内，见五婶脸色惨白，指了二爷。雷叹世间对比竟然如此鲜明！雷说，五婶别怕，有我呢。五婶果然抓了雷的小手，好紧。

五婶没见过二爷，惊骇是理所当然。

二爷那一颗头颅，穷造物主之鬼斧神工，令捏造人类的上帝羞惭汗颜。腮帮子全在左脸，像是无形巨手挖一块糊上，天衣无缝；右边就成了深凹，凹得瓷实，皮下影绰骨的狰狞。左眼硕大，硕大得无朋，似牛目深邃，散发熠熠光泽；右眼精小，若鼠目幽幽，剜心般尖利。嘴是生命根本，可吞糠菜，进珍馐，无奈在人中处两极分化，富若发糕，直淌油脂；贫似铜钱，须毛不生。脑袋也在天庭领域发生革命，胜者王侯败者贼……实不妄论，生就是一个怪物。

见怪了，也就不怪，习惯成自然。

生二爷时老祖母被折磨差点儿见了阎罗。本该尽快从娘肚里爬出，可他恋那一方温暖，嫌外面风寒，不出。老娘使足劲儿屙，他才极不情愿撅出屁股，足足九个时辰，死活不肯立地成佛，狠命揪拽娘的心肝，疼得老娘死去活来。帮忙人全都急出大汗淋淋，顾不上死活，强行朝外拉拽。拉拽惨绝人寰，一种非刑的摩擦运动，在狭窄的生命隧道里发生。发生完毕，人们惊叹力的巨能，小生命那可爱的脑壳，硬是被挤压成一件珍奇的艺术作品，珍奇得罕见！

老祖母几经昏死，终于从死亡线上挣扎回来，看襁褓中的二爷，止不住号啕大哭。生就的娃儿命里头人，祖宗的一汪骨血，好歹是条性命，不好拿去喂狗的，就养。养了七八年，抓屎弄尿，狗屁不通，却只识茵陈，满山坡爬着吞啃。茵陈长高了，就食青蒿，大把大把往嘴里塞送，嗜之如命，可口滴淌绿汁。天地间阴差阳错，演绎出许多故事，二爷便成了故事中的精灵。忽一日狗屁通了，就人五人六成长起来。

还真成了人物头。二爷是族长，为世人尊！

老祖宗们反复论证，说二爷之所以成了人物，得益于茵陈滋养。有人就提出异议，说茵陈哪有回天之力，莫不是吃住了灵芝？还有提出新的观点与之争论，众说纷纭，莫衷一是。但茵陈神了，被尊为蒿仙子，竭力效法二爷者广。纵然成捆成捆地吃，心机尽都枉费，狗屁不通的依旧是不通狗屁。

茵陈自此有了神秘色彩，"如来功德不思议，众生见者烦恼灭。"雷战栗，想五婶啊你如此天生丽质叫什么不好为啥偏叫"茵陈"，要是叫狗屁不通们抢去吞食了岂不让人揪心？

二爷恼羞成怒，牛眼和鼠目聚一处儿往轿里面瞪。"小娼妇，咋呼啥？有你坐萝卜的时候在后头……"

二爷骂过，一声令"起"。于是，铳响炮冲天，唢呐唱亮欢快的乐曲，轿子便又颤悠起来，水库里传出一串串响应。

雷骨碌着眼珠，疾步撵上二爷。"二爷，我走不动。"

"咋，背你？"

"我想……坐轿。"

"哇……"二爷大笑，似狼嚎。"狗日的，鬼精，去！"

雷摺出褡裢儿，李小仓接了，翻翻白眼，极不情愿。雷荡秋千爬上轿杆，轿夫们齐声叫骂。

见雷爬进轿来，五婶莞尔闪亮笑靥，叫人想起在那桃花盛开的地方……

雷问五婶，怕吗？

"娘哟！"五婶娇眉微颦，脸上泛起红晕。"吓死我了，心跳。"不自觉中，把一双玉手捂在胸口。

"我听。"雷顺势挪开双手，染满指细腻。附耳上去，紧贴酥胸，果有心的跳动，怦怦有力，天籁一样悦耳。雷久久不愿离开，乘机用脸颊搓揉五婶乳房，蒙眬中体味肉的温馨，恍惚投入母亲怀抱，唤醒童稚的纯真。自过继给二爷做孙，雷好久未感受过母爱的甜蜜。

"二爷就那样，看惯了，才顺眼。"

"恶心！"

雷一双不安分的眼珠滴溜溜转动，在五婶脸上荡来荡去，肆无忌惮。五婶忽生赧颜，容貌更加姣好。雷说五婶真美。

五婶有点儿激动，情不自禁把雷揽在怀中，说真乖。

五婶的拥抱壮起色胆，雷有恃无恐，在两个丰满的奶子间乱拱，拱出暖烘烘一片香甜。五婶好开心，咯咯咯笑起，撒一路清脆。雷陶醉，羊羔跪乳般把揉拱做到炉火纯青……

五婶沉浸幸福之中，胳膊愈箍愈紧。

"我乖吗？"

五婶身上散发淡淡清香，沁人心脾。起伏的胸膛令人心驰神往，想到泊船的港湾，意图躺在里面静静睡去……

"乖。"五婶喃喃，轻得像蚊子嗡嗡。

雷忽然觉得自己成了男人。

轿子的颤悠果然就悠出来睡意，冥冥中雷看到二爷的狰狞五叔的丑陋李小仓的猥鄙，猝醒。见五婶被依偎出倦意慵慵，丝毫不惧大难临头，生许多惋惜，感叹一朵鲜花就要插在牛屎堆上。雷忌妒五叔艳福，偏就娶了五婶做媳妇，癞蛤蟆要吃天鹅肉，操！雷愤，催动恶起心头，引发无边邪念。思忖五叔对不住了，常言说先入为主，孩儿不恭，先行一步。雷春情勃然，竟将小手插进五婶腰中……

五婶一个激灵，双臂猛推，差点儿把雷扔出轿外。

五婶面色赤红，怒目圆睁，要吃人似的凶气。雷被吓得屁滚尿流，仓皇逃脱，模样儿滑天下之大稽，见李小仓有幸灾乐祸的神采飞扬。

四

近午时分，花轿落在门口。雷百无聊赖，点燃两只炮仗，算为五叔尽过孝心。

五叔打扮成人模狗样，长袍马褂斜披绶带，毡礼帽上插两根火鸡翎，直撅撅，标榜出新郎官的盛气凌人，只是豁子嘴边那长流不断的哈喇子，看了让人倒胃口。

花轿进街，汤王街里万人空巷，围汤王庙广场水泄不通。未出阁的闺女们争先恐后，挤上前来撩起轿帘儿往五婶鞋里乱抠。那是一双翠绿锦缎绣花鞋，鞋面上绣一对鸳鸯，活脱脱畅游在溪水里一样，小巧玲珑，诱人深入。鞋里面塞有铜钱儿，据说沾满喜气，谁要有幸得到，便会喜从天降，日后找个如意郎君。

汤王庙广场四周尽是雷家宅院，很气派。东西对面坐落的四处府第，分住大爷二爷三爷四爷；南街口的两座宅院里，住五爷和雷的亲爷。五叔把媳妇娶在南街东宅的一个小跨院里，是极幽静的去处。

这时候，吹鼓手们在拼命演奏，用优美的曲调换取喝彩。五婶端坐在花轿里，像关入笼子的金丝雀，听凭人们挑逗。雷发现，李小仓趁混乱在五婶秀丽的脚上摸了一把，逃匿在人的海洋中。公狗狂吠两声，紧跟主人占了便宜似的摇头摆尾。

雷家在汤王街住多少年代，没人说得清楚。早先有家谱传下，不知到哪代爷们手上，给失落了，留下一个无法弥补的遗憾。每每提起，总有人日娘操姐骂个一塌糊涂。骂归骂了，谁也无法抹去雷家在汤王街里的历史地位。因为祖上留下那六处府第，正好把汤王庙围在中间，突出了至高无上的神权统治。

每处府第都很大，藏污纳垢，包容繁衍，幸福与痛苦共存。各府第里人丁兴旺，儿孙绕膝。唯二爷，光棍一条，独守空宅，显得萧条。爷们聚一起时老是商量，等火候一到，就把大爷家的

茵　陈

狗剩、三爷家的猪妮、四爷家的三臭、五爷家的鳖爪和雷，每家匀出一个，过继给二爷做孙。

按风俗本该过继儿子，因为接续香火是儿子们鞠躬尽瘁才能弄出的事情。爷们说，为了二爷省事，直接过继孙男嫡女，减免一道手续。其实真正目的，是冲着族长家里那一大份产业。

鞭炮骤然响起，开始举行婚礼。在傧相的嘶叫声中，人们闪开通道，五婶被两个年轻媳妇搀扶，脚踩红毡，亦步亦趋走进庭院。五婶移动碎步，跨过马鞍，劈头盖脑让秆草圪节掺和五谷杂粮的喜钱儿撒个稀里哗啦，玷污了一身纯洁。鞭炮滚落脚旁炸响，吓得五婶战战兢兢，踮脚朝院中跑去。五叔立在天地桌旁，咧开豁嘴傻笑，等着和五婶拜天地。傧相杀公鸡似的叫喊一腔高过一腔，一拜天地二拜高堂……雷却溜进洞房，看五婶进门时先抬哪只脚。

老人们说新媳妇进洞房先跨左脚生小子，先迈右脚养妮子，男左女右。五婶进洞房时被推搡了一把，一个趔趄蹦进门来，雷瞪大两眼，也未看出个左先右后，就不敢断言日后五婶是先生儿子还是先养丫头了。三奶奶拿把桃木梳子，紧闭房门，将五婶按到点燃鳖灯的木桶上，口中念念有词：一木梳金，二木梳银，闺女娃子一大群……梳拢得五婶咯咯直笑。三奶奶面有愠色，说做媳妇了，不敢老轻狂。

雷忍俊不禁，打床底下爬出，说："三奶奶，二爷叫她小娼妇哩！"

五婶隔大老远踢出一脚，锦绣的小花鞋呈一道弧线，飘落在粉饰一新的墙旮旯里。三奶奶拉雷，一把推出门外。"瓜蛋儿孩子，爬一边玩去。"

雷醒悟，他成为大人的距离还有一大截子呢。

宴席在各院落里摆开，街坊邻居都来贺喜。吃喜酒牙不疼的，大家全放开肚皮儿狼吞虎咽，汤汤水水上过几十道菜，直吃到金乌西垂才陆续散去，满世界里残汤剩菜杯盘狼藉。

夕阳端坐在煤山顶，观看娶五婶的沸腾。夕阳的魅力在于夕得灿烂，迟迟不肯隐退山那边去做见不得人的梦幻。五叔急不可待，巡视各院里的没落，催促族人快送家什。

族人们几天操劳，一色儿狼狈不堪，埋怨五叔只顾娶媳妇美哩，俺慌恁很图球？埋怨归埋怨了，桌椅板凳总要归还，挨家挨户里送，直送到夜空里泛起星星，打扫净各个院落，哈欠连连回家睡觉。街面上，恢复了应有的宁静。

帮忙的人全累瘫了，雷却兴趣不减，恋着五婶美貌，悄无声息潜伏五叔房后，窥视五婶遭受怎样的蹂躏。

五叔晃动罗圈腿闯入，问五婶急不？五婶没有搭腔，用沉默表示抗拒。洞房里点燃花烛，金色的光芒不甘图圄，四外里爆发。五叔将门闩紧，强行按光芒于房，把黑暗拒之门外。雷扒上窗台，指头蘸唾液点窗纸出小洞，观望恃强凌弱的发生。刚凑眼上前，屋里灯光"噗"一声熄灭，统治着世界的黑暗急速从指头戳出的小洞里侵入，把五叔五婶一起淹没进夜的汪洋……

屋里一片漆黑，再看不见将要发生的精彩。听有窸窸窣窣的脱衣声，撩拨雷心里痒如蚁爬。五叔像头公猪，大喘粗气，漏风的豁子嘴永远是吐字不清。

"我日！"

"日你姐去。"

"你就是我姐，我的亲姐。"

接下来是一场战斗。侵略者急欲进入阵地，被侵略者奋力反抗誓死捍卫，两军对垒勇者胜。雷想，败阵的终究是五婶。因为这是强梁的世界，弱肉必然遭受强食。雷暗暗替五婶担心，为五婶使劲，然而，徒劳了。五婶终于平静下来，让侵略者长驱直入，把老木床摇得山响，咯咯吱吱奏出非正义胜利的凯歌。声音尖厉像锥子，直往心里剜去。雷恨，暗骂五叔你他娘真不是东

茵　陈

西，怎么就稀里糊涂把亲姐姐给日了！

星星在夜空中眨巴着眼睛，显得莫测高深。院子里极静，但有虫鸣伴奏着老木床的呻吟令人心烦。屋里隐约传出五婶的呼救，"唉哟亲娘"。雷恐惧了，害怕五叔突然从屋中窜出，打他一个嘴啃地。五叔是强者。在五叔面前雷和五婶一样惨遭失败，连滚带爬逃之夭夭。

五婶完了。雷难过，躺在床上久久不能入睡，咯吱吱的响声老在脑海中轰鸣。他想，明天得早点儿起床，去看五婶脸上是否被咬出了血口子。

五

雷迷糊睡去，便被二爷一巴掌抢醒，"狗杂种，起"。

雷一骨碌坐起，惺忪着双眼，问："死人啦？"

二爷拿牛眼瞪雷，将幽幽的青光隐藏到鼠目深处。雷突然觉得：自打把五婶抬进家门，二爷精神了许多。

"扫庙去。"二爷说。

雷拖拖沓沓，慢条斯理穿完衣服，又磨磨蹭蹭打洗脸水，耽误去好些时光。

走出门来，见二爷带五叔五婶往汤王庙去。雷疾步撵上，一旁儿观望五婶面颊，结果大失所望。五婶容貌姣好如初，压根儿没遭受过强暴一般，洋溢着甜甜的微笑。雷痛恨。痛恨五叔，也痛恨五婶。"狗男女。"雷后悔不该为五婶牵肠挂肚辜负了满腔热情。看人家出双入对多么风光你却担心脸上会有血口子，闲吃萝卜淡操心！气愤五婶没骨没气咋还有脸叫茵陈呢，茵陈清热利湿还有个药性哪像你任人摆布甘心堕落生就是下流坏子……雷想起了二爷的话："娼妇。"

更可气的是五婶连看都没看雷一眼，径直进了汤王庙。雷七窍生烟。

汤王庙旁边建造一座八卦楼，相传是武则天洗浴凤体留下的遗物，风剥雨蚀一千多年，愈发显得神圣和尊贵。其实楼内只有一口平地的砖井，汩汩淌流着热水。水热得烫手，可煮熟鸡蛋。日怪的是这热水能理皮疾、治风湿，腰酸腿疼一洗就好，人们就想到了神，说神得可以，神得有口皆碑，神得方圆数百里俯首称臣，朝拜者众。

雷抢先潜入八卦楼，四下里睃视，掏出小鸡鸡对准井口……他知道，二爷带五叔五婶在汤王庙焚香磕过头，必然要让新媳妇来喝八卦楼里的神水。喝过神水，才算在汤王爷的地盘上报了户口，从此汤王爷就有责任庇护五婶一生平安了。雷使足吃奶的劲儿朝井里大尿一泡，酣畅淋漓，倾泻出一腔愤懑。"臭你，不知好歹的东西。"

汤王庙得益于八卦楼里的温汤圣水，人们害怕这股能够消灾祛病的神水不定哪日会断流，就供起了汤王爷，祈求神灵保佑，为人间留下这永恒的温暖。庙里端坐的汤王爷无非麻缠泥糊，一位有嘴不会说话的老人。竟想不到他老人家如此了得，招引来数不清的信男善女在他面前肃然起敬，磕头祷告焚香燃表，祈求些灵丹妙药欢喜而归。看来民心有着平定乾坤的威力，一方水土养一尊神灵。

五婶十分虔诚地跪在汤王爷面前磕头，嘴里还咕哝着什么，然后跟上二爷，去八卦楼里喝神水。雷窃喜把小便间接排泄到五婶那樱桃小口里，出尽恶气，心中有得意的春风鼓荡。

五婶说，好喝，有点咸。

二爷说，神水，就这味。

朝拜完毕，二爷叫雷，手里晃动五毛钱，要他去李楼，跟马驹奶奶说，明儿个来一趟。雷望了远去的五婶，又看二爷，极不情愿。二爷就又掏出五毛钱，骂："狗杂种，鬼精，长大了也不

茵 陈

是好东西。"雷说，二爷，去就是了，骂得多难听。二爷咧开嘴笑，像哭。

一块钱很是诱人，可以买包子油馍胡辣汤，解馋。这种待遇，足令一帮"杂种"兄弟们眼热，雷有满足的快感。于是脚底生风，小跑着向李楼奔去……雷忽然想起，明天汤王庙会。

天擦黑儿雷才转回。他在水库边上看人家钓了一天鱼，不饥不渴。天色将晚，垂钓人提鱼收竿，这才想起还有事要办，急忙跑回向二爷交令。

"马驹奶奶说，明天准来。"

二爷连眼皮都没抬，胸有成竹。

雷扒拉着饭，眼前有五婶的笑脸晃动，老木床的咯吱声也隐约响起。雷想，他们老是摇床干啥，不累吗？雷突然发觉，老木床的呻吟比一块钱更具诱惑，就撂下饭碗，在五叔房前埋伏下来。

窗户上的灯光一熄，雷如法炮制，期待肉搏战的开始。

五叔依然精神抖擞，果断说出带风声的"我日！"

"日你娘去！"

"……你就是我亲娘。"

一声闷响，厮打开始了。遗憾的是没有多久激烈拼搏，老木床就呻吟声起，咯吱吱尖叫，锥子一样剜心。日娘比日姐容易，雷想，没劲。十二岁的雷不解人生真谛，弄不太懂"日"的内容，但隐约觉得，那是好事，要不五叔咋会低三下四，呼姐唤娘？可他们把老木床弄得恁响做甚？让人听了心里难受。雷想敲响窗棂子劝告一番：叔啊婶啊，你们日就日吧，老折磨木床干啥，哑木头得罪您啦？但是没敢。想五叔在汤王街里是怎样的泼皮无赖，发起怒来六亲不认，要是搅了他的好事，抓住还不被拉起两条腿撕开，甩到南墙上晒干当柴烧？可是不敢戳他的马蜂窝。

茵陈

老木床的呻吟渐息，雷空虚，像是丢了什么，心神不宁。在等待五婶的呼救，"唉哟亲娘。"等过一歇子，五婶竟然连个屁也没放，让雷无限失落。蹑手蹑脚退出。丢了什么呢？雷琢磨。"丢了日子。"一个声音在高叫，雷恍然大悟。是啊丢了昨天今天……"还有明天呢！"像是五婶的声音，充满欢快。雷醍醐灌顶，原来听房也会上瘾。"还有明天呢！"明天再来，把失去的寻找回来。

明天是端午节。

六

端午节这天汤王庙大会。庙会原本盛况空前，二爷说，这两年光景不好，四乡山民们都在为填饱肚子操劳，顾不上焚香烧纸，把汤王爷给冷落了，害得老人家少受许多香火。

五婶五月初三被抬来给五叔做媳妇，过门已经三天。娶五婶时专门看了"好儿"，二爷翻着万年历定下，说五月初三黄道吉日，百无禁忌。把五婶抬回来送入洞房，族人们就算尽了责任，往后的日子就要靠五婶五叔自己在一个锅里搅稀稠翻腾着阴晴圆缺。族人们各自忙起了殷实，再无人操心五叔嗜赌成性和五婶的喜怒哀乐。因为已经为五叔娶来媳妇，为娶这个媳妇族里卖了十几亩好地，亏了血本，五叔要是再赌责任可全在他媳妇而与别人无关了。娶媳妇就是为了拴五叔的心，兴许五叔从此把心思用在媳妇身上就能脱胎换骨重新做人哩。雷还牵挂着五婶，老放心不下。雷虽然幼稚可情窦初开，总觉和五婶有割不断的情缘。在五叔之前雷抢先揉搓了五婶身子，其实就是占有。五婶成为家族中正式一员后一举一动都没能逃过雷的眼睛，包括"唉哟亲娘"和老木床的呻吟，已经在雷纯真的心灵里占据了非常重要的地位。雷说我心里有你，茵陈。

但茵陈是五叔的媳妇，高高在上，可望而不可即，怎么就会把一个瓜蛋儿孩子往心里惦记？街上走了照面，茵陈甚至连看都不看雷一眼，柳眉挑起老高，盛气凌人，在遥远的天空中搜索，胸脯高挺，步履碎而敏捷，目空一切的模样儿，根本藐视了雷与她的擦肩而过。莫非她还在记恨腰间的插入？雷好懊恼。看得出，五婶经过两夜的新婚洗礼，精神饱满。她对汤王庙会表现出极大兴致，换上崭新的衣服早早出来，满街里显示光彩照人。

雷巴望着天黑，让五叔狠狠地"日"……这时，看见马驹奶奶捣着小脚走来。

马驹奶奶对家里人说，这两天眼皮老跳，心慌，该去给汤王爷进香了。儿孙们急忙准备箔表香纸和供品，马驹奶奶一一装进小篮子里，来汤王庙里死心塌地磕下三个响头，烧完香，顺便拐进二爷屋里，坐坐。

五六十岁的老人，隔三岔五拢一块儿坐坐，说话解解闷儿，孙子们体谅得开，二爷一生都这么过来。老人行的老礼，房檐滴水照窝行，轻车熟路中翻腾出许多失去的春秋……

马驹奶奶和二爷坐坐出来，脸上竟然飘起两朵红云，枯皱纹儿全抹平了，五月里的荷花一样精神，只是两鬓银丝掩饰不住衰老，挂满疾风扫落叶季节里苍凉的秋意。二爷必定瘫卧床上，一天不挪窝儿。这几天里，断然不会听到"杂种"的骂声。

马驹奶奶和二爷坐坐的时候，一帮"杂种"们便远远躲开，跑到汝河滩里布阵对兵，占山为王，书写可以名垂青史的英雄壮举。无聊了，顺河而下，挨村子找着看蚂蚁上树，看公鸡压母鸡，看狗联蛋儿，不到后半晌，不敢轻易回家。

这一切似乎约定俗成。花钱的欲望跟八卦楼里的泉水一样，汩汩长流，但求永不枯竭。二爷只有在约人来坐坐的时候给钱最为大方，毫不吝啬。每隔十天半月，雷和"杂种"兄弟们便要在二爷多给五毛钱的鼓舞下，轮番奔走河畈山村，为二爷约来坐坐的老太太。

仿佛有无形绳索维系，应邀的老太太们准都不会失约，有的拿了鸡蛋，有的捎来油馍，敬罢汤王爷，就拐进二爷屋里——坐坐。雷忽然觉悟，二爷的坐坐和五叔五婶让老木床呻吟是否有着同样神秘的内容呢？

天终于黑将下来，雷急忙进入阵地。窗户上的灯光忽闪一下熄灭，好险，差点儿误了战机。

刚扒上窗台，就听五婶冷冷说："日你奶奶去！"

五叔呼吸急促，毫无廉耻。"你就是我奶奶。"连扑腾一声都没有，老木床就响了起来，咯吱吱节奏明快，听起来竟然有些悦耳。

老木床的呻吟一阵紧似一阵，如骤雨倾注，经久不息。再听下去，顿生悲哀，老木床分明是在为五婶的堕落叹惋。五婶是没希望了，已经心甘情愿沦为娼妇。雷忽发奇想：明天空中还出不出太阳呢？

雷不知道怎么就会在沉沉的夜幕中想到太阳，心中猛一咯噔。老木床的咏叹调仍在咿咿呀呀鸣奏，雷认为应该到此为止见好便收这房是不能再听了。若是再听三夜五叔老这样一辈辈矮下还不得反过来问我叫爷？五婶永远是五婶，五叔在五婶面前一日一日减辈下去。他娘的五叔算是枉披了一张人皮，为了女人竟然抱屁股亲嘴不分香臭日姐奸娘操奶奶，还是个人吗？多亏是侄儿听房，要让外人知道传扬出去污辱了名门望族看你还有何颜面活在世上？人不要脸劲大。雷恨到骨髓，猫腰从地上捡起半截砖头，举过头顶，要给这不要脸的东西来个突然袭击，忽听五婶开腔："天明要回门了。"

"我也去。"五叔喘息未平。

"不让你登俺家门。"五婶声音好大，好凶狠。

"咋？我是新妮细。"五叔那豁子嘴跑风漏气，只能把"女婿"说成"妮细"。

"啪!"不知谁的巴掌发出脆响。

"那,我是啥?"

"是俺男人。"

雷心说五婶你好痴,男人和女婿不都一个熊样?"不一样。"五婶说:"男人只能有一个,而女婿可以有几个或者很多,女婿是相中是心里喜欢是对眼劲儿是有感情是为他着想是无私奉献是爱,懂吗,你?"这是后话。十二岁的雷自然弄不明白什么叫爱,但有些渴求。原来在茵陈的心目中,自己看上眼心里喜欢结成的伉俪才能叫女婿,也就是后来人们常说的爱人;而由父母做主以钱财交换把亲生女儿当牲口一样卖掉嫁出去的闺女泼出去的水所婚配的丈夫那只能叫男人。嫁鸡随鸡嫁狗随狗嫁根扁担抱着走女人就是女人三天不打上房子揭瓦,茵陈说她怕,女人是被压迫阶级泡在苦水里过日子……真想不到五婶秀外慧中,心眼儿还不少哩!

"男人就是妮细。"

五婶没有再争辩,长长叹气。

雷像泄了气的皮球,将高举的砖头慢慢放下。五婶太软弱,软弱得让人不忍心伤害,天明她就要回娘家了,别再把她吓着。不过便宜了五叔,雷义愤填膺。正要撤离,冷不丁房后窜出一条黑影,吓雷灵魂出窍。

黑影疾步外逃,雷一眼认出是李小仓。螳螂捕蝉黄雀在后,好个狗日的李小仓,不知死活胆大包天敢来拾五叔的柴火。雷顺手将砖头投出,砸李小仓一个趔趄,竟然没叫一声,踉跄抱头鼠窜。

茵陈

七

雷自惭天真到极，说书人掉泪尽替古人担忧。第二天空中不仅出了太阳，且还红鲜鲜可爱，跳跃着灿烂。

五婶要回娘家，打扮得利利亮亮。太阳婆像是经过精心梳洗，殷勤着笑脸相送。

五婶流金溢彩，一路跟人们打招呼。

"茵陈，回娘家呀？"

"唉。"五婶答得甜甜蜜蜜，笑意便往四下里蔓延。

"五家的，回去问您娘好。"三奶奶撵出老远，送上问候。

五婶应了，依然是甜甜的笑。

五叔果然没去，让五婶一个人回门，却见李小仓赶羊群尾随五婶上了煤山……

出三回九，满院骡马牵不走。雷知道，五婶这一回去，要住上九天才能回来，这是规矩，老辈子传下来，图个吉利。

五叔到底没让新媳妇把心给拴住。五婶一回娘家，他便像只缝屁股老鼠，急忙往赌场里钻，狗改不去吃屎的恶习。

赌徒们见新贵人到来，全部起身相迎。三日不见，如隔九秋。五叔输了个一塌糊涂。身上钱输完了，借。大家碍着面子，就借，借了再输。三天三夜下来，五叔囊空如洗，就连五婶娘家带来的首饰也荡然无存，除了那两间房子，再没什么东西可以变钱，还欠下巨额赌债，昔日威风一扫而光。

五叔不服。赌场里闯荡多年，还没这么背时过。他求亲戚告朋友，借来钱再赌。所谓时去黄金失色，五叔借的钱没多少工夫就打水漂一样装进了别人的腰包。五叔心颤，一种从未有过的战抖，感到了穷途末路，如履薄冰。五叔输红双眼，想杀人。听有人开腔："五，知道咋啦不？"

"咋？"

茵　陈

你娶那媳妇，妖艳得狐仙一般，臊。把不准是个狐狸精投胎，扫帚星下凡，来败家哩！你跟她睡过三天，沾染满身臊气，还能不背运？干脆，看谁想要，押上输了算球，兴许就能转了运气，敢不？

刹那间，赌场沸腾了。这个争，那个抢，可怜好端端一个五婶让人在赌桌上撕来扯去，好不凄惨。

五叔缺心肝眼儿，把赌钱看得神圣，果然就把五婶是狐狸精投胎信以为真，一口恶气全聚到五婶身上，恨到你死我活。老婆算什么，身上的衣服墙上的泥，揭了这批有那批。四条腿的母鸡不好找，二条腿的女人一摸一把。人活在世上只有银子金贵，人要是有钱别说是一个老婆，十个八个都能娶得。钱都输光了还要老婆干啥！五叔丧心病狂，眼冒凶光。"日她娘，押上。"

妖艳的狐狸精被押上赌桌，刚才还撕拽着你抢我夺的众赌徒三眼看六眼，没一个人敢赢。不是怕五婶的臊气染上他们败了家业，是怕二爷，怕雷家的名门望族。要是惹怒了二爷一声令下，能把赢走五婶的龟孙儿满门抄斩。谁生得天胆，敢在太岁头上动土？

五叔终于败下阵来，急急如丧家之犬，掀翻赌桌夹着尾巴蒙头大睡三天。

五婶住九回来，兴冲冲走进家门，劈头盖脑遭受一顿毒打。五叔骂她是狐狸精是扫帚星是败家五鬼一身臊气，狠命发泄淫威。五婶被打蒙了，晕头转向，双目喷射愤怒，任他肆意摧残，连一滴泪都没掉。待明白挨打原因，大号一声，心全碎了。这个家，连同这个男人都没指望了。心中嫁鸡随鸡嫁狗随狗嫁根扁担抱着走的唯一希望灰飞烟灭。五婶终日泪水洗面，美丽的脸蛋儿憔悴迅速，蜡黄蜡黄没一丝儿血色，让人看着揪心。不多日子，五婶便褪尽光彩，衣着不整，邋里邋遢，一身的泥渍粪斑，茅坑里沤过一样。五婶哭干了泪水，承受着煎熬，如同砧板上的死鱼，随时都要被五叔剁上两刀。五婶沦为标准的乡野村妇，喂猪养鸡推磨卸驴什么活儿都干，打掉牙齿往肚子里吞。终有一天，五婶发怒，疯狂了，不甘受五叔的强暴奋力反抗。一个人的个性被压抑太久摧残过度到了忍无可忍的地步，一旦爆发所产生的威力常人料所不及，驴急踢腿狗急跳墙兔子急了也要咬人。五婶拿起擀面杖和五叔对打，砸了锅碗瓢盆大骂五叔你个不要脸的东西这日子没法过了，日你亲娘操你祖宗骂出一长串的污言秽语不堪入耳。雷拍手称快，五婶你终于泼了泼得痛快泼得英勇泼出了气节泼出了你自己——茵陈，令人肃然起敬。五叔却慌慌如惊弓之鸟逃离了家门……

五叔不是被五婶吓逃的，是欠债太多无力偿还磨转不开才无可奈何仓皇出逃。一分钱逼死英雄汉。五叔咧着豁嘴在汤王街上英勇半世，想不到落得如此下场。活该，五婶说欠人家理亏。这段日子债主纷纷上门，把五叔逼得点头哈腰尽捡好话给人家往外端就差跪地磕响头呼爹唤爷了，终日里东躲西藏心神不宁其实看着也怪可怜。走吧，走远远的，死在外面永远别再回来，眼不见心不烦。

五叔逃得无影无踪，债主们无计可施。

人再家伙欠债偿还不起就是孙子。五叔孙子一样满世界里转悠，急得两眼发绿磕头祷告也没找来进钱门路。钱难挣屎难吃！五叔发古人之感慨，直到县城里碰上王铁嘴，才有些喜出望外。

王铁嘴是个人精，砖头瓦片碾磨碎了当耗子药卖兜到集上都能变成现钱。五叔看到王铁嘴时见他嘴角吐沫正竭力叫喊：老鼠药赛狸猫，逮不住老鼠管打倒；有钱不买我的老鼠药，老鼠上您墙上打差脚，蹬下来坏，砸烂锅，明早上不得吃窝窝……

五叔死皮赖脸上前，说老哥有钱吗，弄俩。

"咋，又急啦？"

急得不轻。

王铁嘴拉过五叔，声言正要找你哩！下贵州，敢去不？

只要能弄钱，哪怕上刀山下火海，谁不敢去是孙子。五叔问："能弄多少？"

大赚。王铁嘴说，少说万儿八千，多说十万八万。

五叔眼起金光雾。人在急头上听风就是雨，剜到篮里才是菜，哪里还顾得上问那十万八万咋个赚法。忙问："几时动身？"

王铁嘴淫淫地笑，说你娶那年轻美貌的媳妇，放心？

"去她娘的脚！"五叔丧心病狂无以复加。

别说是下贵州，就是上天摸忽雷，五婶也不会再去阻拦。五婶的心早死了，但还是为五叔收拾了一个包袱。

五叔叫雷过去，说："侄，一大家子人中，就咱爷儿俩对脾气。叔走了，往后多照看点你婶子，谁要是欺侮她，回来告诉叔。"

五叔终于说了句人话，雷想。鸟之将亡，其鸣也哀；人之将死，其言也善。五叔这话，预兆什么呢？

雷和五婶一起把五叔送出村外，五叔跟上王铁嘴，下贵州了。回来的路上，雷喃喃自语："五叔走了。"掐指算来，五婶嫁给五叔不足三个月光景。

"走了好。"五婶说。

雷心怀鬼胎，问："婶，叔走了，往后你要想他咋弄？"

五婶咬牙切齿，说："死外头也想不了他。"

那为啥还来送他？

五婶长叹一声："你娃子家不懂得。好赖他还是俺男人，嫁鸡随鸡嫁狗随狗嫁根扁担抱着走，女人家，命贱。"

雷心头滚过一丝悲哀，看来五婶并没有泼出来，仍然饱受五叔影子的压迫。到啥时候才能真正解放自己呢，茵陈？

五婶笑起，莫测高深，咯咯如银铃炸响，音色清脆悦耳。笑声一下子把雷拉回娶她时的花轿中去，再一次吮吸到她身上的馨香。忍不住仔细端详五婶，发觉她除皮肤有点儿发黑，容颜仍旧姣好，依然楚楚动人……雷很男子汉地耸耸双肩，承担起来五叔赋予的神圣使命。

八

五叔才走十来天，做梦也不会想到二爷竟向五婶伸出了魔爪。

是在晌午，一个秋老虎燥热难忍的晌午。整个夏天没下透雨，田野里的玉米早成焦黄，澎上点火星儿就会席卷着燎原，赤地裸露。秋是没指望了，逃脱不过的年馑。人们对没有指望的东西处之漠然，表现着极其豁达的静态。既然没有指望，痛心疾首无非是六个指头挠痒完全没有必要，天不成全的东西，其奈他何？滚光景的事儿司空见惯。车到山前必有路，船临桥下自然直，起急有什么用？还不如贪图片刻安逸，死生由命，富贵在天，放任自流，享受一会是一会儿。在大自然无情的蹂躏面前，雷的族人们和汤王街里住着的所有生灵一样，心胸广阔有容乃大，放下饭碗便自寻阴凉，扯起呼噜高枕无忧了。街面上死一般寂静，连狗都伸长血红的舌头哈哧着闭起了双眼，只有聒噪的知了，躲在树阴里宣泄活的气息。

雷无须为地里收不收粮食担忧，不当家不知柴米贵。何况家里的富足，三年绝收也饿不死半条人命，怕什么天塌地陷？雷迷迷糊糊睡去，做起香甜的梦幻。

蒙眬中，汤王爷笑盈盈走来，在雷身边坐了，手里摆弄一个精美的盒子，掀开盖子，弥漫出一股乳白色烟雾，奇香诱人。"娃，给你看洋片。"

雷浑身无力，不能动弹，心却从嗓子眼里跳了出来，欲看究竟。

茵　陈

雷看到了五婶。五婶在一张小竹床上安然入睡，身上搭条花格子布单，露出雪白的大腿和藕节一样的胳膊，睡相很安详。小巧玲珑的鼻子微微翕动，嘴角溢出醉人的笑意。静态中的茵陈比包装起来的五婶更具魅力，雷心血来潮，想伸手从她脸上撕下一块芳芬。突然，一个怪物被乌云缠绕着轻轻推开房门，阒然闯入，雷的心紧缩一团朝黑暗里躲去。借门口的光明，一层层透过乌云，依稀中见怪物的扁脑袋、牛眼睛……啊！是二爷，雷差点儿惊呼出来。

　　二爷面目狰狞，抽搐得变了形状，令人毛骨悚然。鼠目中射出淫猥的光芒，幽幽如利箭，直向五婶冰肌玉体里刺去。五婶睡得香甜，毫无察觉。二爷欲火攻心全身抖动，伧俗趋近床边，张开双臂饿虎扑羊……

　　五婶打睡梦中惊醒，大呼一声如鬼哭狼嚎，本能自卫，从二爷脸上抓掉两把血污，一个鲤鱼挺身，将二爷掀落床下。五婶满腔羞愤，拉过布单裹紧身子，枕头下摸出一把锋利的剪刀，怒目惊恐直逼二爷。

　　二爷自地下爬起，意欲腾上，无奈力不从心。再看五婶手握剪刀寒气逼人，锐气减去许多，遂恼羞成怒，破口大骂五婶娼妇。你个小妖精无孝无德老子吃了一辈子茵陈就差了你这棵嫩苗今天老子弄你不成尿你一身臊汤咱骑驴看唱本走着瞧……

　　二爷边骂边掏出肮脏的阳物，惨无人道对准五婶恶毒倾泻。五婶不堪入目，脸色惨白，终于一声凄厉，发疯似的举剪刀朝二爷刺去。

　　二爷仓皇逃出。雷的心骤然膨胀。五叔临行时的嘱托犹响在耳，使人怒不可遏，疾步自黑暗里蹿出，朝二爷阴森可憎的脸上重重一击……

　　"啪！"巴掌声好响，把自己给打醒了，脸上隐隐作痛。雷一个激灵坐起，身边早没了汤王爷，却见二爷正擦拭着一脸血污，像卸了装的戏子，形象非常舞台化。

雷不由一乐，"二爷，唱关公呀？"

二爷勉强咧嘴一笑，像哭。

雷恍然大悟，记起梦中的惨不忍睹，莫不是汤王爷专门来提醒儿。雷不知道有没有神灵，但坐在庙里的汤王爷真切可见，永远的笑容可掬。雷翻身下床，疾步向五婶家奔去。

雷破门而入，五婶一声惊呼，神经质地举起剪刀，杀气腾腾，但掩盖不了无比恐惧。五婶见雷，满腔愤怒喷发而出："滚！你们家里一群畜牲，没一个好东西。"雷看见五婶瘫在了床上。

雷找不到恰当的言语安慰五婶，生怕话不投机刺激她怒发疯狂，暗暗咬紧牙关，攥实拳头冲向二爷。

二爷刚出屋门，向澡堂子走去，肩上搭条肮脏的毛巾。雷怒目相对，骂他"老杂毛"。二爷不恼，脸上发讪，鼠目暗淡无光。

雷像五婶一样颓废，脑海中翻卷着乱云飞腾，突然间长大了许多。自窥视了五叔洞房花烛的秘密，掌握了二爷欺善压良的罪恶，奠定下他们将永远在雷面前抬不起头的基础。特别是二爷，灭绝人性，禽兽不如。若不是将短处留在十二岁孩童手里，骂他"老杂毛"早被凶残成性的族长掂起两条腿摔死了。可今天雷战胜了族长，看你"老杂毛"往后还怎样在族人面前耀武扬威？从这时候起，雷开始有了思想，用严肃的思维去认识五婶认识二爷认识他们这个家族乃至整个社会。他开始感觉到世界真奇妙，好些个不可思议的事情冷不丁就会发生，让人不能理解无法接受目瞪口呆。人和人之间的关系其实残酷到冷血，豺狼当道混淆着血淋淋的弱肉强食，连神圣的汤王爷都束手无策，不能惩恶扬善无力管束他的子民们莫去伤天害理一步步坠入罪恶深渊，白享了人间供奉！常听老辈人说汤王爷几十年不现一次真身，偶然显灵必将给人类带来灭顶之灾。雷隐约预感：二爷的惨无人道要导致这

茵　陈

个家族的败落。

五婶遭受了不能容忍的玷污，无力抗争，包起衣物回了娘家。李小仓像只狗屁眼儿苍蝇，不失时机赶起一片孝白，尾随五婶翻过煤山。

九

难以预料哭丧着脸走的五婶在娘家住过一段日子竟然欢喜而归，变个人儿似的，关不住一脸兴奋，焕发出青春容光。雷绞尽脑汁琢磨：五婶得了什么灵丹妙药？

最显著的变化是五婶敢于表现自己，以天生丽质为资本，装扮出无与伦比的美艳向丑陋和罪恶挑战，再不怕天崩地裂。看起来五婶是彻底解放了，好开心，一颦一笑足以摧枯拉朽，令贪馋的汉子们晕头转向溃不成军满街子里抱头鼠窜。

这以后五婶老走娘家，三天两头往西山里跑。回来的时候飘然如云，走进街口就咯咯笑起，肆无忌惮，笑得双手紧捂肚子，身子弯成一只大虾，像要抖落一身快活，笑出一双金童玉女。雷发现，五婶的衣服一日日见小，修长的身段不甘寂寞逐渐开放，衬托得屁股蛋儿更加丰腴更加晃眼使邪念和淫欲目不暇接。人们心生愤激，容不下五婶的放荡，满天价喷射唾液，要净化五婶的形象污染，重树"三从四德"千年古训的传统风尚。于是就有人开口诅咒，骂五婶"骚货"，骂出乱石崩云的罄竹难书。五婶我行我素，嫁鸡随鸡嫁狗随狗嫁根扁担抱着走……她是五叔的媳妇，五叔下贵州赚大钱，把不准一时三刻就要腰缠万贯荣归故里，到那时五婶就是贵妇人高高在上，怎么可以与那些诅咒她的鸡婆婆鸭太太斤斤计较？五婶是有主的女人，任谁再胆大也不敢掐巴住按到粪坑里沤沤，干落得生气。五婶在残酷的磨难之中站立起来，用自己的美丽来装点人生价值，愈发地放荡不羁，连李小仓也禁不住轻薄。

　　一天，五婶经过精心打扮要回娘家，雷蹲在门口观望，心想，五婶娘家必定也有老木床，同样会发出咯吱吱的呻吟。雷走火入魔，恍惚中自己变成一条小狗，尾随五婶去探索娘家有没有老木床的秘密。仿佛是在夜阑人静时候，五婶屋里有了响动。那响动非常撩人，间或有哦哦的喘息和咯吱吱的叹惋，分明是老木床表现着巨大的奉献。老木床咯吱着，虽然对强加给它的剧烈摇摆不满，但也只能忍辱负重，努力支撑起神圣的折腾，为夜的宁静增添许多魅力。可气的是五婶们把老木床的忠厚视为软弱无能，折磨越来越勤，摇摆也愈演愈烈，竟如狂风骤雨，倾注欲壑难填。雷为老木床不平，何不零落到无骨，四腿儿瘫痪，把幸福建立在你痛苦之上的无耻之徒跌落地下，摔他们一个狗吃屎。雷愤愤敢怒而不敢言，面对花枝招展走来的五婶，生怕惹怒了她拿剪刀刺人。雷小眼转动，欲迎住五婶询问，您娘家的老木床比咱家里结实？却见李小仓赶着羊群走来。

　　雷说李小仓你抢着戴孝帽哩，看把你家里黑豆撒了一路。

　　李小仓认真验看满地上的羊粪蛋儿，嘿嘿一乐，说："捡去，叫你五婶磨磨擀面条吃。"

　　"操你的娘！"

　　李小仓不怒，用鞭杆指了前面走着的五婶，脸上荡起淫笑，赶羊群撵了过去。

　　野花盛开的秋天，一个骚动的季节……

　　李小仓目送五婶翻过煤山，吞下一口唾液，轰羊群上了山坡，碧绿的山腰里飘动起一片白云。

　　领头羯子昂首阔步，率羊众所向披靡。杂毛公狗悠然自得，围羊群慢吞吞踱步，血红的舌头伸出老长，上有艳丽的液体滚动欲坠。李小仓紧夹放羊鞭儿，杆头上系着的红布条随风飘荡，蓄养出他有别于羊们狗们的丰富的感情色彩。他从黑不溜秋的布袋

茵　陈

里掏出一块烤白薯，放鼻头上嗅过，发出冲撞山谷的浪笑。李小仓大口吞咽白薯，咽喉却强烈抗议，被噎得翻了白眼。本就细弱的脖子伸出大长，使足气力往下推送。这动作艰苦卓绝，要付出相当的力的代价。然而这动作又十分必要。因为战胜了咽喉的阻塞就可以满足胃的需求，以便创造出更多的精力在夜深人静的时候挑逗母羊，寻找些许光身汉子被扭曲了的快感。白薯对他显然恩重如山了。战胜阻塞强行推送目前是李小仓唯一的奋斗目标，战胜的后面自然是胜利者的骄傲是一片阳光灿烂。由此他想自己虽然卑陋但也得学会战胜。人要是不会战胜，一个个都得瞪眼伸腿一败去球之地。于是乎毫不犹豫地战胜再接再厉，那扇长年累月与羊们对话的孤独心扉渐渐在战胜中敞开，恍然走出一个被挤压得变了模样的灵魂，飞出心的门槛，一头撞进锦绣如画的青山绿水之中……他再次张大嘴巴，试图发出胜利者的呐喊，目光淡化了吞噬意念，看见一只成了精的小公羊……

那是李小仓十分喜爱的小公羊，喜爱到如同亲生儿子一般。它还未曾成年，竟然无师自通熟练了一套淫秽动作，其熟练程度令李小仓目瞪口呆。小公羊把前腿趴在一只母羊背上，猛烈抖动起小屁股，俨然要弄出一个醉生梦死。母羊极其温顺，没有任何反抗。母羊的温顺唤起李小仓愤懑，也许它正是小公羊的母亲呢！平日看羊们风流时所生邪念的心绪一扫而空，顺手捡起石头朝小公羊砸去，嘴里不干不净骂出日天的恶毒。小公羊受了惊吓，忍痛割爱，极不情愿地离母羊而去。

为抛弃这颗石头李小仓足足等了三天，顺着石头抛物线的延伸，他的眸子一下子光明。有小媳妇扭摆腰肢自小路深处走来，铺洒一路霞光。李小仓瞪大眼珠，看得死相，连上下睫毛都不敢相碰，恨不得把小媳妇拉来按入眼的深处，剥她个赤裸裸一丝儿不挂……突然间身上有热流涌动，胯下怪物躁动不安，一下子乱了方寸。胡乱啐出口中黏糊糊的嚼物，鬼哭狼嚎唱起：

得儿那个哟——
一更天呀真呀嘛真难熬
小媳妇呀光想着俺那个宝
眼泪滴答为个啥哟
老公公有事没事老往俺屋里跑
得儿那个哟——
二更天呀天呀嘛天下雨
俺的丈夫呀你哪里去了
害俺家里守空房呀
你在外头混上了哪个破鞋妖
得儿那个哟……

　　五婶走到跟前，乜斜着眼睛打瞧，嗲声嗲气唤他，"羊把子，想女人想疯了不是。你小子也想动动腥荤？来呀，老娘教你怎样吃奶，咯咯咯咯……"

　　李小仓魂不守舍，嘟哝道："没男人搂着睡，起急了吧？过来，先叫我这狗试试。"

　　五婶怒起，扭动屁股朝李小仓扑去，边走边解衣扣，喝道："看你孩子乖长了熊心豹子胆……"

　　李小仓招架不住，一步步后退，绊到刚挨过一石头的小公羊身上，翻出漂亮的倒栽葱，摔了一个仰八叉。小公羊幸灾乐祸，扤开蹄子飞奔，撒一串儿得意。公狗却恼羞成怒，凶狠地瞪起双眼，发出效忠主子的狂吠。五婶大笑不止，像有拨动琴弦的韵律从解开的怀中飞出，叮咚鸣奏，伴她扭起杨柳细腰，背上一轮夕阳往村子里走来……

　　雷看见五婶回来，油头粉面，笑逐颜开。雷品评：五婶放荡起来咋就这样没羞没臊呢？

茵　陈

十

五婶的肚子终于隆了起来，无拘无束地膨胀。雷问：五叔咋还不回来？五婶笑声戛止，脸上骤然阴云密布，搭手一摸管拧下水来。雷并不惊骇，死死盯瞧她美艳到无与伦比的面容，久久不愿将目光移开。

五婶咬咬碎玉般的牙齿，"死鬼。"五婶说，"死在外边永别回来，姑奶奶落得快活。"

五婶果然快活至极，腆着出身的肚儿，兀自三天两头往西山里跑。人们开始不能容忍，糟骂五婶是小妖精是淫妇是不要脸的烂破鞋，男人才出门几天，就不顾廉耻不守妇道在娘家混上野男人，把肚子都弄大了，看五叔回来怎么交代！大家七嘴八舌，把五婶淫报成十恶不赦的臭狗屎一般，恨不得全民共诛之。五婶浑然不觉，依旧独来独往，害得嚼舌头说淡话者们全如强弩之末，苍白到无力。细想也是，五婶挺出的肚子天经地义。因为五叔外出之前曾与五婶睡过仨月，这段光辉灿烂的历史，谁也抹灭不掉。五婶大起的肚子里面，自然是五叔播种下的种子，谁敢扒出来瞧瞧？

五婶对满街里充斥的闲言碎语置若罔闻，寄全部希望在肚子里边，更加勤奋地往西山里跑。

这年的春天青黄不接，果真是个年馑。去年大秋颗粒不收，人们漫山遍野薅茵陈咽来充饥，吃得众人一脸菜色。

五婶脸上洋溢着喜气，把人间的一切饥饿和灾难轻描淡写，不屑一顾。经过精心梳妆，又要回娘家去，雷发现，在一色的菜黄脸中，五婶显然鹤立鸡群。三奶奶仄着小脚跑来，拦住五婶，说五家的，又走啊？回来时候帮我薅一把茵陈。我那老母猪得了大肚子痼疾，您西山里的茵陈水灵，薅点回来煮鸡蛋喂它，省得它腆着个大肚儿满街里乱闯，挨人指骂，辱没八辈子先人。

三奶奶话中有话，五婶自然听出弦外之音。本欲回敬狗咬耗子多管闲事，把那张老脸皮撕下来当街里甩了，将她年轻时候在玉米地里和二爷干丑事被人把裤子掂走，只好赤裸下身乘夜色逃回家中的壮举再端出来晒晒太阳，刮大风吃炒面看你还咋张得开臭嘴。五婶没有以牙还牙。打人不打脸，揭人不揭短，好歹她是长辈。长辈们的风流韵事似乎不是可以供儿孙们用以借鉴规范其更加风流行为的经典，而是用日月的遮羞布包了如同摆在祖先香案上的供品，只能让儿孙们眼馋崇拜其神圣不可亵渎反过来还要欺压晚辈，用他们的臭名昭著，道貌岸然地约束起儿孙们要三从四德三纲五常循规蹈矩不然就会众叛亲离。五婶嗤之以鼻，根本没有在乎三奶奶的讥讽，自己做下的事情自己心里有数，上刀山下火海前头路是黑的过一天算两晌滚他娘什么老母猪得了瘟疾挺着个大肚儿，分明是在影射姑奶奶身子。惹恼了姑奶奶一天在您家门口转上三圈，扎瞎你的老眼，看谁敢把姑奶奶抱到金銮殿上坐三天？五婶无视三奶奶挑衅，脸上飘起讥笑，昂首向西山走去……

意想不到五婶小产了，狗咬尿泡，瞎喜欢一场。雷梦寐以求的小弟弟终究没能出世，阗无声息作了汤王爷脚下的无形小鬼，实在可惜。五婶没有多少痛苦，如释重负，似乎一切都是定数。时间不久，便又喜笑颜开，依然是天资秀丽，楚楚迷人。仿佛这世上根本不曾有过五叔的存在没有老木床的呻吟也没有西山里的往返辛苦更没有可爱的小生命骚扰，桃花流水杳然去……这以后，五婶往西山里的次数渐见稀少，甚至有好长时间，再也不去娘家探望。雷屈指掐算，五叔下贵州已三年有余。

十一

三年时间不经意打指缝中流失，雷却有了伟岸的身躯和疙疙

茵　陈

瘩瘩的肉腱子，唇上生出胡须，鼓憋起一大嘟噜青春。雷赶上了五婶出嫁时的年龄，明白了好多事理，譬如老木床的响声包含着怎样的内容。雷精力充沛，不惜乎气力，无论庄稼活路还是杂役闲差，上手就没命地干，宁叫使死牛，不叫打住车。二爷赞美，"这畜牲，能耐着呢。咋他娘的跟我小时候一个熊样，是块料子。"

尽管是赞美，雷听起来极不顺耳。觉得做长辈就该有个长辈样子，别把话说得没了分寸。听话听声锣鼓听音，二爷的赞美并不是在夸人赞人勉励后生要谦虚谨慎戒骄戒躁百尺竿头更进一步的谆谆教导，分明是在恬不知耻借题发挥，拿别人的长处作阶梯，一步一层楼地鼓吹自己当年多么能耐，是可忍，孰不可忍！于是就反抗。反抗是一种原始的进步，正因为有了反抗，才具备推动历史车轮前进的动力。然而雷的反抗如隔靴搔痒，仅不满地瞪瞪双眼而已。"挺大的一小伙子，咋就成了畜牲？"

雷撂下汤碗，甩手出了家门。

又是初秋时节，田野里黑油油的玉米一派茂盛，绿海一样横无际涯。今年秋好，雨量充足，满目丰收景象。人们心里宽畅，到处都是笑声，连狗都禁不住趁喜悦寻找配偶，做些繁衍后代的壮举。

秋口起的夜晚湿热难耐，热得腌臜，充盈着嗡嗡的蚊虫噪鸣。立罢秋蚊子长牙，咬人身上一搔一个疙瘩，人们就薅来臭蒿子，风干后在屋里点燃，熏。这时大家三五成堆聚一处儿，谝闲话纳凉。纳凉是一种消遣，可以驱逐疲劳，在欢声笑语里得到性和情的升华，而后乘兴家去寻找各自的天伦之乐。农家的这种乐趣，想必城里人鞭长莫及，会弄事的老天爷总是网开一面，让活在这个世上的生灵都能匀得一些好处。

喝过汤是纳凉的最佳时刻，习习吹来的微风，飘荡着燃烧臭蒿子的淡淡清苦，令人心旷神怡。汤王街里习惯上把吃晚饭叫做喝汤。喝罢了汤，二爷就精力旺盛，一把竹椅伴随来到汤王庙前，大槐树下一靠，甚是威严，威严得成年人一般不来搅和，退避三舍自寻清静。这里是二爷的舞台，专供他吹牛皮喷大蛋，听众多是青年橛子毛头孩娃，这些人智商不高，好哄。于是乎妖魔鬼怪舞动着污秽和下流，便磁铁一般产生出巨大的吸引力。二爷开始把陈谷子烂芝麻的瞎话儿一把把向这些情窦初开的心田里抛撒。

二爷说咱们这里早先原本是一片葱郁的森林，忽然间就遭了一场天火，一场无情的天火。烧毁了森林，烧死了居住在林子里面的一切生灵。一下子，青翠的山峦矮下去十几米，黄土地被烧成一片焦黑……

有多少年啦？回去查你娘头上有多少根头发！

老辈分人说，那是个大年三十的夜晚，炮仗噼里啪啦响作一团，天空一片红光，煤山不知怎地就冒出火来，呼啸着蹿上山岗，吞噬了百万顷森林，连野兽都未能逃脱……也有人说，那是一场神火！仙火！妖火！大火过后，一下子收走几百口男女，只逃出了汤王爷……

日头一落，李小仓就闲得学驴叫唤，自然成为二爷最忠实的信徒，往往要陪伴到更深夜静。无论什么类型的瞎话儿，总能令他入迷，津津有味，且还有消化吸收之功能，将二爷的地摊文化转变成为精神食粮。二爷讲武的激烈，他便手舞足蹈，气壮山河；讲酸的倒牙，他便坐卧不宁，拧头掉尾；讲文的入理，他则凝目远眺，一副思想家大圣人高足的派头……听得高兴，就开怀大笑，无节无制。操——汤王爷咋恁大命哩！李小仓咋咋呼呼。

二爷把烟袋锅里的火光烧成彤红。

大火熄灭以后，从烧焦的石头缝里冒出滚烫的热水，成了温泉。焦土蒸腾，热水煎熬，田原寸草不生，村里鸡犬绝迹，荒凉败象把附近的人全给吓跑了，跑得那个快呀，像被枪管撵着的兔

茵　陈

子。汤王爷视死如归，不肯离开故土半步。慢慢地，骨瘦如柴，肚子胀得像面大鼓。汤王爷患了痼疾，再也动弹不得，就在这时——

二爷打住话头，把个关子卖得听众心里油煎火燎。

咋着？咋着？

二爷淫淫地笑。一个天仙般的大姑娘钻进了汤王爷的被窝……

人们唏嘘一阵，屏着呼吸静听下文。

这时候的汤王爷哪里还有干那事的气力，任凭姑娘千般妩媚，万般挑逗，只能歉歉地说："对不住啊对不住啊！恕不奉陪恕不奉陪……"把个姑娘气得悲戚戚哭了半夜，鸡子没叫，就悄悄走了。

一干人扼腕叹息，仿佛共同失去了一个新婚之夜。

第二天清早，热水泉边忽然生出一种植物，灰白似绒，清香四溢，贴紧地面，四外里蔓延。汤王爷眼光发亮，大把薅食，吃得疯狂吃得如饥似渴。不觉之中，汤王爷病好了，身体逐渐强壮起来，那姑娘就又悄悄钻进他的被窝，为汤王爷生下一大串儿女。自此，汤王街里才又有了生机……

雷佩服到五体投地。二爷真把瞎话儿编绝了，绝得天衣无缝令人深信不疑。他讲那生在热水泉边的植物便是茵陈。茵陈可以药用的发现并非汤王爷功德无量，早在《伤寒论》中就记载有茵陈蒿汤，功能清热利湿，适用于湿热黄疸、腹满、口渴、小便短赤、大便不畅等症，无疑是劳动人民与大自然长期搏斗的智慧结晶。打春以后，茵陈就不再是茵陈。它不甘于依附地面的寂寞，抖擞起腰杆奋力挺拔，生枝发杈，郁郁苍苍，把极其旺盛的生命力表现出来。它愈是蓬勃，臭气儿就愈加弥漫，取代了幼时清香，臭出极其鲜明的个性。劳动创造了智慧，也创造了人类的文明进步。臭的东西自有臭的价值，可以用来熏蚊灭蝇，沤肥壮地……长大了的茵陈因此多出一个雅号：臭蒿子。

雷豁然开窍：人间事物原来跟茵陈一样，生就清香骨胎，反以臭名昭著，怪不？但不明白这个地方的茵陈为什么会多得出奇，难道真如二爷所讲是仙蒿娘子的化身？

也有人把长大了的茵陈叫黄蒿或者青蒿。其实那东西一身碧绿。绿的幽幽？绿的油油！好在它不计较。说黄可，说青可，说绿可，说臭亦可，宛若八卦楼里的温汤圣水，不随世俗变寒温。不以人言黄而黄，言绿而绿，或香或臭自己生成的骨头长就的肉，与浅薄之辈势利小人何干？故之不因喋喋不休的评头品足自惭形秽，以顽强之势风靡向山崖水沟，离离原上草，一岁一枯荣。

"我日——"李小仓把手伸进裤裆，揉搓的功夫快马加鞭。"二爷，那娘们是谁？"

二爷将脸一沉，"狗日的，她就是仙蒿娘子，想咋？"

李小仓蔫巴下来，嗫嚅道："日他娘，啥时候才能钻进咱被窝里一个大姑娘……"

二爷继续说，从此以后人们就尊汤王爷为神，蒿娘子为仙，神仙合二为一，信男善女们有了生存寄托。五月端午，汤王庙大会，来进香还愿的人群拧成疙瘩，求神水请仙蒿，消灾祛病，繁衍生息。

这一日汤王街里盛况空前，二爷说。八卦楼里圣水冒得欢快，吹手戏子满场喝彩，包子油馍四巷里面飘香……无论达官贵人千金小姐，光棍眼子人球树根，神仙面前一律平等，来不得半点虚伪和骄傲……

不曾想到二爷谝瞎话儿时还有人偷听，在几丈远的地方，一连好几天，幽灵一样躲闪。那里有一道三尺高的土墙，年久失修，犬牙交错。偷听的人站在墙外，睁大眼睛往老槐树下窥探。雷发现了那双眼睛，像是两盏导航的明灯。终于忍不住站起，说二爷，想尿。

　　二爷不睬。雷朝那两盏明灯奔去。随着年龄增长，雷对五婶越发敬重，孩童时的亵渎和恶作荡然无存，甚至不敢正视一眼。五婶今年二十岁，青春依旧。雷明白了男人和女人之间的实际内容，知道了欲和情，已经开始了对异性的追求，但心灵深处怎么也抛不开五婶的倩影。也许自十二岁起，五婶已经成为雷的情人，在心里。待翻过矮墙，明灯却忽闪几下疾速逃离。雷没有去撵，心里有如同占有一样的快感。

　　雷站在明灯闪亮的地方醋畅排泄，不由想起娶五婶第二天在八卦楼里撒尿的情景，也是这般淋漓尽致，被美丽的五婶懵懂着喝了，还说好喝，心下窃喜，有称雄于世的大气磅礴。雷凝目远眺，五婶逃匿在黑暗里，留下无限惆怅。二爷的瞎话儿还在谝着，雷百无聊赖，感觉到了怡人夜晚中的孤独。他渴望寻个伴儿，倾诉胸中的郁闷。空中有稀疏的雨滴落下，掉在发烫的脸上，清凉无比。雷意识到，快要十月一了。到十月一这天，他整整十六岁。十六岁的男人，应该挡些风雨了。

　　雷出生在十月一，算命先生说，命硬，男怕初一，女怕十五。这娃子浓眉大眼，目光炯炯，长大以后不是克死父母，必成杀人越货的强盗。父母信了这话，把雷过继给二爷做孙，生怕克了他们性命，视为忤逆。雷自幼失去母爱，有娘养没娘管教，跟着二爷学来一肚子坏水，视父母如仇人，平日懒得搭理，但到了十月一这天，免不了总要聚在一起……

十二

　　十月一，鬼赶集。天是一位有情的老人，总要淅淅沥沥落下些雨水。因为这是鬼的节日，鬼不走干路。

　　汤王街里家家户户都要支锅炸油馍。

油馍是为作古的老人们炸的供品。不管生前子孙们孝敬如何，入土为安，便是仙界里人物，高人一等哩！十月一这天，要被儿孙们假惺惺祭奠一番。

　　在先人们的坟头摆好油馍，殷实人家还要弄些鸡零狗碎，好让先人们动动腥荤。放好供品，子子孙孙眼巴巴冲那油馍和肥肉流口水，但亵渎不得，心急吃不上热豆腐。要在长辈的带领下，煞有介事跪在祖先们长眠的黄土堆前干号一阵，还要使足气力挤几滴明晃晃的泪水出来，算对祖先尽过孝心。祭奠完毕，一拥而上，围在坟头替先人们饱餐一顿，风卷残云。

　　虽然是鬼的节日，削尖脑壳掺和进去的尽是些身强体壮的活人，毕竟死去的祖先不会真的动用供品，得口福者终究属于借死人名誉翻腾出吃食花样的精英们。

　　雷是祖先生命延续的结果，鬼节的日子里自然也要随家人来到为他们淌过骨血的古人们居住的地方，十分虔诚地为那些并未见过面的先烈们献上几颗冒热气的泪珠子。雷感觉这泪水淌得其实非常可惜，惺惺作态。于是更加憎恨起爹娘，那么多好日子不生为啥偏要生在十月一哩，每逢生日总得淌泪，让人一辈子懊丧。

　　祖先们居住的房舍相当讲究，像是屹立于黄土地上的一队队列兵，排列极其秩序。坟院坐北朝南，坟冢依次序矮下。低矮的墓丘如若沉默着的侏儒，显得滑稽可笑，可下面睡着祖先们的辈分一个比一个高，身价逐步递增。他们的坟头上，由爷爷辈们亲手安置供品。靠南面的墓丘比北边的高大出许多，但高大的墓丘里埋葬着的却是矮小墓丘里面的子孙，如同世间的不合理现象一样令人费解，人高马大的小伙子把不准就得向佝偻腰的老头儿叫爷，有条不紊的自然规律。

　　祭奠众生跪拜的阵势约定俗成，其实就是每个人长闭双眼不再睁开时埋进坟墓里所居的位置。六位爷跪在最前，伯、叔们依次跪在他们亲爹身后，旁边陪伴那些说长道短，为根鸡巴毛钢针扣鼻儿也要大动干戈的伯母婶娘们，乱不得血脉。再后边才是雷这一辈，他的一母同胞叔伯兄弟姐妹乱七八糟一大片。倘若居高临下，俯瞰到的将是活脱脱一幅人脑袋组成的家谱轴子，配上先人们的坟冢，便是一部阵容浩瀚的家族兴衰史在历史长河中演绎出的古老和未来的鲜明画卷。

大家声嘶力竭号叫，悼念列祖列宗，述说先人们活在世上时候鞠躬尽瘁呕心沥血的崇高风尚和生命不息奋斗不止的优秀品质，就像没有爹娘的无私奉献就没有皮肉包着骨头中间流淌血液和思维的新生命苟延残喘一样让后人感恩戴德，倾尽眼中泪，不能尽孝焉！天公受了感动，空中开始飘落起细雨。细雨下得柔柔绵绵，如有无数只纤纤素手在抓挠，撩拨着人们心生浮躁，撩拨得按捺不住骚动撩拨出一片苍凉……雨点儿钻入雷的脖子，不禁打个激灵，身上痒痒生出鸡皮疙瘩。抬头望天，老泪纵横，无尽的悲怆。再看前面那些高高撅起的屁股，青春勃发，心中一片怅惘。

五婶好像在雷抬头的同时也看了天空，顺势扭头向后张望，目光极其复杂，雷却读懂了复杂中的含意。五婶修长的腰肢拱成直角，将一脸神秘播弄在丰腴的屁股上，召唤着雷想入非非。雷记忆的闸门敞开，想起二爷说瞎话儿时土墙外那一双闪烁的眼睛，却没有勇气追逐而去，落下今日遗憾。一阵切肤痉挛，恍惚有醋一样的液体袭来，淌过干涸的心田，向着更深一层流去……

雷骤然彻悟，世上所有的女人没有一个能像五婶那样让他揪心。

回家的路上，五婶疾步上前，轻撞了雷的肩膀，说天黑了来帮我把红薯下窖。

十三

夜幕降临，天空挂满眨眼的星星，闪现出夜的诡谲。雷向五婶家走去，心中忐忑不安，像是怀揣一只小兔，扑扑直跳。

雷好久没到五婶家来，跨入院门的时候顿生内疚，觉得辜负了五叔重托，没有对五婶尽到责任。

五婶正在厨房里忙碌，屋里亮有灯光。雷问五婶有箩头吗？

箩头是劳动工具，底小口大，上面有鋬，荆条儿编成，专用来盛东西。把红薯往地窖里储藏，得用箩头，一箩头一箩头往下面系。五婶应有，说你先屋里头坐坐，我一会儿就好。雷心生悲凉，想没有男人陪伴的女人果然作难，若是五叔在家，这样些活计，根本不用五婶动手。而今天，五婶无助，只有请人来帮忙下窖。

雷进五婶屋里，闻到淡淡幽香，三年前迎亲时钻花轿里在她怀中寻觅到的温馨倏忽涌上心头，感慨万千。今天的雷已不再顽皮，懂得了男女有别，授受不亲。可以看出，五婶为邀他来颇费心机。屋中打扫一尘不染，家具虽然简陋但都放着亮光，摆放井然，让人乐在其中。雷思忖，五婶尽管饱受三年罪恶搓板的蹂躏，仍然秀外慧中，敬慕之心，油然而生。

雷不免呆板，规规矩矩正襟危坐，生怕显露不逊亵渎了五婶淳朴。五婶双手捧着一碗饺子进来，热气蒸腾，弥漫出甜甜的笑脸。她目光坚毅，把饺子往雷面前一放，命令似的，"吃"。

雷说五婶我吃过饭了。

知道你吃过饭了。五婶说，一个大小伙子，吃碗饺子可把你撑啦？今天是你生日，我专门为你包的，吃。

雷一阵激动，问五婶你咋还记着我的生日？自过继给二爷为孙，再无人问津他的年龄，不曾想为他过十六岁生日的不是父母也不是二爷，竟然是被他伤害过的五婶。雷感激涕零，为这个世

茵 陈

197

上还有人惦念他的生日而温暖。

"咋，婶就不能索系你？"五婶说得调皮，脸上飞起红云，表情十分可人。

雷不敢正视五婶，他是晚辈，造次不得，于是就埋头吃起，品味出五婶包的饺子好香，有生以来第一次享受到这样的口福。

五婶坐在雷面前，看他狼吞虎咽憨态万状，极开心，像是一位大姐姐，把小弟弟端详得神情专注。

雷吃完饺子，鼓足勇气瞟了五婶，见她一脸兴奋，心中充满力量，说，五婶，下窖吧？

"下！"

下窖是赶在上大冻之前把收回家的红薯往地窖里储藏。红薯是乡里人的半年主粮，除罢切片晒干，还要储存起一部分鲜薯，平日里煮锅蒸食，要吃到来年开春。故而人们把红薯下窖看得非常重要。弄不好坏了窖，就要饿一冬肚子。五婶穿一件紧身小袄，煞是利亮，一方手帕包了秀发，在笼头里放上煤油灯，先系下去，让灯在窖里着一阵子。

系灯下去验看窖里有没有氧气，要是灯光闪烁发亮，说明窖里氧气充足，可以下人；如若系下去的油灯熄灭，警告窖里氧气不足，人下去会被闷死。这当儿雷和五婶一起扒开红薯上盖着的秧子，认真挑拣，把破头烂身生疮长癍的全部挑选出来，以免坏窖。挑拣细针密缕，互不干扰，微微的喘息交织一起，有些备受鼓舞。

油灯在窖底下闪亮，跳动出五彩的光环。五婶趴窖口上看过，说，我下，你在上面系。雷唯唯诺诺，动作机械。

先系空笼头下去，五婶打扫出薯窖里的陈土碎叶，再将风干的河沙吊进，铺垫在窖底，才能将选出的红薯往下面系。五婶仔细码着，像砌墙。

夜阑人静，万籁俱寂，拾红薯系笼头偶发闷响，宣泄出不甘于压抑的争鸣。雷和五婶分别在两个世界，像被定了格的画面，一根绳索维系，没有任何感情交流，好寂寞。雷欲问，五婶你闷吗？何不唱支山歌，哪怕说说笑话也可鼓舞斗志呀！但五婶阒寂无声，把红薯码得一往情深，俨如上面根本就不曾有一个大小伙子的存在，处之漠然。雷失落，想说，说不出口；想唱，唱不出来。发现在女人面前男人原来恁般脆弱，脆弱到魂不守舍，不能驾驭自己。

终于，有叹气声从地的深处传出。

雷问："婶，你咋啦？"

"不咋。"五婶沉默须臾，说："雷，十六了吧？"

"十六了，婶。"

"成大人了。我嫁你五叔时，也只有十六岁。"

"对着哩，婶。我算过，赶上你了。"

五婶说："该寻媳妇了。"

雷说不要。

"傻孩子，哪有男人不想要媳妇的。想要啥样，给婶子说，婶帮你找一个。"

雷趴窖口审视良久，浑身血液汹涌着澎湃，有抑制不住的冲动直撞心扉，生无限狗胆包天的设想，终于鼓足勇气，冲窖口喊："跟你一模一样……"

五婶爆发出无羁的畅笑，打地的深处传出，直刺天空，引起街上狗们一阵狂吠。

五婶好不容易才止住笑声，说："傻孩子，难得你有这份孝心，心里还有婶子。婶老了，残花败柳……"

雷的心一下凉去半截，在五婶眼里，他永远是个长不大的孩子。

笑声和话语戛然停止，一根绳子机械运动，维系着上下规范起各自的行动。雷澎湃起的热血冷却，面对五婶，神圣不可侵犯

茵　陈

的情怀油生。一条代沟横亘，像是王母娘娘划出的天河，把他们分隔在两个世界，根本无法沟通。窨洞里码满了红薯，五婶只好在窨筒里辗转身子，猢狲一般灵活。箩头再次系到窨底，五婶突然用力把绳子拽落窨下，雷的心随绳子一块坠落下去。

"婶，绳子掉了，咋弄？"

"咋弄？你下来取。缺心肝眼儿……"

雷心驰神往。仿佛又回到三年前的花轿里面，重温对五婶揉搓的甜蜜和腰间插入小手的邪念，其实并无歹意，充其量是一颗童心对秀色的贪馋。而此刻，雷成熟了的心已经破译出守活寡的五婶施发信号的密码，烦躁难忍，极其渴望异性安抚，于是他想到了性，想到了占有。雷犹豫不决。恐慌不足三尺的窨筒子，一下进去两个青春少年，必定耳鬓厮磨，一个青春年少如干柴，一个少年青春似烈火，阴阳相撞，后面的故事不言自喻。倘若干柴不燃，还不把烈火给羞死？

"快下来呀，还愣着干啥！"五婶向上扮鬼脸，雷发现那张美艳至极的脸上充满着挑逗。

雷脑海中一片空白，身不由己跳下窨去。五婶就势站起，为雷伟岸的身躯腾挪一块儿地方出来，果真就撞了个满怀。受惊的煤油灯扑闪几下，跳出贼亮的光芒。雷与五婶面面相觑，喘息急促。淡淡香气袭来，驱使神魂颠倒。雷感情的闸门轰然决堤，一任激情汹涌澎湃。惊喜五婶瞬间改头换面，变成不是五婶的茵陈，一个梦寐以求的可爱女子，再也不能自制，胯下阳物第一次面对女人蓬勃起雄的无坚不摧。五婶精神崩溃，受惊吓的小兔子一样惊慌失措，微闭双眼眩晕着朝雷怀中靠去。雷张开双臂迎上，狠命儿箍紧，递嘴上前欲作深吻……五婶猛一战惊，一记耳光响起，发出清脆的嘹亮。

雷被五婶打了一个愣怔，见五婶挣脱拥抱，横眉竖挑，怒道："小畜牲，不论辈分了。"

茵陈

雷面颊发烫，蔫巴得再无一丝雄性，匆匆蹿出薯窖，留下一窖羞愧。眼前忽然晃动起二爷那张血污斑驳很是舞台化的脸，觉得并不可恶，反生许多同情。

雷疾步逃遁，后面攮来发自地穴里的纵笑，不由想起二爷的咬牙切齿："娼妇！"

十四

雷暗下决心，从此不再搭理五婶。呆呆望着天空发怔，琢磨五婶的喜怒无常和玩世不恭令人费解。分明是你施发信号挑逗引诱再三，却又一记耳光打过让人心灵受到创伤，落得如此难堪，叫人今后怎样真诚地去面对女人。一个男人，还有什么比自尊心受到伤害更加痛苦的呢？雷骂五婶好你个狐狸精，真是一汪祸水。有矫健的苍鹰在空中翱翔，背负着蓝天白云，一副主宰宇宙的盛气凌人。扇动起两面巨大的翅膀，不时变换着冲刺姿态，觊觎地面上一切可以捕捉的猎物，做出擒的准备，要把小鸡小兔什么的捉入它的怀抱。

五婶平静如水，似乎压根儿就没有发生在薯窖里的窘迫，又来叫雷帮她干活。雷不情愿，脸上冷冷挂起冰霜，但他无法拒绝。当着老人们面，一个大小伙子帮五婶做点活还能累死？她是婶啊！五叔不在家，一个女人过日子不易，咋好意思推辞呢？五婶一脸诚恳，雷不哼不哈，再不与她近乎。其实都是些家务零碎，完全可以自己做出，偏叫雷来，不明白五婶到底打的啥主意，自顾埋头干活，不和五婶搭讪。五婶无话找话，雷不睬，要让她知道一个男人的尊严，不可以任人摆布随意捉弄。五婶不气不恼，变着法儿炒鸡蛋擀面条支应，雷贪嘴，脸上平静，心里却有暖流滚动。

五婶来叫，雷便应邀前往，不能辜负了五叔的临行嘱托。婶

茵 陈

有难处，帮忙义不容辞。二爷淫淫地笑，模样儿阴阳怪气。"去吧去吧。你五叔不在家，一个女人家多叫人心疼。被窝里面伸腿，没便宜外人。"没逮住黄鼠狼惹下一身臊，二爷骚扰五婶不成，被雷抓了把柄，有苦说不出口。今见雷和五婶搅和一起，自然心生芥蒂，视两位青春少年如眼中钢钉，恨得咬牙切齿。冲着二爷淫威，雷把帮五婶干活当做正义之举，理直气壮。

雷干活时候五婶总是站在旁边观望，目光复杂，莫测高深。时间长久，习惯成自然，不觉再有什么羞赧。男女之间有个适应过程，两人在一起多了，才能把对方看个透彻，羞涩自然消失。雷又大胆放亮眸子，朝复杂的高深里撞，往往要迸发出一道电光，心旌鼓荡，间或有轻佻在电光中产生，赤裸裸在嬉笑里跳来跳去。雷预感，该发生的总要发生……

那一天天蓝得像一池春水，净洁如洗过无一丝儿云彩。田野里玉米苗子饱饮一场透雨，薅着一般向空中伸腰。人们全部下田，抓紧时机清除杂草，秋收一张锄。街面上好静，能听见心跳。

五婶叫雷帮她磨面，雷没有下地。磨面比锄地关紧，人没吃的，哪来力气干活？说是磨面实际上是赶驴，让驴拉着磨转一遍遍把小麦磨成面粉。其实那驴在石磨上套着，一圈圈地行走，极循规蹈矩，磨道里有相当严密的劳动纪律，乱不得路线。五婶把磨碎的麦子箩出面粉，穿一件短袖布衫，露半截白藕似的胳膊，细腻光滑，老把人的眼光往上面吸引。胳膊随箩的运动上下跳跃，跳跃出一片霞光，跳得雷心里痒如蚁爬，禁不住淫欲勃然。他想起了花轿想起了薯窖想起了自己已过十六岁，五婶你等我呀，我和你做新娘时一般大了，我懂事了，我该有了我可以填补我五叔的空白。那种曾经在婶面前生出的羞赧和窘迫一扫而光，恍然中走出一个强壮的雷来，投轻狂的目光在五婶丰腴的胸脯上荡来荡去，如饥似渴。五婶脸上洋溢微笑，毫不介意，运用自如晃悠着身子，晃出可磨道里的甜蜜和幸福。雷沉浸在甜蜜的幸福之中，在畅想在遨游在鹰击长空！真想解下裤腰带儿将太阳拴住，让时刻把他和五婶一起溶化在这美妙绝伦的氛围中，享尽人间欢乐。拉磨的驴守得纪律却并不老实。那是头叫驴，天生的下流坏子。它也总将野性的目光偷偷往五婶身上扫视，透过暗眼露出的缝隙。更加不能容忍的是它竟然放荡地把后腿夹着的玩意儿挺起，一举一举地狂妄，十分藐视雷的存在，狂妄到目中无人，像是肆无忌惮地抬出一尊人间大炮，要排泄出动物战胜人类的痴心妄想扫射一个稀里哗啦！雷怒不可遏，拿棍子打它，打它不尊贵不文明的家伙，打得它后腿尥起老高，拉起石磨旋风一般飞转。雷陶醉于战胜的喜悦，五婶爆发出浪笑，前仰后合，把个胸脯上的装饰品笑成两只小兔儿一样上下乱跳，笑得雷面红耳赤身不由己在颤动的小兔子面前矮下去许多……五婶好不容易打住笑声，任啥没说，默默走进屋去，留下一道索魂的目光……

　　时光在雷的痴呆中不知流走多少季节，五婶的呼唤像一把巨手将他朝屋里面拉扯，他惊呆了，眼前迸亮一片金光。雷终于看到了五婶，看到了五婶那玉石刻就的雪白的胸膛和胸膛上面镶嵌着的一对峰峦般颤悠悠的奶子……

　　"死孩子，过来帮我擦擦汗。"五婶用长辈的口吻，在命令。

　　雷心惊肉跳，每挪动一步仿佛都是在滑向万丈深渊，那种男子汉的征服和占有欲望在女性雕像的袒露面前自惭形秽，顷刻间灰飞烟灭。五婶镇定自若，反身插紧房门，把惊恐未定的雷一把拉进怀中……

　　雷感觉到地在抖动，听到了老木床的呻吟，但是却外强中干，刚入佳境，未及翻江倒海，便玉山倾覆，银样镴枪头软绵绵败下阵来，气得五婶又掐又拧，骂他是绣花枕头菜包馍，中看不中用的窝囊废……

　　雷无地自容，慌乱穿衣逃出，见驴乘机偷闲，停止步伐，怒

茵　陈

从心起，飞脚踢向驴屁股。畜牲受了惊吓，拉起石磨飞转。雷羞愧万状，朝着汝河狂奔。在五婶面前，他有不可逾越的心理障碍。

十五

雷躺进清澈的河水中，狠命捶打起童身，任阳光透视哪个部位发生了故障。痛恨空有一身疙瘩腱子，枉夹了胯下一坨子阳具，无能的羞耻喋血心灵，痛不欲生。河水缓缓流淌，唱着生命奔腾的凯歌，催人奋进。雷痛定思痛，反思心理失衡的成因，觉悟自十二岁起五婶一直在他心目中占据着母亲般的地位，虽然倾慕也是被扭曲了的欲望，爱恋高不可攀，从未想到过侵犯。偶有狎昵，结果是花轿里的一脚踹出和薯窖里一记耳光的响亮，造成巨大的心理障碍，总以为她是大人而自己是孩子，跨越不过的代沟。导致今日羞愧，自然顺理成章。雷猛然站起，抖落一身水珠，把身躯往高处提拔，从二爷的位置居高临下，发现爱和占有其实不可分割，爱至愈深，占有的欲望则更加强烈。他爱五婶，爱到极时对她的占有才是最崇高的爱情结晶，可以产生无限能量，鞭笞一切龌龊和丑恶。雷努力回味五婶亮在他面前的一切秘密，热血沸腾。有细线似的鱼儿缠绕身边，触发阵阵骚动，阳物在光天化日之下勃然挺举，雷跃跃欲试，庆幸自己不是废物。五婶，我是一个有用的男人。

在一个漆黑的夜晚，雷毫不犹豫敲响五婶窗棂，没有丝毫胆怯和羞赧，摈弃一切心理失衡。

五婶像在等候，款款迎入。雷说："婶，我来拜师学艺了。"

五婶亦嗔亦喜，骂一声"冤家"。

他们相偎而卧，彳亍云雨巫山。五婶柔声细语，对雷进行性启蒙教育，纤纤素手摸出雷浑身焦躁难忍。突然，空中滚过一声惊雷，大地顷刻痉挛，雷鸣电闪催促暴雨如注，雷听到了老木床的响声，咯吱吱像锥子，直往人的心里剜去。只是这次锥声剜出来的是幸福，是人世间伟大爱情的完美结合，雷终于成了男人。五婶非常满足，蜷曲在雷怀里，像只小猫，一动不动。夜空经过暴雨袭击，乌云骤绽，窗外透进月光，照亮五婶玉体一片晶莹。

雷喘息渐平，被五婶引导着从仙境中走出，顿觉成熟，想起十二岁时对五婶的恶作，着实滑稽可笑，不禁脱口唤"婶"。

"唔。"五婶陶醉幸福之中，慵懒妩媚。"其实，俺才大你四岁。"

"茵陈"，雷激动，一把将她搂了。"你是我姐哩！"

"我是你娘……"

雷一把推过，说："我可不是五叔，没脸没皮，日姐奸娘操奶奶。我是你'妮细'。"他学起五叔腔调，骇得五婶瞪大两眼，"鬼精，你听房？"

雷喜不自禁，腾身上去，压得五婶"哎哟亲娘"，心中好不快活，在五婶身上做出各种态势，推磨一样揉搓。雷说："茵陈，你本来就是我的。我是你第一个'妮细'——女婿。"

"是女婿。"五婶气喘吁吁，说女婿是相中是心中喜欢是对眼劲儿是有感情是为他着想是无私奉献是爱，女婿可以有几个或者很多而男人只能有一个……雷想到了五婶挺起的肚子。

五婶说她是在娘家混了个人，叫猛荏，是位教书先生。她说她实在没有活路，去死，被猛荏救下。猛荏给了她勇气给了她希望也给了她幸福。猛荏给她讲了许多道理，这些道理她从来没有听过，就死心塌地去爱他。他们好了一年，正要合计着私奔，却在一天夜里来伙土匪把猛荏给绑走了，听说是上了熊耳山，一去杳无音讯，生死不明。五婶说，你们男人没一个能靠得住，我命好苦。

五婶把雷偎得好紧，祈求着能够天长地久……

这以后，雷去帮五婶干活更加频繁，有时婶不来叫，也要寻找借口前往。后来他们想出一个办法，五婶在门框上挂起一串红辣椒，便是召唤雷来的信号，害得雷时不时老往她家门框上瞭望。老人们都夸奖，说这孩子勤快，孝顺，知道远近。唯二爷，枯皱着丑脸恶狠狠地瞪。

雷笑笑，五婶也笑笑，心有灵犀一点通。

五婶的肚子又微微隆起，雷在上面摩挲，好惬意。不用再问，心如明镜知道五婶肚里装的什么，按捺不住激昂，"我就要有儿子了"。雷问五婶，孩子生下来，叫我爹呢还是叫哥？

五婶脸上飘起愁云，说，仰八叉儿撒尿，流到哪儿，算哪儿。

二爷瞪起牛蛋眼儿警告：五叔就要回来。

雷心里发紧。五叔一回来，他和五婶的事儿就得露馅，如何是好？

五婶也作难。婶说："真要是回来，我的路就算尽了。"

"那可咋办？"

五婶紧咬玉牙，"夜里我想妥了。"五婶说："去找小仓。我名声赖，不能再把你给搭上。"

雷怯怯地问："那中？"

五婶主意已定，目光刚毅，"可中"。

十六

五婶痛下决心，去找李小仓。雷非常难过，连自己心爱的人都保护不了，还算什么男人！然而，五婶不容他暴露，把一颗苦果独自儿吞下，天塌下来只身挡。雷感受到五婶情爱的崇高和母性的伟大，心里有喋血一样的折磨……

李小仓住在村东一座牛院里，栏着一群绵羊。羊被围在犬牙

 茵陈

交错的土墙内，墙上用白石灰水画满圆圈，吓唬野狼，怕狼在夜深人静时候钻进羊群叼了羊羔。但这白圈对人丝毫不具威力，五婶敏捷翻进羊圈，看都没看上一眼。

是个天上扣了锅底一样的夜晚，大地沉睡在梦中，鞭子都打不醒的时刻。五婶幽灵似的溜进羊群，狠劲揪拽一只小羊的尾巴，小羊声嘶力竭，冲撞着羊群咪哞乱嚷，好一阵子沸腾。公狗跳跃着，朝五婶狂吠。

李小仓赤条条窜出，当场捉住了偷羊贼，没费吹灰之力。

五婶心里扑腾乱跳，在李小仓无所措手足的行动中垂下头颅……

李小仓拼出吃奶的气力，将一身的青春积蓄排泄到他梦里面才能接触到的地方。

五婶好恶心，仿佛被一条大蛆钻拱着，立马就要排江倒海把一肚子的腌臜喷吐干净。她一阵阵叫疼，身子在痛苦的呻吟中痉挛……

再去找李小仓的时候，五婶捎带着微微凸出的肚子，五婶拉起小仓的手，让他摸，小仓喜出望外。那是真的，他深信不疑。

五婶说，肚子都叫你弄大了，咋办？

小仓说，我弄的，就是死，不悔！

五婶又开始在街里面走动，身子越来越笨拙。指骂声显然苍白无力，有大胆的唾沫星子直溅身上，也被她藐视到不屑一顾。甚至有她走过的人家，用秆草火送瘟神一样烧燎，仍然阻止不住五婶放荡不羁的笑声……终于，族人们无法容忍，把五婶弄起来用了家法，严刑拷打加思想教育，要她认清形势悔过自新，坦白从宽抗拒从严首恶必办胁从不问，顽抗到底死路一条。五婶被打得皮开肉绽，再也坚持不住。雷心在滴血，几欲冲上前去，救她逃离苦海，都被五婶锐利的目光所制止。二爷淫淫发笑，狰狞可怖。残酷的折磨最终迫使五婶放弃了抗拒的希望，她供出了李小仓，显得极不情愿。

二爷暴跳如雷，用凶狠的目光剜雷。雷想蹿上去揍那张丑恶嘴脸，可是没敢，在二爷面前他还没有完全挣脱奴性的束缚。堂堂名门望族，闹出这等伤风败俗的事体，着实令活着和死去的族人们脸上无光，且要在外姓人面前矮下去一大截子威风，大有污辱门风不杀不足以平民愤之罪孽。用蒿火烧死叛逆，点天灯以清门风，将是五婶的最终归宿。这种例子，据说早年在家谱里面曾经有过记载。雷骇得张大了嘴巴！

第二天，二爷便去找李小仓，在澡堂子里寻着。

十七

李小仓揉着眵目糊眼打墙旮旯里钻出，那里留有他醉生梦死的温暖。

阳光照射身上，引起阵阵瘙痒。反手伸到脖子后面，三抓两挠，弄出几只非常精制的寄生物，一只只放进嘴里，嘎巴巴咬出脆响，听音乐般优美。李小仓伸长脖子，挤口水下咽，送小生命进入温暖的天堂。而后，高举两只黑爪，张大嘴巴喷出臭气，打了山摇地动的哈欠，长一长曾经幸福过的不枉来人世一遭有幸在女人身上开展过运动的一个真正男子汉的懒腰，顺墙根走过，寻找是活人都离不开的一方风水。

李小仓解开系腰的草绳，大裆裤子自由落体，非常潇洒地出溜到脚脖，开始人类的伟大排泄。一只小虫嗡叫着飞来，爬到正在倾泻的玩意儿上，欲意喋血。惊动李小仓一个激灵，抢起巴掌，先斩后奏，小虫即刻变成血饼。

"日你姐，敢来太岁头上动土，寻着死哩！"小仓骂过，拿手揩揩屁股，提裤杀腰，朝澡堂里走去。

历史以来进澡堂子不分三教九流。

澡堂建在汤王庙后面，用青石条子砌成，经岁月打磨，光滑如玉，青影可鉴。只是男女有别，乱不得窝子。那时候不兴鸳鸯浴，省去许多麻烦。澡堂子里面没有羞丑，人们在衣着打扮上标榜出的高下尊卑在这里一律不起作用，赤巴精光，一个球样。但凡进得澡堂，全是摆脱掉一切世俗宠辱的天之骄子，毫不犹豫卸下包装，表现赤裸裸的自我，在和善友好的氛围里浸入温汤圣水，没有邪念也没有淫欲，尽情享受大自然的恩泽。池外的土炕上堆放着衣物，这些在阳光下可以尽力效忠主子的附属品为不能显示自己的价值杂居一起哀声叹息。衣服里裹藏着的小生命却不甘寂寞，不失时机地四下里串联，利用一切可以利用的机会寻花问柳，迫不及待娶妻嫁女，做出些通奸或强奸的勾当，为世界增添不少绚丽。活跃在池中的人们不忌亲疏，坚持和平共处五项原则，诚挚而又坦率地交谈，海阔天空，瞎论胡侃，管撂不管接议论一些大小深浅鸡零狗碎的事由，借以丰富一方小天地的气氛进行着民俗和民风的文化交流。倘若有几声大叫，把些个球皮蛋毛之类的污言秽语一股脑儿投向隔墙女池，引起那厢中巾帼英雄嬉笑痛骂，毫不示弱进行反击，尖言利语龌龊到使人猛然想起世上原本还有淫秽二字，于是乎引发粗野的战事，肉麻的拼杀，尽管壮怀着激烈，但不会有谁认真计较，阴阳搏斗的结果往往诞生出哄堂大笑的宠儿，使人们享受澡堂以外寻找不到的轻松。这笑声无忌男女有别，不顾年轮悬殊，透过空间，亲密无疏拥抱一起，助此风长盛不衰。

恰是一场大笑过后，有人叫小仓，水雾中探出一个大扁头。"今儿个，帮我上山割几车黄蒿，中不？"

二爷把牙齿咬得山响。

"咋不中！"小仓说："爷您一句话，累死小仓，屁也不敢放。"

小仓说毕，出了池子，跟二爷上西山，割回几大车子黄蒿，堆在汤王庙前，风干。

黄蒿是茵陈变的，风干以后却阴森恐怖。

十八

要过年了，一派喜庆景象。千门万户早把大红对联贴上吉星高照期待着连年有余，就连死去亲人不满三年大孝的门户上，也都刷上蓝底对子，为节日装点出新意。五叔并没有回来，雷真希望他死在外边，永远别再回来。五婶脸上早没了笑容，密布着阴云压得雷透不过气来，心碎欲裂。五婶隐退去笑容的脸上呈现出冷峻，冷峻中透出的是自信，是刚毅，是不可战胜是威武不屈……雷痛不欲生，拿头往墙上撞，为不能拯救五婶的灭顶之灾悲愤交加。他在心里祈求五婶宽容。五婶，你怨恨我吗？

雷终究没有得到五婶答复。因为出事以后，五婶就被族人们看守在汤王庙里，中断了他们之间的一切来往。

腊月三十，已经有稀稀落落的炮仗冲天而起，向人们宣示：这个太阳落下，再迎出一轮红日诞生的时候，历史，就又被掀开新的一页。

正午时分，一个冬日里少有的好天气。被严冬深深锁在屋里的人们突然涌向街头，不知是珍惜一年中这最后一个太阳的温暖，还是眷恋这太阳的光辉，竟然万人空巷。

二爷像位过足了瘾的烟鬼，表现着少有的矍铄，汤王庙前坐下，威慑顿生。青皮后生退避三舍，姑娘媳妇们经不住战栗哆嗦起双腿，耷拉下眼皮落荒而逃……

二爷命族人将五婶推出，剥得一丝儿不挂，紧紧反绑双手，人们一声惊呼，空中滚过雷鸣。

秃子打伞，无法（发）无天。族里的事，再大，族长说了算，千人嚼舌头，一语定乾坤。汤王街离城一百六十里，山高皇帝远，县官管不着族里的事。

处死淫妇，天经地义。如此而论，二爷并不狰狞，颇有替天行道的大义凛然，为麻木到极的百姓所拥戴。对人性的叛逆往往被视为不耻人类，其结果就是被推上断头台供庸俗之辈评头论足，咬牙切齿之后传为开心笑柄；谁也不会去验证叛逆者永远是人类的精英是推动历史进步的先驱这样一个颠扑不破的真理。雷欲哭无泪……

汤王庙前那一堆风干的黄蒿，被人们围得水泄不通。

有人说，活该，偷情养汉，美死哩！

有人说，可惜，花骨朵一般身子，鲜嫩。

雷痛心疾首，茵陈，你生得美丽，死得壮烈。

叛逆的精英遭受到谴责，显然精英并不都是英雄。精英与英雄之间横贯一条鸿沟。精英之所以不能成为英雄的原因，在于精英们脑瓜子太灵，最容易患得患失，惧怕引火烧身。面对杀气腾腾的场面，雷这个初出茅庐的叛逆精英战栗了，那是一条通往死亡的道路。死亡，对一个涉世未深的人来说是多么地阴森可怖多么地不想亲身体验。雷大气都不敢喘，内心展开血与火的厮杀，杀得天昏地暗，一片混沌。懵懂中终于看清楚五婶的冰肌玉体，曾经为他所有，却任众目宰割。五婶镇定自若，宛如一尊雕像，高昂起头颅大义凛然宁死不屈面对杀戮无悔无怨令人肃然起敬。雷一阵眩晕，与五婶相比他这个"女婿"显得极其卑微。

午时三刻，雷遗恨终生的罪恶时刻！二爷亲手点燃了黄蒿。

火苗忽一下跳起，充沛着吞噬的恶毒……

李小仓视死如归，昂首跨进烈焰，紧依着五婶，发出死而无憾的畅笑。

五婶转脸望雷，满目灿烂。笑得甜蜜，笑得俊美，让雷肝肠寸断！

雷忍无可忍，顶天立地的责任感骤然爆发，要呐喊，要拼

茵 陈

搏，要发泄愤恨，为茵陈讨还公道。他像一头疯狂的怒狮，奋力冲进人群。"不……"

二爷一把拽住，猪肝似的脸上透出凶残。雷憎恨到极，却被那双凶煞的眼睛所震慑，双膝发软，瘫绵在地，绝望中直勾勾盯视火中的五婶。五婶用滴血的心凝聚成嗔怪朝雷投出目语。那目光像一柄利剑，阻止着雷的身败名裂，雷耳边响起五婶的甜言蜜语："我名声赖，不能再把你给搭上。"

大火熊熊，摧枯拉朽般壮观。

二爷抬头望天，手却有些战抖。

五婶开怀大笑，笑出幸福和满足……

李小仓手舞足蹈。那条杂毛公狗突然蹿进火海，蜷伏在小仓脚下。

大火吞没了五婶，吞没了李小仓，也吞没了那条忠心耿耿的公狗。

仙蒿出尽风头，把燃烧人肉狗肉的焦香向四外里飘溢。天空中，忽然升起黑压压一大块乌云……

雷从昏死中苏醒，麻木到无性的人们还在观赏最后的壮观。雷恍惚发现五婶满身血污向他扑来，指着鼻子骂他没有人性不如李小仓也不如那条杂毛公狗……

雷疯狂了，抓起盈尺的杀猪刀，号叫着刺向二爷……

后　记

这是一个老掉牙的故事，根本无须浪费读者感情。然而，古往今来文人们都把女人比喻成为鲜花加以美化，茵陈是一味中药，自然有它独特的个性。故之总忍不住要把结局告诉大家。

十六岁的雷犯下弥天大罪，葬送了茵陈葬送了李小仓同时也葬送了他自己。雷痛不欲生，难道他真的连李小仓脚下那条杂毛公狗也不如吗？他疯狂地操起杀猪刀，要为茵陈讨还血债。但是，还没等他冲到二爷面前，就被族人们用闷棍打倒，昏死在地。等他从死亡中醒来，茵陈和李小仓连同那条公狗都从这个世上消失了，乘鹤远去杳无影踪。夜空中布满星光，黑暗包藏了发生在除夕的凶残和罪恶。这个家族已经再没有什么值得雷留恋，只有满腔仇恨的烈火。他趁夜色一路西奔，上了熊耳山。

雷在熊耳山上寻找到猛茬。猛茬遭土匪绑架，上山后没被砍头，山大王看中了他的学问，请他做了师爷。雷把满腔仇恨倾诉给猛茬，猛茬气红了双眼，在一天夜里带着弟兄们下山，杀死雷家二爷以下三十六口，血洗了汤王街。从此，曾经显赫一时的名门望族彻底败落，雷想到了汤王爷显灵……

雷不幸被算命先生言中，留在熊耳山，落草为寇，真正成了杀人越货的强盗。

五叔到底也没有回来。后来才知道，是二爷贪图茵陈美貌，丧尽天良意欲霸占，花钱买通王铁嘴设下圈套，结果是王铁嘴和五叔一起从这个世上消失，泥牛入海，再无消息。猛茬被土匪绑架，也是二爷买通熊耳山上的小头目所为，可惜二爷失算，到底死在猛茬手里，自食恶果。

一天夜里，雷睡意正浓，被猛茬推醒。猛茬说兄弟，闹革命啊，投红军去。雷不知道啥是闹革命，更弄不懂红军和土匪有什么不同，心里惦念着茵陈，说，我要回家，该给茵陈上坟了。

雷告别猛茬回到汤王街，先去茵陈的坟头祭奠，发现墓冢已被新生的茵陈严严覆盖，白绒绒一片，透出青的苍翠，生命力极其旺盛。雷在茵陈的坟旁建屋，终生不娶……

鳖　王

一

狗屹头一回赶集之前，攀上千丈崖进王庙磕了头。

千丈崖斧劈般扎根在八升湖深处，陡岩峭壁，飞鸟难过，上面孤零零建着一座王庙，风蚀雨剥，说不清是哪朝哪代留下的名胜。其实王庙里不尊山神没敬关爷，只供奉着一只大鳖。千年的王八万年的龟。老人们说，真神沉在八升湖里，十年才现一次真身，谁要有幸碰上，就会喜从天降。

沿袭着老辈子的规矩开了山道，才好去葫芦镇上赶集卖鳖。

鳖是一种灵物，没病没灾的谁愿亵渎神灵？捉鳖人不同，逮住了就得去卖。

葫芦镇依着一条官道，西走得阳关，南通着湖广，东去襄许境内，衔接豫东平原，是个旱路码头。久之就有了几百户人家，云集商贾，成了八百里伏牛山区一方气候。

这里兴的是露水集，早早地便已人群熙熙攘攘。除常设店铺经营些日用百货，大多是四乡山民拥塞而来的大雁山鸡、狐狸野羊；金针木耳、蘑菇生姜……人们卖掉山货地产，好买回权耙扫

214

帚牛笼嘴家里使用。也有手头宽余人家，趁热吃几个水煎包子，喝一碗羊肉杂烩，末了捎带些油盐酱醋，调剂被老山风麻木的口味；间或扯几尺印花洋布，割几尺红绒头绳，换取妻子儿女一阵欢心……狗吣头一回上集，四十里山路下来早已饥肠辘辘，瞅见热气蒸腾的包子油馍胡辣汤，口水不觉流出老长，腿也坠了石头般沉重，死皮赖脸不想挪动脚步。

蹒跚走进粮市，一街两行摆放的全是大簸箩，堆满五谷杂粮。见有人高一腔低一腔争吵，狗吣凑了过去，高高举起了小竹竿，上面拴着的老鳖伸脖子蹬腿，使足劲儿瞧热闹。

"唱过几次价了，还是不枭，你那麦是金豆豆？"经纪模样的人大声叱喝着。

"俺嫌贱，再等等。"枭麦的山民畏畏缩缩。

经纪人转身瞅见狗吣挑着的老鳖，忽然来了精神，问："孩子，哪村的？"

"俺……王窑的。"

"实话！王窑出鳖。……是鳖王的儿子吧？"

狗吣脸上一涨，热到脖儿根子，委屈地瞪着双眼，喉咙里憋不出半句话来。

经纪人哈哈一笑，"甭怕，孩子，我跟您爹有八拜之交……咦！我咋看着这鳖有病，不好卖呀！"

狗吣气鼓鼓问："有啥病？"

经纪人一本正经的样儿，看了好长时间，说："嗯，我看是有病。来，叫老叔给它把把脉。"

这当儿，瞧热闹的人围过来一大圈儿，见经纪人捞住鳖爪子，摸了又摸，一言不发。众人等得猴急，争着问："有脉没脉？"经纪人一搓双手，瞟了眼枭麦的山民，说："看着是个活鳖，等于是个死鳖。虽然有麦（脉），就是不枭（跳）。"人群中发出一阵驴拴驹般的笑声……

鳖 王

狗吣心里不憷，评品出这是指桑骂槐，拐弯抹角损那棵麦人哩！不知从哪儿冒出一股子冲劲儿，把胸脯挺出老高，迎着经纪人开了腔："你算外行了。这是只公鳖，只有见了母鳖脉才跳呢。"

经纪人市面上横行惯了，谁敢戗茬扒拉？冷丁遭小孩儿顶撞，气得鼻眼走样，尴尬像敲锣找孩子——丢人抓家伙。恶狠狠吼道："胡说！自古道'鳖养的，鱼压的'，哪里生得公鳖？"

狗吣挤挤小眼，挤出一脸顽皮，对他说："咋会没有公鳖？骡子不拴驹，还滴溜个家伙闲折腾呢！"

二

那年狗吣十四岁。头一回赶集就断了山道，心里老在琢磨：这浩浩淼淼的八升湖咋就光生老鳖，祖先又何苦在千丈崖上敬那鳖王呢？

父亲临终的时候，将一柄青铜鳖叉留传下来，要狗吣照看好住在千丈崖下的鳖王，说那是守护着八升湖的神仙，这一方水土的精灵。

王窑出鳖，受过朝廷爷的封赐……

当年乾隆皇上出京南巡，一路浩浩荡荡，来到八升湖。八升湖镶嵌在伏牛腹地，四面环山，像是天上落下的一面镜子，晶莹碧透，波光粼粼，有人间瑶池之美。堤岸遍生青杨翠柳，莺鸣燕啭，紫气缭绕。一班人马来到湖边，早有文武百官手舞足蹈，唏嘘赞叹之时，禁不住摇动杨柳。一阵涟漪泛起，无数群五色鱼儿浮出水面，鳞光灿灿，煞是壮观，直看得龙颜大悦，也伸手摇将起来。骤然，那畅游的彩鱼潜沉水底，没了踪影，湖面上黑压压现出许多鳖来，长伸着鳖头，大瞪着鳖眼，仿佛要讨皇上封赏。朝廷爷一时怒起，金口顿开："陈窑（臣摇）出鱼，王窑（王摇）

出鳖。"遂拂袖而去……

打那以后，八升湖里再没见过一尾彩鱼，捉上来的尽是老鳖。

也有人说，那是识文断字的能人编排着糟践人哩！

鳖王给八升湖蒙上了神秘的色彩……

狗吣压根儿不相信八升湖里真住着鳖王，可他年年要攀上千丈崖给王庙进香。那是父亲交代下来的事情，不能辜负了先人。

狗吣再没去葫芦镇赶过一次集。山里人家苦日子好对付，落个心情畅快，图得身闲肚安。父亲传下的鳖叉渐渐生出绿斑。只是四乡八邻的谁家有人生了痨病，央求到门上，要那鲜活的老鳖剁掉鳖头，抱脖子吸出殷红的热血驱邪除疾，他才下得湖去，捉肥硕的鳖们上岸，让人拿去救命。

有一次来到湖边，狗吣惊呆了！

鳖王钻出了水面，向千丈崖上爬去，足有簸箩那么大，身后黑压压跟着大小鳖众。湖水都凝固了，群山静得怕人，只能听到心跳的响声。看见这场面，再剽悍的汉子也禁不住战栗……落日的余晖下，鳖王爬上高峻的崖顶，狗吣才缓过气来。他猛然醒悟，相信了眼前发生的一切，证实了祖先那个冥顽不化的信仰。他一路狂奔，高喊着："鳖王现身了……鳖王显灵了……"待踉跄着跨进家门时，一声婴儿的啼哭传来，他的儿子降生到了人世。一时间，八升湖风起云涌……

三

儿子耐不得饥饿，终日里啼饥号寒。山里人的日子三糠四菜三分粮，妻子早早断了奶水。眼瞅儿子饿得皮包骨头，狗吣心里油煎火燎般着急，无奈，他操起鳖叉乘月光钻进了八升湖。

八升湖深不见底，狗吣伸腰运气，一个猛子扎将进去。他自

鳖　王

217

幼练就一身捉鳖的绝技，鳖在什么地方藏着，搭眼就能看个明白，往往一叉下去，穿盖透甲，叉无虚发。苦了正做梦的鳖们，只好冒着血浆垂死挣扎，伸脖子蹬腿与铜叉撕拽。但是他一般不用鳖叉。要鳖的人为个囫囵图个活，带伤的死鳖也就没有几个值头。因此，他常用的捉法是先用脚踹了鳖营，待鳖们惊起，欲意逃跑时，一手掀个底儿朝天，两指掐住后腿窝儿，鳖就再也动弹不得，乖乖地被捉上岸去。夜半时分，狗呲已捉了半筐子老鳖，只只身肥体大。他割几把青草盖在筐子上面，翻山往葫芦镇走去。尽管山外面世界正闹得天翻地覆，卖只鸡子宰头羊都要游街示众，为了儿子，狗呲顾不得许多。

天刚麻亮，狗呲来到镇上。有几家饭铺里已经亮起灯光，他轻轻叩响了一家店门……

经理刚听明白来意，就急火火把狗呲往门外面推。"俺这是供销社食堂，可是不敢沾惹这些东西。再说这年头，鲜肥流油的猪肉羊肉还卖不下去，谁会稀罕那五花子鳖肉，螃腥烂臊气……你快走吧，要是叫市管会的人碰上，割了你的资本主义尾巴，可比害眼厉害……"

狗呲忽然觉得，葫芦镇该痛痛快快流行一场瘟疫。

狗呲疲惫不堪回到八升湖边，把鳖们全放回到本该是它们安居乐业的地方。这时候，日头跳出千丈崖顶，火红火红，把大山的褶褶皱皱照耀得一片明亮。狗呲放眼寻去，满山坡上瞅不见一只可以奶儿子的牛婆婆羊妈妈，只有千丈崖白刮刮裸露着狰狞，发出逼人的寒气，活像是一具剥光了皮肉的骨骸，威慑着要吞噬八升湖的灵秀……有婴儿的啼哭随风传来，狗呲流出苍凉的泪水。

儿子喝着鳖汤吃着鳖肉成长起来，长得壮壮实实，如千丈崖顶屹立着的刺天岩一般。自儿子开始漫山遍野跑着撒欢儿，狗呲硬是没让跟着下过一次湖，他要让儿子念书认字，改换鳖王世家的门庭。儿子没让他失望，先在葫芦镇念完中学，又进县城上了高中。八月仲秋，狗吣再次看到鳖王显灵的时候，儿子捧回来一张"南京农学院"的录取通知书。八升湖出了一位大学生，惊喜得树叶都狂舞着拍起了巴掌。狗吣却突然觉得有什么丢失了。他悄悄来到父亲的坟头，陪伴老人家坐了通宵。

四

儿子走了。狗吣掐着指头数日子，终于盼来了回信。他不认得，到镇上央先生念给他听。甜言蜜语叫上几句爹妈，拐弯抹角想让家里寄几个钱去。狗吣心里高兴，爽爽快快到邮局办了汇票。钱寄走了，就又盼着来信，总担心山窝窝的娃子一猛到那五花十绿的大城市遭人欺侮，就是冻着饿着也让爹妈掉肉似疼，哎！儿行千里母担忧啊……儿子又回信了，狗吣就又寄去了一笔钱。如此五次三番，可把狗吣寄了个囊空如洗，他犯了心思：自己一辈子没走过州府，弄不清那大城市里花钱到底咋得厉害，看来这个大学生怕是要供他不到头了。儿子接连又回两封信，狗吣再没有勇气去找先生念了，他的手头，已紧巴得抠不出一张票子……

正在为没钱给儿子寄去坐卧不安，一辆电驴子怪叫着冲进山来，后座上走下一位白须老汉，看见狗吣便抱拳行礼："贤侄，还认得老叔么？"

狗吣定神看了多时，认出是他头一回赶集时碰上的经纪人，不觉亲热起来："是大叔哇，哪阵风把您吹到这山沟沟里来啦？"

"无事不入神仙地。今儿个，我是求到贤侄门上来了。"老人转身拉过开电驴子的年轻人，"来，见过你大哥。"接道，"这是我儿子，想来跟你合伙做点生意，贩甲鱼。噢，就是咱这八升湖里出的老鳖。老叔清楚，弄这你行。"

"对对对，只要你从湖里把鳖捉上来，我开十块钱一斤，现过秤现付款，省得你跑路。"老人的儿子抢着说。

做生意狗吣并不稀罕，可那一斤老鳖十块钱，老是诱人。儿子等钱用呢，有这样找上门的买卖，咋不答应？

他回家取来鳖叉，一个猛子钻入湖底。买鳖的父子俩在岸上高一腔低一腔狂叫，奔跑着抓逮从湖里抛上来的老鳖，俨然跳大神的巫士，如疯如痴。不大会儿工夫，买鳖人带来的提包被鳖们憋得滚圆。狗吣爬上岸来，老人的儿子当场开秤，未及穿好衣裳，三百元整桩桩的票子递了过来。狗吣也不谦虚，飞快地接了，仿佛那票子上印有儿子欢天喜地的笑脸……临走时，人家吩咐明天还来，狗吣心里好一阵兴奋。望着电驴子屁股后面冒出的一溜黑烟，山也不觉在眼前跳动起来，狗吣豁然开朗，原来挣钱这般容易，莫不是财神爷给咱扔下了金元宝？

狗吣愈发往湖里钻得勤奋，连儿子的来信也顾不上拆念。妻子催他，他爱理不理，说："还不是问老子要钱！这两天有空，我进县城去给他鳖子寄。"不知什么时候起，狗吣的嘴上也叼起了香烟，带过滤嘴儿的，一抖一颤，好个人物头的样儿。他竟想不到，八升湖里会有那么多鳖，取之不尽。凭着一身祖传的捉鳖本领，狗吣已把存款攒到万字以上，把心放进肚里，他算啥也不怵了。年进斗金不如日进分文。要都像这些日子，钱似流水一样哗哗往家里进，往后还有啥事可以让人担心的呢？原来这世界上到处都是钱，就看你有没有本事拾了。祖先传下来的青铜鳖叉又被磨得起明发亮，狗吣暗下决心，要把八升湖里的老鳖捉光捉净，只剩下鳖王，那是神仙，动弹不得，让电驴子把山外面的钱都给他送来……

钱多了，莫名其妙生出一层烦恼。狗吣想，咱一不盖洋楼二不讨偏房，攒恁多钱弄啥？供住儿子花销，手头上留一笔，心里就踏实，光挣不花，是个傻瓜。多会儿咱也揣上一把票子进城日摆日摆，看看城里人到底吃啥喝啥，百货楼里要不要咱山瓜子的钱！

妻子拦劝，他听不进去。日他娘，进城鬼摆个十里长街，死了一辈子，不出气也不叫唤……

五

狗吣从葫芦镇坐上汽车，东去一百二十里，进了县城。

县城里满街的大楼一座挨着一座，相比之下，葫芦镇无非是一个光能赶集的小山村，形象上寒酸出许多光辉。狗吣自感是井里的蛤蟆，有了没见过大天大地的感慨。狗吣一家商店排着一家商店转悠，卖什么的都有，看得他眼花缭乱。眼花缭乱的狗吣如坠五里烟云，走进一家五彩缤纷的大商场，柜台里站着清一色的妞儿，一个比一个耐看。又黑又亮的大眼珠子像是两汪深水，跳跃着向外伸出小手，恨不得把你口袋里的票子掏净掏光，全投向那深水潭里打漂儿。就连吊在墙上的广播匣子，也有女人在里头死狼怪声大叫："捞住我，捞住我……"也不知是进来不买东西就捞住不叫走？狗吣看看身边没人，吓得贼一样赶紧逃了出来。日他娘，这城里的大商场，可是不敢胡逛！

天晌午时，狗吣来到一家饭店。城里的饭店，收拾得利麻，窗明几净，连脚地都光亮得能照出人影。狗吣腰里有钱，来城里摆阔，一心想烧包烧包，但他却不知怎样烧包才算气派。服务小姐送上菜单，说请他点菜。狗吣睁大俩眼，瞪出兔子蛋儿般大，瞧了半天，愣是不认识一个，起急了，说："来一大碗肉浇面。"服务小姐莞尔一笑，转了一个甜甜的背影。

肉浇面端上来，狗吣闷住头扒拉，吃得满头大汗。忽然，有尖厉的怪叫声打身边一间小屋里传来，"哇哈——甲鱼！"狗吣努力从门帘缝里探望。

"好鲜肥的甲鱼啦!"屋里面端坐一位戴金丝眼镜的中年人,细皮嫩肉,白白胖胖,说话蛮里疙瘩,听不太懂,说不定是个南蛮子。

"是的,甲鱼。在我们这里叫老鳖。"

陪南蛮子的是位年轻人,穿得板板正正,鼻梁上也架着眼镜,不过是一副墨镜,装点出许多派头。狗呲仔细辨认,发现是葫芦镇经纪人的儿子,心中顿生诧异。只听经纪人的儿子说:"陈先生还不太了解我们这里的老鳖吧?这可是八升湖里的名优特产。它不仅个儿大,肉质细腻,味道鲜美,还含有丰富的蛋白质和多种维生素,是滋阴壮阳的上乘补品,据说,在从前是专门用来孝敬皇上的贡品……"

"那要好多钱一只啦?"南蛮子问。

"不算太贵。就说这只吧,这么大的个头,才两百来块钱,市场上也要百十块钱一斤。"

狗呲猛地咬住了舌头,疼痛之下,心尖一阵紧缩。

"这样狡猾的东西,怎么好捉得住啦?"

"俗话说行行出状元嘛!在八升湖边上,就住着一位鳖王,以捉鳖为生。他捉鳖的技术,那叫一绝!人们都说他长有鳖眼,鳖在哪里藏着,他搭眼便能看个一清二楚……陈先生,八升湖可是一处人间仙境,风景十分秀丽,您要不要去观光啊?"

狗呲忽然觉得升平歌舞的县城里面,仿佛来了一位日本太君,有汉奸摇头摆尾紧跟其后,拨弄出许多辱没祖先的罪恶。他怒从心头起,恶向胆边涌,拳头叭叭握出脆响,要替国人挽回民族气节,恨不得冲上前去朝那两片墨镜上狠砸一拳,砸出两个黑窟窿让世人填上崇洋媚外的唾液,然后再揪下那肮脏的舌头,扔进八升湖里喂鳖,叫这有娘养没娘教的小子嚼着鳖肉糟蹋人!可是他没敢。山里人的剽悍,放在光怪陆离的充满着现代气息的城市哈哈镜里折射,不免过滤出些许脆弱。狗呲急就着把面条吃完，只想早点逃离城市的斑驳，回到生他养他的一方水土。只有八升湖边，才能使他心境恬淡，物我一身。

"有机会倒想见见这位鳖王啦……回的时候，要带两只鳖啦！"

"不难，不难。请，请……"

狗吣像染上了疟疾，摇摆着走进家门，一头栽倒床上……

他把魂儿丢在了城里。

六

百十块钱一斤，一斤百十块钱……狗吣隐约觉得自己睡在八升湖边的沙滩上，清风习习，月光朗朗，只是胸膛里憋得难受，仿佛埋藏有烈性炸药，稍触就要爆响。突然，他看见鳖王钻出了水面，像一只怪兽，瞪着凶恶的眼睛，张着血瓢大口，一步步向他逼来，身后黑压压跟着大小鳖众，全都凶神恶煞的样子，令人毛骨悚然。狗吣挣扎着，呼叫着，身子却僵死了一般，动弹不得。鳖王来到他身旁，喷出一团黑气，狰狞地怪叫："好你个贪得无厌的奴才！你的良心叫铜臭啃出了黑窟窿，凿成了无底洞，全没了丁点人味儿。为了几个臭钱，你捉去多少我的子孙，让它们一个个都成了砧板上的冤死鬼，碎尸万段装进达官贵人的酒囊饭袋……你，枉披了一张人皮！今天，我要讨还血债！来呀，孩儿们，扒了他的黑心烂肚肠……"狗吣睁眼瞅着一群老鳖滚成疙瘩扑来，吃他的肉，咬他的筋，然后撕拽他发了黑的心肝……顷刻间，只剩下一具白骨，阴森可怖，像是为父亲送葬时手中持着的哀枝，惨白吓人。奇怪的是，鳖们吃他的肉，喝他的血，他竟丝毫不感到疼痛，他的神经麻木了，心也早死了……直到鳖王领着鳖众返回八升湖，一阵阴风袭来，他才感到刺骨的寒冷。有尖厉的叫声划破长空，狗吣吓得通身虚汗淋漓……

鳖 王

一夜间，狗吲苍老如行将就木之人。他把祖先留下的青铜鳖又去头断把，发誓赌咒今世再不去八升湖里捉鳖。

七

儿子大学毕业，带回来一位花枝招展的媳妇，刚进门就甜甜叫了声爹，狗吲阴沉了多时的脸上，才渐渐泛起笑意。

狗吲问儿子："工作安排啦？"

"安排了。"

"干啥？"

儿子答："俺俩都被分配到农牧渔业局，不过俺给县里签了合同，要回咱八升湖来。"

狗吲急问："弄啥？"

"养鳖。"

"啥？"狗吲一下子跳起老高。他万万没有想到，自己吃苦受罪遭作践，供出的这个大学生又要与鳖打交道，承袭鳖王的祖业。孩子呀，你知道爹的心吗？爹的心早叫鳖吃了，只盼着打你这辈儿起，改换门庭，传下个书香门第，可是你……

当着没过门儿媳妇的面，狗吲不好发作，无奈中流下两行苍凉的老泪。

儿子没有想到自己的选择会惹父亲伤心，安慰爹道："咱八升湖上千亩水面，水质优良，是个灵秀之地。以前湖里产的老鳖自生自灭，没有优势。若采用人工养殖，科学管理，有很广阔的发展前景。不仅养殖的老鳖可以出口创汇，还能放养珍珠和其他水产品，所以县里领导非常重视，专门拨出五十万元，要在八升湖建立水产养殖所……"

狗吲一时半会儿转不过弯来。儿大不由爷，该干什么，是他们年轻人的事情。往后的日子，就靠他们自己弹挣了。自己老了，还能顾上些啥？他说："爹不糊涂。你们……去吧！"

狗吣去葫芦镇赶了一整天集，临黑赶回来一群山羊，远远躲开八升湖，上了北山。每日里坐在山顶上聆听开山的炮声，轰隆隆，震得山摇地动。直听到炮声平息，看着汽车开进了八升湖。湖边上，奇迹般出现了一幢红墙小楼……

八

三年后，山里降下一场大雪，铺天盖地像是盖上一床厚厚的棉被。零零星星有几声鞭炮响起，早早预报了春的信息。

八升湖忽然喧闹起来，一长队汽车蜿蜒着爬进山里，大大小小排满湖边，锣鼓和鞭炮的轰鸣，震荡着树冠上的积雪欢快起舞。有人捎来信说，县长亲自送来一块金字大匾，煞是富丽堂皇。儿子领导的水产养殖所，一下子为县里挣回五百多万块钱，八升湖的名声都响到了国外。

狗吣从山上下来，把儿子叫到跟前，要儿子陪他攀一次千丈崖。

儿子随他去了。他让儿子在王庙里磕了头，并嘱咐儿子，要年年来进香，这是祖先传下的规矩。

打千丈崖下来，狗吣把没了把的青铜鳖叉传给儿子，说自己老了，再不能攀崖为王庙上香了……

谛听作家意识织网的声音

（代跋）

◇ 彭中彦

　　甲由兄送来了他即将付梓的中短篇小说集《茵陈》，看后既惊愕又高兴。惊愕的是收入集子的几篇新作在语言的锤炼和艺术创作的技巧上都有新的突破；高兴的是甲由兄并没有金盆洗手，在物欲横流、文学失落边缘地带的现实环境中，对文学仍然抱着一腔忠贞，坚韧劳动着。

　　"作家的成功是一场残酷的训练。"仔细算来甲由兄在文学的山道上已跋涉了近三十个年头。确切地说甲由兄的文学禀赋是很高的，创作的起点也令人羡慕。《九龙桥》《石榴》《扇子》《秋西瓜》等作品在《河南日报》《春风》报刊的发表和获奖，奠定了他在汝州文坛的地位。紧接着《枪手》《鳖王》《灵源阴火》等小说的发表，受到编辑的好评和读者的关注。一次，我和《牡丹》原小说编辑部主任、现在的《牡丹》主编韩国平老师谈及汝州的小说创作，他说，甲由兄的小说感觉好，坚持写下去必有大作为……《莽原》主编陈枫老师也说，甲由生活底子厚，作品的语言有弹性，小说写得老辣独到，一路写下去会很有出息的……可惜的是迫于生活的压力，曾有些年头，甲由兄冷落了文学。也许是为了沉淀，欲擒故纵，也许是反思自己，反刍生活，厚积薄发，总之，他很无奈也很不忍心地暂时搁笔了。

　　一个作家不仅仅要拥有生活，更重要的是学会感知生活，提炼生活，升华生活。甲由兄的生活五彩斑斓，当过大兵，做过驾驶员，干过个体老板，屈就过机关的临时工，戴着风光八面的记者、编辑、政协常委的桂冠……生活面广，接触人多，善交朋友。七行八作，三教九流都有他的朋友——酒友、牌友、文友、棋友、侃友、曲友……因此他的作品题材广泛，触及社会生活的五花八门。难能可贵的是甲由兄不囿于生活，跳出生活看生活，把对生活的感悟和对人生的真知灼见融进小说的人物和故事中。文学来源于生活高于生活，于是，在他从容的叙事中，有一种声音——文学的声音引诱着你走进了他构筑的小说世界里；有一种味道——小说的味道诱惑着你走进他塑造的惟妙惟肖的人物画廊中，让你看到他在第二世界中立起的或可敬可爱，或可恶可憎，或可悲可叹的典型人物；在他形象化、生动化、白描化的语言表白中，或悲或喜或悲喜交加，或仇或恨或反讽等主题，山一样凸现在眼前。与此同时，作家清醒的意识缓缓地流动在作品创造的空间中，间或你还听到它在作品中清溪般流动的声音。

　　海明威在《老人与海》授奖演说词中说："对于一个作家来说，每一本书都应该成为他继续探索那些尚未达到的领域的一个新起点。他应该永远尝试去做那些从来没有人做过或者他人没有做过的事，这样他有幸会成功。"在冷静搁笔反思中甲由兄渴望成功，于是"二次出山"创作，敢于挑战自我，突破自我，超越自我，新近创作的《刀祭》等小说就是一个印证。在他的新作中还有一种旧作中不曾多有的清醒的意识，那就是对地域文化的极大关注和钟情。温泉、风穴寺、《汝帖》、《鹳鱼石斧图》彩陶缸等地方文化精粹，恰如其分融进他的作品中，增加了作品的厚

代　跋

227

度。小说人物的形象化，性格的复杂化，小说主题的朦胧性，小说精神的复杂性，这亦是作者刻意追求的。作者成功地塑造了狗吣、三爷、茵陈、八里岔、田号子等一系列鲜活的人物形象。这些形象的丰满，性格的复杂，让人感知到作者深厚的创作功力。就主题而言，《灵源阴火》《茵陈》等写出了主题的复杂性，引导读者发掘生活的光怪陆离和多异无常，这是作者不懈探索努力的结果。

"冰山在海里很是庄严，这是因为它只有八分之一露出水面。"如果说甲由兄的小说还有不足的话，也许就是写得满、实、直，稍缺含蓄美，给读者留下思考的空间少。其实，这也是我小说中的弊病。在此引用两个文学大家的箴言，和甲由兄共勉。"真正的文学作品不需要过多的材料，要给读者留下一个思索的空间，否则会把人噎死。"（雷抒雁）"含蓄的作品，应似雾中观花，隔帘看美人，别有一种情致……老子曰：'惚兮恍兮，其中有象；恍兮惚兮，其中有物。'"（周同宾）

结束此文时，我忽然想起了著名作家李佩甫的名言："文学是一种声音，一种用生活种植、以血肉喂养的声音。"我们汝州小地方的作家不妨静下心来，仔细谛听那些缓缓流动在名作家作品空间中的声音，那是天籁之音，那是作家意识织网的声音……

我本不该也没有资格对甲由兄的作品品头评足，承兄之命，写下这段粗糙的文字，权代甲由兄小说集之跋，见笑了。

茵陈